# 농부로부터

# 농부로부터

1판 1쇄 펴냄 2011년 10월 21일
1판 3쇄 펴냄 2013년  8월 10일

**지은이** 이태근, 천호균, 이인경

**주간** 김현숙
**편집** 변효현, 김주희
**디자인** 이현정, 전미혜
**영업** 백국현, 도진호
**관리** 김옥연

**펴낸곳** 궁리출판
**펴낸이** 이갑수

**등록** 1999. 3. 29. 제300-2004-162호
**주소** 110-043 서울특별시 종로구 통인동 31-4 우남빌딩 2층
**전화** 02-734-6591~3
**팩스** 02-734-6554
**E-mail** kungree@kungree.com
**홈페이지** www.kungree.com
**트위터** @kungreepress

ISBN 978-89-5820-223-3    03810

값 15,000원

# 농부로부터

흙살림 이태근과 쌈지농부 천호균이 주고받는
농사와 기업과 새로운 삶

이태근과 천호균이 말하고 이인경이 정리하다

궁리
KungRee

# 내가
# 만난
# 천호균

흙살림, 도시살림, 살림의 경제, 사회적 기업, 예술이 되는 농사에 대한 꿈을 따라 천호균 사장은 도시에서 나는 농촌에서 일해왔다. 세련된 가방과 신발을 만들며 도시 한복판을 누비다가, 몇 년 전 '농사가 예술이다'라는 메시지를 실천하는 쌈지농부를 만들어 도시민들에게 더욱 가까이 다가가려 애쓰는 그의 모습은 흙살림을 꾸려온 나의 20년 노하우와 궁합이 잘 맞는다고 생각한다.

천호균 사장을 만난 것은 불과 몇 달 되지 않았다. 처음 흙살림에서 만났을 때의 기억이 새롭다. 알록달록 손으로 그린 그림이 가득한 미색 리무진은 신선함 그 자체였다. 첫 만남 후 파주와 괴산을 오가며 수차례 만났다. 나와는 다른 감각으로 농사를 바라보는 천호균 사장과의 만남은 농업의 새로운 가능성을 찾아가는 여정이었다. 농업에 있어 농민만큼 중요한 사람들은 도시민이다. (농부의 소신으로 맥을 이어온 바가 크지만.) 도시민들의 삶이 농업의 행방에 많은 영향을 미치기 때문이다. 도시민들에게 농사의 존엄을 알리고, 접근성을 높이는 것은 밭을 갈아 유기농산물을 얻는 것만큼 많은 공이 필요하다. 흙살림도 도시민들에게 농업을 알려야겠다고 관심 갖고 노력해왔지만, 밭을 가느라 제대로 신경을 쓸 수 없었던 것도 사실이다. 그러니 더욱 우리의 만남은 반가운 일이다.

고의적이지는 않았지만 예술과 담을 쌓았던 나와는 달리 천호균 사장의 관심코드는 예술문화이다. 접근방식은 달라도 농사에 대한 관심으로 쌈지농부와의 만남이 이루어졌지만 천호균 사장이 살아온 이야기를 듣다 보면 나와는 공통점이 하나도 없을 만큼 참 다르다. 극과 극은 통한다고 했던가. 천호균 사장과 나는 서로 많이 다르기에 어쩌면 많은 것을 이해하는 사이로 발전했다. 우리는 의기투합하여 '농부로부터' 라는 것을 만들었다. 흙살림은 생산을, 쌈지농부는 유통을 맡아 서로의 역할 분담을 명확히 하고, 협력하기로 약속하였다.

사회적 기업도 기업이다. 사업의 효과가 빨리 나타나야 제대로 유지될 수 있다. 사회적 기업에서 함께 일하는 사람들은 이윤은 물론 가치까지 함께 지켜나가야 하는 데서 간혹 어려움을 느끼곤 한다. 흙살림은 기업 형태로 시작한 것이 아니긴 하지만, 지금은 기업으로서 경영을 잘해나가야 한다는 요구를 많이 받고 있다. 사회적 기업도 나름의 효율과 성과를 아예 무시할 수는 없기 때문이다.

그런데 천호균 사장은 예술을 키워가는 안목으로 경영전략을 짜고 있다. "나무가 자라는 속도로 아름다움을 키워간다"는 예술경영의 의지는 천 사장이 지켜온 고집으로 보인다. 예술가를 지원하고, 다름을 다양성으로 바라보며 경영을 지속해왔다. 이런 일들은 당장의 수익보다는 나무의 뿌리를 키워가는 밑거름이라고 생각한다. 유기농법의 핵심도 작물이 큰 병과 장해에도 꿋꿋할 수 있는 뿌리를 튼튼하게 만드는 일이다. 예술경영전략의 효과는 조금씩 빛을 발하고 있다. 덤으로 흙살림도 예술경영의 그 빛을 받아 그동안 실하게 키워왔던 뿌리가 더 활기를 얻어 가리라 기대하고 있다.

천호균 사장은 흙이 주는 즐거움을 느끼고 삶의 활력이 되는 예방주사를 맞으러 텃밭으로 가기를 즐긴다. 예술로 수혈된 상상력과 유연함이 흙과 만났으니 쌈지농부를 통해 농사의 예술성이 더욱 발현되리라 기대한다.

나는 더 많은 사람들이 텃밭을 통해 농산물의 감사함을 알게 되고, 천 사장의 비유처럼 '당신의 몸이 되는 것은 패션보다 음식 한 조각'임을 알고 중요하게 생각하기를 바란다. 천호균 사장의 활동은 이를 증명하는 내력을 가지고 있다. 그러기에 천 사장이 펼칠 농업, 농촌, 농민을 위한 사업들의 과정은 흙의 아름다움이 더욱 빛나는 일일 것이다.

이태근

# 내가 만난 이태근

사람에게는 누구나 저마다의 속도가 있다. 재빠른 사람이 있는가 하면 느려터진 사람도 있다. 나는 회사를 경영하는 동안, 대체로 속도가 빠른 사람들을 많이 만나왔다. 그들 대부분은 감각이 뛰어나고 판세를 잘 읽을 줄 알며, 상황을 대처하는 데 능수능란하다. 나는 이들이 세상을 조금 더 편리하고 역동적으로 만드는 데 큰 역할을 한다고 생각한다.

또한, 나는 속도가 느린 사람들 역시 꾸준히 만나왔다. 비를 맞고 난 다음에야 우산을 천천히 펴드는 사람이라고나 할까, 얼핏 보기에 행동도 굼뜨고 판단도 반 박자 느린 것 같은 그들이지만, 돌아보면 늘 그 자리에서 의연히 버티고 있다는 느낌을 지울 수가 없다. 그래서 나는 이들이 세상을 밑에서부터 건사하는 든든한 버팀목과 같다고 생각한다.

세상이 조화롭기 위해서는 빠른 사람과 느린 사람 모두가 필요하다. 빠르다고 해서 자신의 직관만 믿고 경박하게 행동하는 것은 아니며, 느리다고 해서 태만하고 게으른 것은 아니다. 또한 빠른 사람의 마음속에도 느린 속성이 있고, 느린 사람의 행동 안에도 마침내 몸을 일으켜 큰일을 도모하려는 추진력이 숨어 있기 마련이다.

순전히 내 판단으로 볼 때, 흙살림의 이태근 회장은 느린 사람이다. 농사를 천직으로 알고 흙에 사무쳐 사는 사람에게 빠른 사람이라 한다면, 그것도 조금은 이상하게 들릴 것이다.

그를 처음 만났을 때, 나는 진정한 농부의 모습을 보았다. 우직하게 땅을 사랑하고, 그 땅에 두 발을 굳건히 딛고 건장한 어깨를 편 채 숨가쁜 도시의 속도에 맞서 우람하게 서 있는 사람, 그가 바로 이태근 회장이었다.

그는 농부인 동시에 농업과학자이다. 땅을 살리는 미생물 연구에 수십 년의 세월을 바쳤고 점점 사라져가는 토종종자를 보존하기 위해 종자 보급과 연구에 매일같이 힘을 쏟고 있다. 또한 그는 내게 농사의 속도, 농부의 속도, 자연이 맺어주는 결실의 속도를 가르쳐준 은인이기도 하다. 유행이 빠르게 휘몰아치는 패션계 한복판에서 오랫동안 일을 해온 나는, 뒤늦게야 이태근 회장을 통해 '느리게 사는 것'의 진면목을 발견할 수 있었다. 또 몇 해 전부터 도시농부를 꿈꾸며 수많은 사람을 만나고 다양한 상상을 구상중이던 나에게 이태근 회장과의 만남은 새로운 대안적 삶을 보여주는 중요한 계기가 되기도 했다. 그렇기에 그와의 만남은 내 삶에 있어 크나큰 행운이며 축복이다.

나는 평소에 "농사가 예술이다"라는 말을 자주 한다. 누군가는 그 말을 듣고 '근사한 슬로건'이라고 하는데, 그건 결코 슬로건이 아니다. 진실로 농사는 예술이기 때문이다. 나는 오랫동안 소외된 젊은 예술가들을 아낌없이 성원해왔는데, 지금은 그들 대부분이 한국 문화예술의 중추가 되어 국내외에서 큰 결실을 터트리고 있다. 그저 한두 해 지원하고 그쳤으면 그렇게 되지 않았을 일이다.

누구는 농사를 '1년 농사'라고 얘기한다. 그런데 이태근 회장 곁에서 지켜보니 1년은 그저 한숨 돌리는 시간일 뿐, '평생 농사'가 맞는 표현인 것 같다. 그 기나긴 시간은 예술가가 각고의 노력 끝에 쾌작을 만들어내는 것과 진배없다. 자연의 시간을 기다릴 줄 알고, 땅의 기운과 함께 숨 쉬는 농부의 농사란, 그리고 그 결실인 농작물이란, 예술 중의 최고 예술이라 할 수 있다.

손톱보다 더 작은 씨앗이 쌀이 되고 감자가 되고 사과가 되는 경이로움! 그런 경이로운 세상을 수십 년째 묵묵히 건사해온 이태근 회장은 진정한 의미에서 느리고 느린 사람이다. 아니, 어쩌면 그는 유기농 새 세상을 가장 먼저 시작하여 가장 오랫동안 건사해온, 우리나라에서 가장 빠른 농부일지도 모르겠다. 이렇듯 느림과 빠름이 조화롭게 공존하는 이태근 회장을 만나, 나는 실로 오랜만에 많은 것을 배웠다.

천호균

# 차례

# 1

# 도시, 이제는 살림이다

# 두 남자,
# 살림에 눈뜨다

**이태근** | 예술과 담을 쌓고 살던 제가 천 사장님 덕분에 예술마을을 자주 드나들고 있습니다. 어쩐지 헤이리를 오가면서 조금씩 촌티를 벗고 있는 느낌입니다.

**천호균** | 그러시면 곤란한데요. 오히려 촌티를 꽉꽉 내주셔야 합니다. 촌스러움, 시골스러움이야말로 이 시대 최고의 아름다움이고 '농부로부터' 매장이 다루어야 할 진정한 멋스러움입니다.

**이태근** | 제가 해야 할 역할이 있었는데 잘못 알고 있었군요. (웃음) '농부로부터' 매장에 온 분들의 반응은 어떻습니까? 세련된 옷과 가방을 팔던 분이 왜 갑자기 감자와 호박으로 아이템을 바꾸었는지 궁금해하지 않던가요?

**천호균** | 그동안 워낙 느닷없는 행동들을 많이 해와서요. (웃음) 이 매장을 열기 전부터 쌈지에는 '쌈지농부' 팀이 있었습니다. 2011년 올해로 3년이 되어가는데요. 처음에는 뜬금없이 왜 '농부'냐고 하시던 분들이 시간이 갈수록 진지하게 봐주시는 것 같습니다. 개인적으로 쌈지농부를 시작하고 나서 과거에 해오던 사업에서는 느낄 수 없었던 색다른 뿌듯함을 경험하고 있어요. 이제야 철이 들었나 봅니다. 이 회장님은 흙을 살리기 위해서 '흙살림'을 시작하셨잖아요? 저는 몇 년 전까지 서울에서만 살았는데, 도시를 살려야겠다는 생각이 강하게 들더라고요. 흙을 살리면 흙살림, 나무를 살리면 나무살림, 도시를 살리면 도시살림……이렇게 각자 살림의 대상을 하나씩만 정해놓아도 세상은 한결 살만해지지 않을까요?

**이태근** | 물론입니다. 살림은 주부들만의 몫이 아니지요. 영어로 생태라는 뜻의 '에콜로지'라는 말이 있잖아요. 이 단어는 원래 '살림하는 집'이란 뜻에서 왔습니다. 그러니까 지구는 하나의 살림공동체라고 할 수 있지요. 우리는 누구나 살림을 해야 할 책임을 갖고 있고요. 주변을 보면 살려야 할 것들이 점점 늘어나는데, 그 가운데에서 순위를 정하자면 전 흙이 가장 우선이라고 생각합니다. 흙이 모든 것들의 바탕이니까요. "흙에서 와서 흙으로 돌아간다"고 하면서, 왜 정작 살아 있는 동안은 흙을 나 몰라라 하는지 모르겠습니다. 죽어서 내가 돌아갈 곳이라고 생각한다면 그렇게 외면해선 안 되는데 말입니다.

**천호균** | 도시사람들이 흙을 접할 기회가 부족한 것도 한몫 하겠지요.

흙을 만지는 것은 고사하고 흙길을 밟기도 어려운 게 현실이니까요. 고백하자면, 저도 텃밭농사를 짓기 전에는 흙에 무심했습니다. 상추나 고추를 심고 기르면서 비로소 흙을 새롭게 알게 됐어요. 흙냄새가 그렇게 황홀한지, 좋은 흙이 그렇게 포근한 감촉을 지니고 있는지 예전에는 미처 몰랐습니다.

**이태근** | 그런 경험이 있었기에 매장에 "농부는 사람이 살 땅을 점점 넓혀간다"는 멋진 글을 써놓을 수 있으셨던 거군요. 글씨도 직접 쓰셨습니까?

**천호균** | 쌈지농부와 오랜 인연이 있는 이진경 작가의 글씨입니다. 이진경 작가의 글씨체는 무위당 장일순 선생님의 생각에서 많은 영감을 얻었다고 하는데요. 누군가가 장일순 선생께 아름다운 글씨는 어떤 글씨냐고 여쭈었더니 "군고구마 장사가 직접 삐뚤삐뚤 써서 붙인 '군고구마'라는 글씨가 세상에서 가장 아름답다"고 말씀하시더랍니다. 손수레에 붙어 있는 '군고구마 팝니다', '붕어빵 팝니다'처럼 삶의 진솔함과 절박함이 가득 담겨 있는 글씨야말로 진짜 살아 있는 예술이라고 말할 수 있다는 뜻이지요.

저는 '농부로부터' 매장을 방문한 사람들이 "농부는 사람이 살 땅을 점점 넓혀간다"라는 글귀를 보고 '군고구마' 같은 글씨가 전해주는 느낌을 받았으면 좋겠어요. 군고구마라는 글씨를 보기만 해도 그 형언할 수 없이 구수하고 달달한 맛, 뜨끈뜨끈한 온도를 느낄 수 있잖아요. 그것처럼 배추나 사과를 사가는 분들이 정성껏 농사지은 농부의 절박하고 뜨거운 진심까지 장바구니 속에 함께 담아갈 수 있기를 바랍니다. 또 이를 통해 농부를 존중하는 분위기가 널리 퍼졌으면 하는 소망도 있고요.

**이태근** | 고맙습니다. 쌈지표 보약이라도 먹은 것처럼 힘이 납니다. 지난 20년 동안 유기농에 대해 연구하고 여러 가지 자재들을 개발해 보급해오면서 흙살림만이 갖고 있는 자신감이 있었는데, 이상하게도 유통 쪽에만 가면 답답함을 느끼게 되더군요. 감자나 오이를 기르는 것에는 도가 텄고 농법에 대해서는 청산유수로 말하는 농사꾼들도 어떻게 팔거냐, 유통과 관련된 이야기를 꺼내면 입을 다물거든요. 판로를 고민하던 중 마침 2006년에는 사업가 한 분이 손을 잡아보자고 제안해와서 흙살림 이름으로 직접 유기농산물 매장을 내기도 했는데요. 결국 반년도 안 되어 문을 닫고 말았습니다. 자신 있게 말씀하던 분이 못하겠다면서 손을 떼니까 저희로선 더 이상 손을 쓸 도리가 없더군요.

**천호균** | 유통, 참 쉽지 않은 일입니다. 그런데 이 회장님 말씀을 들으면서 저는 '시절인연'이라는 말이 떠오르는데요.

**이태근** | '시절인연'……무슨 뜻인가요?

**천호균** | 만날 사람은 만나게 되어 있다는 겁니다. 서로 아귀를 맞춘 듯 딱 맞게, 아주 오래전부터 준비한 듯 필요한 시기에 인연이 닿는다는 뜻이지요. 흙살림에는 미생물 과학자가 많지요? 쌈지농부에는 디자이너가 많고요. 농사를 사랑하는 마음을 바탕으로 과학과 예술이 만났으

농부는 사람이 살 땅을
점점 넓혀 간다. 그리고
토양을 만들어 낸다.
이는 명예로운 직업이다.

니 이보다 더 절묘한 시절인연이 어디 있을까요?

**이태근** | 흙살림과 쌈지의 만남은 운명적이라는 말씀이군요. 피할 수 없는 만남이라⋯⋯혹시 여기가 외나무다리는 아니겠지요? (웃음)

**천호균** | 하하, 외나무다리에서 친구를 만나게 되는 때도 있지요. 한 분야에서 오랫동안 일하다보면 논리적으로 설명할 수 없는 일종의 감이라는 게 있지 않습니까? 중요한 판단을 하게 될 때에 전 그 감을 믿고 따르는 편인데요. 흙살림과의 만남에서는 아주 좋은 감이 왔습니다.

되돌아보면 농사와의 인연이 오래전부터 예정되어 있었는지도 모르겠습니다. 얼마 전 한 지인을 만났는데, 그분이 제게 "어떻게 그렇게 시대를 예견하고 오래전부터 사업을 구상했냐"고 물어요. 무슨 말인가 했더니 저희 브랜드 중 15년 전에 생긴 '딸기'라는 캐릭터가 있는데, 이 친구가 주로 수박, 똘밤, 레몬, 똥치미⋯⋯ 이런 친구들과 놀거든요. 과일을 캐릭터화한 것은 이해할 수 있겠는데 어떻게 똥을 캐릭터로 만들 생각을 했냐면서 그분이 놀랍다고 하더군요. (웃음) 아마 그때부터 '쌈지농부'나 '농부로부터'가 전하고자 하는 스토리들이 조금씩 준비되지 않았나 지금에 와서 생각해봅니다. 당시엔 꼭 그렇게 예상하고 만든 캐릭터는 아니었습니다만.

**이태근** | 하하. 도사가 달리 도사입니까?

**천호균** | 가끔 그렇게 부르는 분들이 계신데, 솔직히 이제는 좀 부담스

럽습니다. '농부로부터' 매장을 열었을 때는 잘될 것 같다는 감도 있었지만 그보다 해야만 한다는 책임감이 더 컸습니다. 먹을거리에 대한 관심은 앞으로 점점 더 늘어날 수밖에 없으니, 건강한 땅에서 믿음직한 농부가 길러낸 농산물을 찾는 사람들이 더 많아지겠지요. 이럴 때 필요한 곳이 단골입니다. 나를 속이지 않을 거라는 믿음이 있고, 나의 취향을 고려한 특별 반찬이 한 가지라도 더 나오는, 훈훈한 마음 씀씀이가 있는 그런 단골 말입니다. 이 회장님을 뵈면, 절대로 거짓말을 못할 것 같다는 느낌이 딱 오거든요. 그래서 흙살림을 제 인생의 단골로 모신 겁니다. 우선 이 회장님께 인간적인 신뢰를 갖고 있고, 20년 동안 유기농에 몰두해오셨다고 하니까 그 옆에 서 있으면 슬쩍 업혀갈 수도 있지 않을까 기대하면서요.

**이태근** ǀ 가다가 징검다리가 나오면 업어드리지요. 저보단 연장자시니까. (웃음) 사람들 사이에서 거래의 차원을 넘어 마음을 주고받는 교류가 늘어난다면 얼마나 좋을까요? 그것이야말로 "너 죽고 나 살자" 식이 아니라 "너 살고 나 살고" 하는 살림의 경제가 될 텐데 말입니다

**천호균** ǀ 사람과 자연, 도시와 농촌이 공생할 수 있는 이런저런 살림들을 함께 도모해보도록 하지요. 말수가 적으신 줄 알았는데, 하실 말씀이 많으신 듯해서 제가 따라가기가 벅찬 것 같습니다. (웃음)

# 농부는 아티스트,
# 농사가 예술이다

**이태근** | 처음 뵈었을 때부터 남다른 분이라는 인상을 받았는데요. 명
함도 독특해 보입니다. "농사가 예술이다"라고 써놓으셨던데요. 이 슬
로건은 언제 만드신 겁니까?

**천호균** | 2008년 말에 서울디자인올림픽이라는 행사가 열렸는데, 그곳
에 참여하면서 만들었습니다. 당시 주제가 '미래의 디자인'이었는데 저
희는 다양한 곡식과 과일 자체를 작품으로 전시했지요. 다른 브랜드들
은 현대 문명, 미래지향적인 디자인을 강조하려는 듯 보였는데, 저희가
중심에 둔 것은 '가치지향적인 미래'였습니다. 미래에는 과연 무엇에
가치를 둘 것인가를 주제로 회의한 결과 인류에게 제일 오래갈 수 있는,
먼 미래의 문명이란 가장 오래된 문명이라는 결론에 이르렀고, 가장 오
래된 문명은 농사에서 비롯되지 않았냐는 생각을 하게 된 거죠. 그런 뜻
을 농산물 전시로 선보인 셈인데요. 예상보다 반응이 좋았습니다. 농산

물을 예술적으로 잘 디자인하면 대중에게 어필할 수 있겠다는 긍정적 판단을 그때 할 수 있었지요. "농사가 예술이다"라는 말도 자신 있게 꺼낼 수 있게 됐고요.

명함에 썼을 만큼 "농사가 예술이다"라는 말은 이제 제 인생에서 이름값과 동등한 무게를 갖게 됐습니다. 갈수록 농사는 삶을 아름답게 가꿔준다는 확신을 갖게 됩니다. 기업 '쌈지'를 운영해오면서 소외된 아름다움, 오래된 아름다움에 관심 있는 예술가들과 소통을 많이 해왔는데요. 이분들이 주로 농사, 농부, 농촌에서 영감을 얻더라고요. 생활은 고달프지만 무언가를 창조한다는 기쁨, 혹은 이게 아니면 안 될 것 같은 어떤 운명 같은 것을 안고 작업을 하는데, 아마도 농부들에게서 비슷한 연민이나 동지의식을 느꼈나 봅니다. 예술의 변방지대에 있던 그들이, 산업화로 인해 주변으로 밀려난 농부의 삶을 주목하게 된 것은 어쩌면 당연한 일이겠지요. 그 변방의 삶 속에도 예술적 감성은 소멸되지 않고 여전히 살아 숨쉰다는 것을 확인했겠고요. 작가들의 모습을 옆에서 지켜보면서 저는 예술이 자연스럽게 농사로 이어질 수 있다는 생각을 했고, 흙을 만질 때 예술적 감성이 길러진다, "농사가 예술이다"라는 구호 아닌 구호를 만들게 됐습니다.

**이태근** | 농사를 지으면서 길러지는 예술적 감성은 도시나 산업화의 과정에서는 얻어지기 힘들지요. 제게도 농업이 예술이라는 것을 느꼈던 경험이 있는데 일본의 야마기시 마을에 갔을 때였어요. 일본이 2차 대전에서 패전한 뒤 야마기시 미요조라는 분이 만든 마을인데, 아무것도 소유하지 않는 공동체 생활을 하고 있는 곳입니다. 구성원들이 함께 일

하고 함께 나누며 사는 일체사상이 바탕에 깔려 있지요. 그런 생활이 실제로 가능한가에 대해 의문을 품는 분들이 많은데, 전 흙을 만지며 사는 사람들의 심성이기에 충분히 가능하다고 생각합니다. 경기도 화성에 있는 산안마을을 비롯해 현재 전 세계 50여 개 나라에서 야마기시즘을 실현하는 마을이 있어요. "농업은 종합예술이다"라는 글귀를 20여 년 전 그곳에 처음 갔을 때 보게 됐는데요. 그때부터 농업이라는 게 예술과 만나야 희망이 있겠다는 생각을 막연히 하고는 있었습니다. 그러고 보니 몇 년 전 대만 대학의 초청으로 대만에 갔을 때가 기억나네요. 대학의 학과 가운데 흥미롭게도 농업예술학과가 있더라고요. 농업과 예술은 애초에 떼려야 뗄 수 없는 관계인가 봅니다. 농업은 노동이라고 보던 관점에서 한 발자국 나아간 셈이지요.

**천호균** ┃ 농사짓는 일이 곧 예술행위라고 여기면 논밭에 나가는 일이 조금은 덜 고될 듯 한데요. 5년 전 헤이리에 이사 오면서부터 텃밭에 이런저런 작물을 키워보고 있는데 농사만큼 힘든 일이 없어요. 체력 소모가 만만치 않은 건 물론이고, 무엇보다 진도가 나가지를 않습니다. 날씨에 따라 작년 다르고 올해 다르고, 작물마다 성격도 다르고 조금 알 듯 하다가도 다시 원점으로 돌아가버려요. 인간의 힘으로 할 수 있는 건 한계가 있고요. 농사는 정말 아무나 짓는 게 아니구나 하면서 낙심했는데, 그 순간 내 생각이 잘못됐다는 걸 깨달았어요. 나 혼자가 아니라 햇빛, 물, 바람 등 자연의 모든 주체들이 힘을 모아야 하는 공동 작업이라는 걸 잊고 있던 거죠. 그런 점에서 농사는 예술, 종합예술이 맞습니다.

이건 조금 다른 각도에서의 이야기인데요. 농업이 기존의 예술적 상상력과 결합하는 방법도 농업과 예술이 하나 되는 길이 아닐까 싶습니다. 얼마 전까지만 해도 트렌디한 상품을 광고할 때 배경으로 삼은 곳들이 주로 폐허가 된 공장 같은 곳이었는데요. 패션쇼 무대도 중국의 낡은 화학공장이나 유럽의 고전 미술관 등이었고요. 하지만 앞으로는 감각적으로 앞서나가는 사람들이 농촌에 주목할 겁니다. 지난 봄 샤넬이라는 브랜드는 패션쇼 무대를 헛간으로 꾸며 전원적인 느낌을 선보였는데, 그런 시도들은 더욱 많아지리라 예상해요.

반대로 농산물을 판매하는 매장은 예술적인 갤러리처럼 꾸미면 좋겠지요. 단, 작품을 멀리서 감상해야 하는 기존 갤러리와는 달리 마음껏 만질 수 있고, 맛을 볼 수 있으며, 향을 음미할 수 있는 오감이 열린 공간으로 말입니다. 공간 자체가 흙의 연장선상에서 펼쳐지는 하나의 예술현장이 되는 셈이지요.

**이태근** | 말씀을 듣다보니 시장에 꽃향기만 나는 게 아닌데 과연 장 보러 온 도시사람들이 된장냄새 나는 걸 좋아할까? 또 저처럼 예술에 일자무식인 사람들은 갤러리처럼 만들어놓은 매장에서 거리감을 느끼지 않을까? 하는 걱정이 드는데 어떻게 보세요? 장삿속으로 농산물에 예술이라는 포장을 씌우는 것 아니냐는 오해도 불러올 수 있지 않겠습니까?

**천호균** | 듣고 보니 그럴 우려도 있겠네요. 하지만 그런 과정을 통해 농업과 예술의 결합에 대한 이해가 점차 확산되고 받아들여지지 않을까요? 의도만 진실하다면 말입니다. 이 회장님께서 더 잘 보셨겠지만 사

과나무가 열매 한 알을 맺으려고 벼가 알곡을 맺으려고 몇 개월 동안 온 힘을 쏟잖아요. 그걸 보면서 전 작품 하나를 위해 작가가 긴 시간 공을 들이는 모습을 떠올렸습니다. 뿌리에서 물을 빨아들여 가지와 잎을 뻗고, 꽃을 피우고, 열매를 맺기까지 사과나무나 벼나 모든 식물들의 하루하루는 창조의 나날이라 할 수 있습니다. 열매 한 알은 그 자체로 훌륭한 예술품이고요. 그 과정에 담긴 예술적 가치를 저는 목격자 입장에서 전달할 책임을 절감합니다. 과정상의 오해도 생길 수 있고 장삿속으로 뛰어드는 이들도 있겠지만 멀리 내다봐야지요. 진심은 통한다는 믿음을 가지고요.

예술마을 헤이리에 '농부로부터' 매장을 내면서 저 나름대로 가슴에 품은 다짐 같은 게 있습니다. 가게를 통해 기존의 예술영역을 뛰어넘는 '생활의 예술' 영역을 개척해보자는 것이었는데요. 헤이리에 올 때 사람들이 으레 기대하는 것들이 있잖아요. 일상에서 벗어나 그림 감상하고, 커피 한 잔 하며 여유를 되찾고…… 그런데 그런 기대를 넘어서 우리가 평소 잊고 있던 삶의 소중한 가치를 떠올려보았으면 좋겠습니다.

'농부로부터' 매장의 바닥을 보면 실개천이 그려져 있는데요. 고객들이 우연히 바닥을 보고 "어, 이거 개천 아냐?" 하면서 온 사람들 사이에서 화제가 샘솟기를 바라고 그려넣었어요. 졸졸졸 개천에 물이 흘러가는 소리를 기억하는 이에겐 물소리가 들릴 테고, 시골 원두막에서 옹기종기 앉아 참외 한 알 깎아 먹던 추억을 갖고 있다면 잠시나마 그 시절로 돌아갈 수 있겠지요. 무감각해졌던 예술적 감성들을 되살리면서 거칠어진 사람들 심성도 부드러워질 수 있겠고 그런 사람들이 모여 있을 때 비로소 유기농 농산물을 파는 매장의 분위기가 형성되지 않을까 생각합니

다. 너무 거창한가요? 여러 가지를 구상 중인데 좋은 아이디어를 갖고 계시면 좀 풀어봐주십시오. (웃음)

**이태근** | 저야 흙 살리는 건 좋아하지만 예술은······ (웃음) 게다가 말씀 들어보니 저보다 더 많은 아이디어를 갖고 계신데요. 도리어 제가 배워 가야겠습니다.

**천호균** | 하하, 이거 한방 먹는 것 같습니다. 농사짓기 전부터 제가 중요하게 여겨온 것이 예술적 감성인데요. 쌈지 디자이너들에게도 항상 '편하게!' '자연스럽게!' '자유롭게!'를 강조해왔으니까요. 그 감성을 '농부로부터'에서도 실현하고 싶었습니다. 매장에 '생긴 대로' 코너를 만들고 생김새가 매끈하지 않거나 흠집 있는 농산물을 판매하는 것도 그런 이유에서입니다. 처음에는 못난이 코너라고 불렀는데, 못났다 잘났다 하는 것도 인간 중심으로만 판단한 결과라는 생각이 들어 '생긴 대로'라고 이름을 지었습니다. "못생겨서 죄송합니다"가 아니라 "생긴 대로 삽시다." 그런 의미인데 자연스러움을 중심에 둔 발상이지요. 무엇보다도 좋았던 것은 애써 채소와 과일을 키운 농부는 못생겼다는 이유로 멀쩡한 농산물을 버리지 않아도 되고, 사람들은 가격 부담 없이 구매할 수 있으니 양쪽에 도움을 줄 수 있다는 점이었고요.

**이태근** | 소비자 입장에선 반길 일이었겠지만 농부들은 무척 난감해했습니다. 프로농사꾼인 내가 어떻게 비틀리고 못생긴 걸 내놓냐면서 못난이 팔았다고 소문나면 큰일 난다는 거예요. 따지고 보면 그것도 농부

의 눈이 아니라 소비자의 시선으로 본 결과죠. '생긴 대로'라는 농산물을 보면서 저는 소비자들이 잘생겼다는 것이 무엇을 의미하는가를 동시에 생각해봤으면 하는데요. 반듯반듯하게 생긴 것을 진정으로 잘생겼다고 말할 수 있을까요? 만일 그것이 농약 치고 흙속의 미생물은 모조리 죽인 다음에 공장에서 규격에 맞춰 찍어내듯이 길러낸 결과물이라면 뭐라고 말할까요? 정작 있어야 할 영양분은 사라진 채 겉만 멀쩡한 경우도 적지 않은데 말입니다. 생김새에 대한 판단의 기준도 새롭게 정립할 필요가 있어요.

**천호균** | 바로 그겁니다. 못생겼다 잘생겼다 할 때 이 '생기다'는 살아 있다는 뜻의 '생(生)'자를 쓰니까 말 그대로 '살아 있다'는 말인데 우리는 살아 있는지를 제대로 살피지 않습니다. 저희 집 벽 한가운데에 "생긴 대로 살자"라는 가훈 같은 글귀를 걸어놨는데, 보면 볼수록 그 말은 저를 늘 깨어 있게 합니다. 세상 모든 것들이 생긴 대로 잘만 살아가는데, 우리는 이상하게도 있는 그대로의 아름다움을 인정하지 않아요. 남들이 세워놓은 기준으로 판단하니까 그 안에 있는 진정한 아름다움이나 본래의 가치를 볼 수 있는 눈이 흐려진 게 아닌가 싶어요. 얼마 전 친구들과 밥을 먹는데 TV에 한 여자 운동선수가 나왔어요. (웃음) 제가 저 친구 참 예쁘지 않냐고 했더니 제 친구들이 절 보고 "넌 어쩌면 그렇게 눈이 낮냐"며 놀리는 거예요. 심하게는 변태라고 하기도 하고. (웃음) 제 눈에는 밝고 건강한 에너지가 가득해 참 예쁘게 보이는데, 왜 그것이 아름답게 보이지 않는지 지금 생각해도 참 이상해요. 우리도 모르는 사이에 각자 '생긴 대로'의 가치를 볼 수 있는 시력을 잃어버린 듯합니다.

**이태근** | 동감입니다. 말씀 나누면서 보니까 천 사장님과 제가 비슷한 점이 많습니다. 우리는 역시 생긴 대로 사는 게 아닌가 싶네요. 사실 생긴 걸로 보면 제가 조금 더 잘생긴 것 같기는 한데.(웃음)

**천호균** | 그건 좀 더 깊은 토론이 필요한 문제 같은데요. (웃음) 한 가지 더 말씀드리자면 '생긴 대로'를 통해 제가 기대하는 것이 있습니다. 농산물만이 아니라 사람을 보는 시각, 아이들을 보는 부모들의 시각도 달라졌으면 하는데요. 부모들은 아이들을 생긴 대로 살게 놔두지 않습니다. 어른들 생각대로 틀을 만들고 거기에 자녀들을 맞추려 하죠. 원래 교육이란 것은, 자기만이 가진 독자적이고 개성적인 생기를 북돋아주는 일이 아닌가요? 그런데 현실에서는 각자 가진 생긴 대로의 틀을 짓밟고 파괴해버립니다. 아예 해체까지 해버려서 원래 어떻게 생겼는지 알아보지 못하게 만들고 있기도 하지요. 부모들이 가장 고민하는 것이 아이들 교육문제라고 하는데, 저마다 고민의 지점은 다르겠지만 궁극적인 핵심은 "어떻게 하면 일류대학 가게 할 수 있을까?"에 있는 듯 보여요.

유기농에 깃든 정신을 교육에 연관시켜 본다면 전 농부가 흙을 믿고 정직하게 농사짓듯이 자녀의 바탕이 어떤가를 살피고 믿는 게 부모 된 자의 역할이라고 생각합니다. 집에서 한 마디 들을 각오로 얘기하는데, 사실 우리 집의 두 아이는 그야말로 방목교육, 알아서 잘 커라 하면서 키웠어요. 아내는 그걸 자랑이라고 떠들고 다니냐고 할지 모르지만. (웃음) 아이들이 좋아하는 걸 스스로 찾아서 앞가림 할 수 있도록 하고, 주변 사람들과 잘 어울려 살도록 하는 게 최선이자 최고의 부모라고 믿었거든요.

**이태근** ㅣ 부모로서의 근무태만을 이렇게 돌려 말씀하시는 것은 아닌지요? (웃음)

**천호균** ㅣ 어어 이런, 오해를 피하기 위해 한 말씀을 더 드려야겠습니다. 방목교육은 결코 방치교육과 다릅니다. 방목은 생명을 기르는 하나의 방식이고, 그러자면 우선 어디에 좋은 풀이 자라는지를 가려서 방목해야 하겠지요. 독초가 있는 곳에서 키우는 것을 방목교육이라고 하지는 않습니다. 또, 늑대가 오고 있는데도 아무런 방어책을 세우지 않는 것 역시 방목교육이 될 수 없고요. 아이의 자유와 개성을 최대한 존중하면서도 가능한 좋은 환경을 만들어주자는 것이 핵심입니다.

부모나 농부는 여러 공통점이 있는 듯해요. 지금까지의 농사 경험에 비추어보면 무엇보다 잘 기다릴 줄 알아야 하고요. 농약과 비료를 주면서 제발 좀 빨리 열매 맺으라고 독촉하듯이, 비싼 학원비 내주니까 빨리 성적 올려라, 이건 비싼 음식이니까 나눠먹지 말고 너만 다 먹으라고 하고 있지 않은지 되돌아봐야 합니다.

**이태근** ㅣ 농사를 짓다보면 왜 자식 농사라는 말이 나왔는지를 알게 되죠. 어쩌면 이렇게 내 마음을 몰라주나 야속할 때가 많은데, 그럴 때일수록 무조건 믿어야 합니다. 믿어주는 게 아니라 믿는 거예요. 남들보다 더디게 클 수도 있고, 다른 방향으로 가지를 뻗을 수도 있지만 끝내 튼튼하게 잘 자랄 거라는 믿음이요.

가지치기를 하잖아요. 이때 신기한 것이 가지를 지나치게 쳐낸다 싶으면 나무는 엉뚱하게 다른 곳으로 가지를 냅니다. 마치 강압적으로 가르치려고만 드는 부모들에게 반항하면서 아이들이 곁길로 새듯이 말이지요. 아까 말씀하신 대로 농사나 자식 농사나 기다림의 미덕을 십분 발휘해야 합니다.

**천호균** | 백배천배 동감입니다. 이제 보니 우리의 대화가 여러 방향으로 가지를 뻗어가고 있네요. 제가 자연스러운 분위기를 좋아하는 만큼 자연스럽게 앞서 했던 이야기를 이어가보겠습니다. (웃음)

유기농 농산물 브랜드를 만들겠다고 한 뒤 고민했던 부분에 대해 말씀을 드릴까 하는데요. 그동안 쌈지를 통해 전 소비자들과 편하고 자유로운 느낌으로 소통하는 쪽이었는데, 기존의 유기농 농산물들이 때로는 너무 계몽적인 메시지를 전하고 있는 것 같더군요. 단순한 소비를 넘어서 새로운 문화를 싹틔워보자는 것까지는 좋은데 뭔가 경직된 분위기인 것 같았습니다. 유기농이 좀 더 가볍고, 일상적이고, 친근한 주제로 다가가면 좋지 않을까요?

**이태근** | 그 말씀에 공감합니다. 유기농을 하는 분들이 책임감은 투철한데 융통성이 좀 부족한 편입니다. 유기농은 환경적 · 생태적 가치와 이어질 수밖에 없는데 그러다보니 본의 아니게 책임을 요구하는 메시지를 강조하게 된 부분도 있을 겁니다. 유기농이 담고 있는 생명력 넘치는 에너지를 활기차게 전할 수 있어야겠지요

**천호균** | 유통이란 게 서로 통하도록 하는 것이니 만큼 농부와 소비자들, 그리고 흙과 사람이 잘 통할 수 있도록 길을 열어봐야지요. 그러다

보면 제가 예상하지 못했던 또 다른 길이 열리겠고요.

"농사가 예술이다"라는 말을 뒷받침할 좋은 문구를 찾던 중 현대 문명을 두고 깊이 성찰했던 인류학자 레비스트로스가 예술에 대해 한 말을 접하게 됐는데요. 그가 이런 말을 했어요. "예술은 우리가 어디서 왔는지를 알려주기 위해 남겨둔 작은 야생의 섬처럼 현대 문명 속에 살아 있다". 전 여기에 예술 대신 '농사'라는 단어를 대체해서 쓰고 싶어요. 농사는 우리가 어디서 왔는지를 알려주기 위해 남겨둔 작은 야생의 섬처럼 현대 문명 속에 살아 있다. 정말이지 말이 되지 않습니까?

**이태근** | 그렇습니다. 진정한 농사, 흙을 살리는 농사는 인류가 가야 할 방향을 알려주는 나침반이 되어줍니다. 흔히 하는 말로 사람은 변하지 않는다는 말을 하잖아요. 본성은 아무리 해도 바뀔 수 없다는 것인데 전 사람들이 공통적으로 갖고 있는 선한 본성이 있다고 생각합니다. 현대 문명이 그 본성을 덮어둔다 할지라도 인간이 그 성질을 잃어버리지는 않을 테고, 흙을 살리는 농사를 지으면 우리 안에 뿌리내려 있는 그 본성이 살아나리라고 봐요. 유기농업은 우리의 도시문명, 기계문명이 갉아먹어버린 인간의 심성을 재생시킬 수 있는 힘을 갖고 있습니다.

문명이라고 이름 붙인 것들이 사람 마음을 얼마나 거칠게 만들었는지 도시에 오면 피부로 느끼게 되는데요. 특히 도로에서 지나는 사람을 앞에 두고 경적을 울려대는 모습을 보면 정이 뚝 떨어집니다. 참, 자동차 얘기를 하다 보니 생각난 우스갯소리가 하나 있는데, 한숨 돌릴 겸 들어보세요. 제가 사는 곳 충청도 얘기입니다.

서울사람이 한적한 1차선 도로를 가는데 앞차가 속도를 내지 않았다고 해요. 급한 서울사람은 경적을 울리면서 재촉했는데, 앞에 가던 차가 갑자기 멈춰서더니 운전자가 내려서 오더랍니다. 서울사람은 큰일 났다고 하면서 잔뜩 겁먹고 있는데 앞사람이 그러더래요. 충청도 사투리로 점잖게 "그렇게 급허면 어제 오지 그랬슈." (웃음)

**천호균** | 웃자고 들려주셨지만 웃어넘길 이야기가 아닌데요. 현실을 가장 예리하게 바라보고 민감하게 느끼는 분들이 시인이라고 하는데, 최근 시인들이 한목소리로 속도에 대한 경고음을 내고 있단 말입니다. 빠르고 느린 것은 저마다 상대적일 텐데요. 문제는 그 속도가 자기 삶의 리듬에 맞춘, 스스로 조절 가능한 속도인가에 있겠지요. 떠밀려가는 방식으로 조급하게 달리고 있다면 한번쯤 멈춰서서 자신에게 물어봐야 합니다. 빨리 가야 할 급박한 일이 있는지, 가속이 습관이 되지 않았는지, 무엇이 우리를 그토록 조급하게 만들었는지 찬찬히 따져봐야 하는 것이죠.

**이태근** | 대체로 과속이 익숙해진 시대에 유기농업은 상당히 비효율적인 방법이지요. 오랫동안 기다려야 하고 손도 많이 가고 공을 들인 것에 비해 수확량은 상대적으로 적은 게 사실입니다. 하지만 유기농업은 절대 우리가 잊지 말아야 할 가치들을 일깨웁니다. 그중 하나가 공존인데요. 유기적이란 말이 갖는 의미가 몸의 기관, 즉 유기체의 조직처럼 서로 긴밀하게 연결되어 있다는 의미잖아요? 유기농으로 농사를 짓다보면 생명체가 얼마나 밀접하게 연관돼 살아가는지를 뼈저리게 실감합니다. 권정생 선생님의 동화 『강아지똥』을 보면 강아지가 길가에 똥을 누

었는데 그 똥이 흙이 되고 거기서 민들레가 피어나잖아요. 강아지똥이 민들레꽃을 피워내는 영양분, 그러니까 밥이 된 거거든요. 이 세상의 모든 것들은 서로 관계를 맺고 끝없이 순환하면서 서로의 밥이 되어줍니다. 그걸 잊고 사람들은 지렁이와 좋은 미생물들이 애써 살려놓은 흙에다가 화학비료, 농약, 제초제를 뿌려서 마구잡이로 파괴해버리죠. 조금만 시간이 지나면 흙은 망가지고 수확도 줄어 더 많은 비료와 농약을 쓰게 되고 결국 그 손해는 사람에게 가게 되는데도 말입니다.

**천호균** | 공존에 대해 말씀하시니까 생각나는 이야기가 있어요. 옛날에 모심기가 끝나면 논둑에 콩을 심었는데, 꼭 한 구덩이에 세 알씩 심었다면서요. 땅 속 벌레가 한 알, 하늘 위 새가 한 알, 그리고 농부가 한 알, 이렇게 사이좋게 나눠먹으려고요. 그 어떤 소설이나 영화보다도 감동적인 이야기 아닙니까? 그런데 요즘에는 새나 벌레는 물론이고 사람끼리도 잘 나누려 하지 않아요. 흙을 건강하게 하는 벌레들도 농사의 일원인데 넌 먹지 마라, 왜 그리 야박하게 구는지 모르겠습니다. 어쩐지 그렇게 인심 사납게 거둬들인 농산물은 때깔만 고울 뿐 정작 속은 차 있지 않아 보입니다.

**이태근** | 건강을 넘어서 지나친 보신주의는 문화를 경박하게 만들고 맙니다. 웰빙을 빙자한 상업주의만 남길 뿐이고요. 그건 자연의 내면에 어떤 생명이 숨 쉬고 있는지를 생각하지 않고 그저 이용할 대상으로만 여기게 합니다. 인간을 바라보는 눈도 다를 바 없겠지요. 제가 유기농을 해야 한다고 부르짖는 것은 단순히 농법에만 한정짓는 것이 아니라

이 시대에 유기농이야말로 인간과 자연, 도시와 농촌 모두를 살리는 최선의 길이라는 확신을 갖고 있기 때문입니다.

**천호균** | 농사짓는 방법에 따라 풀을 친구로 볼 수도 원수로 볼 수도 있다고 하는데요. 화학농법으로 농사짓는 사람과 유기농법으로 농사짓는 사람은 풀만이 아니라 사람이나 삶을 바라보는 방향 자체도 많이 다를 것 같습니다. 타인과 자연에 대한 배려 없이 나와 내 가족의 건강, 편리만을 찾으려 하는 것은 공허한 일이지요. 이 회장님 말씀대로 유기농을 중심축으로 해서 아름다운 공생의 물결이 일어났으면 좋겠습니다.

# 논은 최고의 정원,
# 농사는 아름다운 땅을 확장한다

**이태근** ｜ 헤이리를 둘러봤는데 곳곳에 텃밭들이 꽤 많던데요. 내 땅도 아닌데 괜히 기분이 좋아졌습니다. 과거에는 논밭을 갈아엎고 아파트를 지었는데 이제는 도시 곳곳에서 논밭을 만들기 시작했나 봅니다. 봄에는 송파구에서 운영하는 '솔이 텃밭'이라는 곳에서 분양 신청을 받았는데, 몇 초 만에 마감됐다고 해서 깜짝 놀랐거든요

**천호균** ｜ 누가 들으면 유명 아이돌그룹의 콘서트 티켓 판매 기록인줄 알겠는데요. (웃음) 아파트는 미분양으로 골치라는데, 텃밭 분양 열기는 뜨겁다니 듣던 중 반가운 소식입니다. 지난해부터 아내와 농사를 체계적으로 배워보려고 파주 도시논밭학교를 등록해 다니고 있는데, 그곳에서도 농사에 대한 열기가 달라진 게 느껴집니다. 젊은 사람들이 제법 많이 눈에 띄더라고요. 농사에 관심을 갖는 젊은 친구들이 늘어나는 걸 보니 앞으로 뭔가 달라지긴 하겠구나 하는 좋은 예감이 들었는데요. 신

축 아파트 중에서도 베란다 텃밭이나 식물공장을 도입하려는 곳이 늘고 있다고 합니다. 도시사람들의 욕구를 가장 발 빠르게 구현하는 곳이 아파트인데, 몇 년 전부터 정원, 생태공원처럼 보다 생명력이 있는 조건을 강조하는 광고가 늘고 있더라고요. 무엇인가 중요한 변화가 일어나는 것 같고, 공공정책이 이런 움직임들에 부응해 지원을 해준다면 도시가 훨씬 나은 모습으로 변할 수 있지 않을까 생각해봤습니다.

**이태근** | 강의하느라 전국의 도시들을 다니면서 거리 모습을 살펴보곤 하는데요. 지난해부터 스티로폼 상자나 나무 상자, 고무 대야에 심겨진 상추랑 고추가 확연히 늘어났습니다. 사람들의 심리가 궁금해서 송파구 텃밭 개장식을 할 때 참석한 분들에게 다가가서 귀찮은 농사를 군이 왜 하려 하냐고 물어봤는데요. 한결같이 예전부터 기회만 되면 꼭 텃밭을 갖고 싶었다고 대답하는 겁니다. 텃밭 가꾸기가 도시민들의 일종의 희망처럼 되었나봐요. 하긴 도시텃밭이 별것 아닌 듯해도 큰 보람을 주지요.

**천호균** | 놀라운데요. 그 정도일 줄은 전혀 예상하지 못했습니다. 텃밭 농사를 취미나 소일거리 정도로만 볼 게 아니군요.

**이태근** | 최근 농업(agriculture)과 오락(entertainment)이 합쳐진 '애그리테인먼트(agritainment)'라는 신조어가 등장할 만큼 농사짓기는 취미나 여가생활이 되기도 하지요. 그러나 유럽의 경우는 근대화 과정에서 빈민의 자급자족을 위해 도시농업을 운영했습니다. 일본은 도심 녹지를

보호한다는 차원에서 도시농업을 제도화하고요. 미국의 시애틀이나 캐나다 밴쿠버는 공공텃밭을 프로젝트화해서 진행했습니다. 과거에 도시화는 자연과 멀어지는 것이 당연한 경로처럼 여겨졌지만 이제는 자연을 도시 안에 불러들이고 있습니다. 자연을 그저 경관의 하나로 끌어들이는 차원을 넘어서 그 안에 담긴 생명력을 도시에 불어넣고 있는 셈이지요.

**천호균** | 미국 백악관에 잔디밭 대신 텃밭을 만들었다는 소식은 신선하게 다가왔습니다. 미셸 오바마 여사가 견학 온 학생들과 함께 텃밭을 일구고 수확한 작물로 음식을 나누어 먹는 모습을 보면서 우리 국회나 청와대에서는 언제쯤 이런 모습을 볼 수 있을까 싶었어요. 최근 뉴욕에서는 바쁜 도시인들을 위해 대신 텃밭을 가꿔주는 신종 서비스업까지 성업 중이라고 합니다.

**이태근** | 도시농업이 가져온 변혁을 말할 때 쿠바만한 사례가 있겠습니까? 제가 2004년에 쿠바에 갔는데, 정말 놀라웠습니다. 90년대 초반 미국의 경제봉쇄 조치로 석유공급이 끊겼을 때 앞이 캄캄했을 것입니다. 그런데 쿠바는 이 재앙을 유기농, 도시농업으로 극복했습니다. 도시공터에 농장을 만들고 대규모의 국영농장을 나누어 소규모 가족농 중심의 유기농업으로 바꾸었죠. 그 결과 90년대 초반 40퍼센트에 머물던 식량 자급률을 2003년에는 100퍼센트로 끌어올렸습니다. 이와 비교해 봤을 때 우리나라의 도시농업은 도시농업답지 않은 측면이 있습니다. 농업이라고 말할 때는 농사가 업이 돼야 하는데, 그건 아니거든요. 지금의 수준을 표현하려면 오히려 도시텃밭 정도가 적당할 듯합니다.

**천호균** | 농사가 일자리까지 이어지지는 않았다 해도 도시사람들에게 텃밭은 일종의 거울 역할을 했다고 봅니다. 밥상을 어떻게 차릴지, 어떤 재료가 건강하고 깨끗한지에 대해 되돌아볼 기회를 갖게 했으니까요. 일본 원전에서 방사능이 누출됐다는 소식이 전해진 이후 더더욱 먹을거리에 대한 불안감이 높아졌습니다. 또 최근 몇 년간 잊을 만하면 나오는 뉴스들이 수입산 식품의 안전성 문제였잖아요. 걸핏하면 배춧값이나 상춧값이 천정부지로 뛰고 말이죠. 해도 너무한다 싶지만 농산물 값이 폭등하니까 어쩔 도리가 없는 겁니다. 이런 상황에서 믿을 수 없는 농산물을 비싼 돈 주고 사먹느니 차라리 내가 직접 길러먹는 게 속편하겠다, 이런 생각에서 텃밭에 채소를 기르겠다고 마음먹은 분들이 적지 않아 보이는데요. 어떻게 보면 다소 동기가 이기적으로 보이지만 그 이기적인 생각이 자연스럽게 유기농을 실천하는 쪽으로 연결될 수 있지 않을까요? 나와 내 가족이 먹을 건데 누가 농약이나 화학비료를 치려고 하겠어요.

**이태근** | 그래요. 거기에서 그치지 않고 차차 밥상에 담긴 문제들도 깊이 바라봐야겠지요. 보통 5평 정도의 밭이면 4인 가족이 상추나 고추 같은 채소들은 충분히 먹고도 남는데, 단순히 채소만 수확할 게 아니라 생각의 텃밭, 마음의 텃밭도 넓히고 가꾸는 것으로 이어져야 할 겁니다.

　전 또 다른 기대를 갖고 도시텃밭을 주목하고 있는데요. 바로 '푸드 마일리지'를 줄일 수 있기 때문입니다. '푸드 마일리지'는 작물의 생산지로부터 밥상까지의 거리를 말합니다. 먼 거리를 이동하기 위해서 방부제나 살충제를 많이 썼을 확률도 높고 무엇보다 운반과정에서 엄청난 석유에너지를 쓸 수밖에 없거든요. 흙과 최단거리를 유지하자는 얘기지요. 그럴수록 인간에게는 최고의 삶이 주어지니까요.

또 하나 도시농업만큼 도시민들에게 농민들의 마음을 전달하기에 좋은 다리 역할을 해주는 것이 없습니다. 아시다시피 농업은 연쇄작용이 강하게 나타납니다. 예를 들어 구제역 파동으로 삼겹살 가격이 오르면 상춧값이 내립니다. 구제역으로 육류를 찾지 않잖아요. 그러면 채소 소비가 줄어서 가격이 폭락해요. 국내 농업은 이렇게 연쇄작용의 고리에 걸려 피해를 보고 있습니다. 구조적으로 분명히 문제가 있는데, 이런 걸 아무리 얘기해도 도시사람들은 귀담아 들으려 하지 않습니다. 그런데 농사를 지어보면 달라지죠. 배추 한 포기, 감자 1킬로그램을 수확하기 위해 얼마나 고생을 해야 하는지 직접 경험하고 나면, 농민들이 나와 연결된 사람이라고 여기면서 그 마음을 헤아리게 되고 그 입장에서 바라볼 수 있습니다.

**천호균** | 맞습니다. 저만 해도 농민들과 관련된 뉴스가 나오면 나도 모르게 귀가 솔깃해지더군요.

**이태근** | 농사를 짓다 보면 농부 마음이 되니까요. 그래서 도시농업은 유기농 농산물의 판로 확보에도 도움을 줄 거라고 봐요. 도시에서 텃밭 농사를 짓는 분들은 거의 농약 안 치고 친환경으로 재배하니까 유기농이 뭔지를 알고, 심정적 지지를 보내게 되니까요. 유기농 상추를 길러 먹던 사람은 김장할 때 유기농 배추를 먼저 찾게 되지 않겠습니까?

현재 유기농 농산물은 매년 늘고 있는데, 아직까지 사는 사람들은 그에 따르지 못하는 실정입니다. 생산이 60퍼센트 정도 증가하는데 수요가 30퍼센트 정도에 머무르고 있으니까 판로가 문제인데요. 그래서 천 사장님이 유기농 농산물을 유통하는 매장을 만든다고 하셨을 때 얼마나 고마웠는지 모릅니다.

**천호균** │ 전 많이 배우고 있습니다. 농사를 지으면 정신적으로도 풍요로워지는 것 같습니다. 농사를 시작한 첫해에는 아침에 눈 뜨자마자 달려가는 곳이 텃밭이었어요. 밤새 얼마나 싹이 텄는지 궁금해서 가만히 있을 수가 있어야지요. 그런데 그게 마음공부에도 참 좋더라고요. 제 나이쯤 되면 내일에 대한 기대를 별로 하지 않게 되는데, 고추 모종 하나가 내일을 기다리게 만듭니다. 싹 트고, 꽃 피고, 열매 맺고 하는 시간들이 매일 가슴을 설레게 합니다. 이런 기대는 욕심이라기보다는 기쁨이라고 할 만하지요.

인간관계에도 적잖은 변화들이 있습니다. 제가 전에는 주말이면 골프 치러 필드에 나가곤 했는데, 헤이리에서 함께 농사짓는 분들과 모임을 시작한 이후로는 거의 나가지 않게 됐어요. 기업인들과의 친교 때문에 억지춘향처럼 나가던 자리였는데 농사 덕에 자연스레 발길을 끊게 됐지요. 흙을 일구고 거름을 주다 보니 규칙적으로 운동도 하게 되고, 이웃들과 함께 얘기도 나누고, 끈끈한 공동체의식도 갖게 되고 여러모로 이득입니다. 인간관계의 틀 자체가 바뀌는 이런 새로운 경험이 농사가 주는 귀중한 선물이 아닌가 싶습니다.

**이태근** │ 30년 동안 흙에서 살아왔다고 자부해온 저도 전혀 생각하지 못했던 얘기들인데요. 텃밭을 일군다는 건 그냥 안전한 먹을거리를 내 손으로 기른다는 것의 차원을 넘어서 삶을 살리는 좋은 처방전이 되는 게 분명해요. 이런 추세라면 퇴근하자마자 밭으로 달려가는 직장인, 농사의 달인으로 등극한 가정주부, 지렁이 연구를 하는 어린이 농부를 도시에서 만날 날도 머지않은 것 같습니다. 참, 천 사장님은 어린이 농부에 대해서도 큰 관심을 갖고 계시지요?

**천호균** | 쌈지농부에서 어린이 농부 체험교육을 열심히 하고 있어요. 농사를 지어본 아이들은 그렇지 않은 아이들에 비해 집중력이 뛰어나다는 사실, 알고 계신가요? 아이들에게 당근이나 콩을 심어서 길러보라고 하면 부모들이 금세 아이들의 변화를 느낀답니다. 모든 사물을 이전보다 세심하게 관찰하고요. 만지고, 냄새 맡고, 맛보는 감각적인 능력이랄까, 이런 것들이 훨씬 민감해지면서 표현력도 달라진답니다. 어떤 부모는 아이의 편식을 고치게 됐다면서 좋아하더라고요.

제게 손녀가 둘 있는데요. 어느 날부터인가 집에 놀러오면 밭에 심어 놓은 고추와 당근을 자주 들여다봐요. 그러더니 그렇게 싫어하던 당근을 직접 뽑아 먹더군요. 당근이 낯설어지지 않고 친근해진 겁니다. 그 당근 안에 스며든 할머니, 할아버지의 정성까지 함께 먹은 셈이니, 이보다 더 좋은 음식은 없겠죠.

어린이들의 몸과 마음을 건강하게 하기 위해서는 텃밭을 가꾸어야 한다고 강조했던 의사가 있다고 합니다. 슈레버라는 독일 의사인데요. 자신을 찾아오는 모든 환자들에게 "햇볕을 쬐고, 맑은 공기를 마시고, 푸른 채소 농사를 지으세요" 이런 처방전을 써줬대요. 만약 우리나라 종

합병원에 이런 처방을 내리는 의사가 있다면 어떨까요? 아무래도 당장 내쫓기지 않을까 싶어요. (웃음)

**이태근** | 시골 출신의 어느 시인은 서울에 살면서 외롭거나 아플 때는 텃밭을 찾았다고 하던데요. 그 사람 표현이 텃밭은 일종의 예방주사라고 합니다. 흔히 우리 나이가 되면 질병 하나씩은 대체로 갖고 있잖아요. 이 성인병이라는 것도 사실 우리가 흙과 헤어지고 나서 생긴 병이에요. 인류가 농사를 짓기 시작한 이래 몸을 움직이면서 흙냄새를 맡고 맑은 공기를 마시는 생활을 해왔는데 이걸 못하니까 몸이 그리워하는 거죠. 인간이 진화해온 방향과는 거꾸로 가니까 힘도 들고 병도 나는 겁니다.

**천호균** | 문득 떠오른 생각인데 텃밭 가꾸기를 치료 프로그램으로 활용해보는 건 어떨까요? 어떤 분이 요양원에 옥상텃밭을 만들었는데, 텃밭이 노인들에게 자신감과 활력을 불어넣는 효과가 있었다고 하더라고요. 몸이 아파 병원을 찾더라도 비용 때문에 제대로 된 치료를 받지 못하는 분들이 많은데, 미리 예방치료 차원에서 도시의 소외계층을 위해 텃밭을 만들어 무료로 분양하는 제도를 만들어보면 어떨까 싶습니다. 외국에서는 노인복지의 하나로 반려동물을 지원한다는데, 이것처럼 소외계층에게 반려식물을 보급하는 거죠.

**이태근** | 반려식물 보급이라, 괜찮은 방법인데요. 내 손길을 필요로 하는 생명체가 곁에 있다는 것은 삶에 큰 의미를 주잖아요. 그렇지 않아도

저희 흙살림 쇼핑몰에서 인기몰이를 하고 있는 제품 가운데 하나가 그로우백(grow bag)입니다. 일종의 주머니텃밭이라고 볼 수 있는데, 두 터운 방수 천으로 만들어서 가볍고 거기에 흙을 담으면 화분이 됩니다. 텃밭을 만들 땅이 없다고 하는 분들에게 이 그로우백을 선물 드렸더니 어찌나 좋아하시던지, 이런 걸 나누는 기쁨이라고 하는구나 하면서 내심 혼자 흐뭇해했습니다.

**천호균** | 그래요. 땅이 없어도 떵떵거리며 살 수 있는 방법은 얼마든지 있습니다. 디자인 분야에서도 도시농업을 일상생활로 끌어들이려는 시도들이 활발해지고 있는데요. 일전에 〈도시농부의 하루〉라는 전시회에 간 적이 있는데, 폐파이프나 헌 양철 트렁크, 헌 청바지 주머니 같은 걸 화분으로 이용해서 전시해놓았더군요. 버려질 운명에 처한 물건들이 재활용되어서 새로운 생명을 얻고, 더 나아가 식물이 자랄 수 있는 생명 탄생의 현장으로 탈바꿈한 셈인데, 아이디어가 재미있고 인상적이었습니다.

이 전시에서 전하는 메시지를 압축하면 결국 흙의 힘이에요. 모든 폐기된 것들을 녹여 생명으로 재창조하는 힘을 갖고 있는 게 바로 흙이잖아요. 앞서 강아지똥이 민들레의 밥이 됐다고 말씀하신 것처럼 이 세상에 쓸모없는 것은 하나도 없는 것 같습니다.

**이태근** | 그렇지요. 흙은 그런 의미에서 우리에게 다시 보는 안목을 가르쳐줍니다. 지구의 역사가 대략 46억 년이라고 하잖아요. 개인적으로 참 힘든 시기에 밭에 가서 아무 생각 없이 주저앉아 있던 적이 있어요.

그때 무심코 흙 한 줌을 쥐었는데, 이 흙이 얼마나 오랜 세월을 견뎌왔을까를 생각하니 내 고민이 하찮아 보이는 거예요. 흙은 우리가 인식하고 있던 삶보다 훨씬 커다란 테두리가 있음을 알려주고 우리를 겸손하게 만듭니다. 자신을 겸허하게 작은 존재로 되돌아보게 하지만 결코 위축시키지는 않고요.

**천호균** | 농사가 예술일 수 있는 것이 흙이 가진 신비로운 힘 덕이겠지요. 흙과 가까이 하면 삶은 아름다워질 수밖에 없습니다. 그래서 제가 도시를 살리자는 뜻으로 시청 앞에 논을 만들자는 제안을 한 적이 있어요. 희망제작소의 박원순 변호사와 만났을 적에 이 얘기를 꺼냈는데 박변호사께서는 아주 좋은 아이디어라면서 요즘도 가는 곳마다 제 얘기를 전한다고 말씀하시네요. 당시 시청 앞에 논을 만들자는 제안은 제가 상당히 조심스럽게 꺼낸 거였거든요. 벼농사 한번 지어보고 하는 얘기냐, 현실적으로 진지하게 고민해본 의견이냐는 쓴소리를 들을까봐서요. 그 뒤로 농사짓는 친한 친구를 만났을 때 욕먹을 각오를 하고 네가 보기에는 어떨 것 같냐고 슬쩍 물어봤더니, 이 친구가 환한 얼굴로 괜찮을 것 같다고 맞장구를 치더라고요. 용기백배해서 요즘에는 기회만 닿으면 끊임없이 제안을 하고 있습니다. 일종의 새로운 도시 만들기 프로젝트인 셈이지요.

**이태근** | 신기합니다. 저와 똑같은 생각을 하는 사람이 여기 또 한 분 계시다니요. 시청 앞에 잔디밭을 깔길래 그 잔디를 거둬내고 논이나 텃밭을 만들자고 한 적이 있습니다. 잔디를 가꾸기 위해서는 농약을 뿌릴

텐데 그 비용으로 논이나 밭을 만들어 작물을 키우면 여러모로 이득이 아닙니까? 일자리 생기지요, 수확한 농산물을 어려운 분들에게 나눠줘도 되지요. 똑같은 땅이지만 그 땅에서 나온 결과는 천양지차입니다.

서울 시내 한복판에 논을 만들자는 의견은 전혀 근거가 없지 않습니다. 역사적으로도 선례가 있어요. 창덕궁 안에 있는 창의정이라는 곳은 조선시대 임금이 직접 수확한 벼로 초가를 올렸고, 농사의 소중함을 백성들에게 일깨워주기 위해 지어졌다고 합니다. 임금이 직접 농사를 지었듯이 광화문 광장에 벼농사를 지으면 농업의 중요성과 의미를 공유하는 계기가 되겠죠. 시청이나 광화문 앞에 임금님 수랏상에 오르던 토종 벼들을 심어놓고 사람들에게 이것이 세종대왕이 먹던 쌀이다, 이러면 얘깃거리가 되잖아요. 광장에 심은 벼를 수확해봤자 몇 가마나 나오겠냐고 하면 할 말이 없지만요.

특히 요즘 들어 도시의 열섬화 현상이 심각해지지 않습니까? 도시에 논이 만들어져 있다고 생각해보세요. 열기도 내리고 장마철의 비도 흡수하고 도시의 개성도 생기고……아마 화젯거리도 될 겁니다. 다른 나라들이 따라하고 싶어할 수도 있어요. 서울 한복판의 벼농사를 즉흥 이벤트로 보는 사람들도 있겠지만 막상 하나의 모범적인 선례가 생기면 그 이후는 당연하다고 여기게 될 겁니다.


**천호균** | 시청 앞이나 광화문에 논을 만드는 게 그렇게 어려운 일이 아닌 거군요?


**이태근** | 그냥 물만 넣으면 돼요. 나머지는 시간이 해결해줍니다. 서울

에서도 이미 여러 곳에서 벼를 키우고 있어요. 일본의 롯본기에 가도 옥상에 논을 만들어놨어요. 벼라는 작물이 수십 미터 뿌리내리지 않으니까 물이 새지 않게 비닐 한 장 깔고, 흙을 두툼하게 넣고, 다음에 물 넣고 모를 심으면 끝입니다. 크게 할 필요도 없습니다. 상대적으로 밭농사보다는 논농사가 쉬워요.

논이 도시풍경의 하나가 된다고 상상해보십시오. 모를 심고 수확하는 과정에서 도시의 새로운 축제를 기획할 수도 있습니다.

**천호균** | 흙살림에서 20주년 행사 때 하던 것처럼 모심기를 해보면 좋겠는데요. 양쪽에서 못줄을 잡고, 사람들이 죽 늘어서서 모를 심고, 노래도 배워서 함께 부르고, 중간중간 새참 먹는 시간을 정해서 나눠먹고 말예요. 상상할수록 재미있겠습니다. 논에서 맛볼 수 있는 즐거움이 이토록 다채로울 줄 몰랐어요.

사실 제 눈에 논이 들어온 건 얼마 되지 않았습니다. 몇 년 전 장모님이 돌아가셔서 이천에 모셨는데 아내와 자주 찾아뵈었거든요. 주변을 보니까 논의 빛깔이 눈부신 연둣빛인데 한 마디로 황홀해요. 여름을 지나면서는 연초록으로 그 뒤로는 황금빛으로 출렁이는데, 어느 날은 백로 한 마리가 무심히 외발로 서 있는 거예요. 어쩌면 저럴 수 있나 넋을 놓고 한참을 바라봤습니다. 그때 이거다! 하면서 결심했지요. 아름다움을 파는 장사꾼으로서 사라져 가는 것, 숨어 있는 아름다움을 찾아서 알려야겠다고 말입니다. 우리 어머니가 예쁘다고 사람들에게 강요할 수는 없지만, 논이 아름답다는 것은 사람들에게 강요할 수 있지 않습니까? (웃음)

논에 반한 건 저만이 아니었나봅니다. 전(前) 문화재청장인 유홍준 교수가 뉴욕현대미술관(MoMA) 부관장과 함께 남도 구경을 떠나게 됐는데, 떠들썩하던 차 안의 분위기가 갑자기 숙연해지더래요. 무슨 일인가 돌아봤더니 외국 손님들이 창밖만 바라보면서 저 누런 풀의 이름이 뭐냐고 동양의 색감이 서양과 다른 이유를 알게 됐다고 감탄을 하더랍니다. 추수할 즈음의 논을 보았던 거죠. 그때 이후 유홍준 교수는 우리나라에서 가장 아름다운 정원은 논이라고 하신다는군요.

**이태근** | 논이 새롭게 해석되고 평가되고 있어서 다행입니다. 논은 인간의 노동이 얼마나 아름다울 수 있는가를 담담히 보여주는 한 폭의 풍경화라는 생각을 해요. 다양한 생물들이 어울려 사는 보금자리이기도 하고요. 지금은 거의 볼 수 없지만 농약을 치지 않던 때에 논에는 미꾸라지, 민물새우, 우렁이가 살았거든요. 고기를 많이 못 먹던 시절에는 논은 단백질 공급처였습니다. 민물새우와 우렁이가 살아 있는 논을 볼 수 있으면 좋겠습니다.

**천호균** | 이 회장님에 비하면 일차원적으로만 논을 봐왔군요. 예쁘다고 감탄만 했던 제가 조금 부끄러워집니다. 부모님께서 항상 "사람은 밥값을 해야 한다"고 말씀하셨는데요. 그 말이 간단치 않게 다가옵니다. 쌀 한 톨이 영글기까지 거기에 담긴 농부의 수고를 따지면 밥값은 어마어마한 가치를 지니고 있는 거잖아요. 밥값은 하면서 살고 있는지 스스로에게 물어봐야겠군요.

**이태근** | 그 말씀은 오늘 밥값은 천 사장님이 내시겠다는 뜻이겠지요. 그렇게 받아들이겠습니다. (웃음)

# 공사(工事)가 된 농사(農事),
# 공장이 된 농장

**천호균** | 농업 얘기를 하다보니 걸음마 농부인 저는 별로 할 말이 없습니다. 대담이 아니라 제가 궁금한 것을 여쭙는 시간이 되겠는데요. 한수 가르쳐주십쇼. (웃음) 먼저 유기농, 유기농 하면서 쓰고 있는데, 유기농산물은 어떻게 짓는 것을 말하나요?

**이태근** | 유기농은 3무 농법, 즉 화학비료, 제초제, 화학농약을 쓰지 않고 기름지고 건강한 퇴비를 사용하는 농업이라고 할 수 있습니다. 더 철저하게 하자면 밭에 비닐을 깔지 않고, 항생제나 방부제가 들어 있는 사료를 먹인 짐승 똥으로 만든 퇴비는 쓰지 말아야 합니다. 현재 한국에서 친환경농산물이라고 하면 유기재배와 무농약재배로 길러낸 것을 말하는데요. 농약은 쓰지 않고 비료는 기준치의 3분의 1만 쓰는 것을 무농약이라 합니다. 저농약농산물은 친환경농산물에서 2015년부터 제외될 예정입니다.

**천호균** | 그럼 유기농이라는 말은 언제부터 쓰게 된 건가요?

**이태근** | 우리에겐 유기농이란 말이 따로 없었지요. 불과 50년 전까지 전통적으로 농사짓던 방식이 그냥 유기농이었으니까요. 외국의 경우를 보면 몇 가지 설이 있는데요. 유기농이란 개념이 나온 데는 철학자 루돌프 슈타이너의 영향이 컸다고 알고 있습니다. 당시엔 많은 사람들이 땅을 떠나 도시로 이주할 때였는데 슈타이너는 음식이 소비재로 변질됐다면서 농산물의 생명력을 최우선으로 삼아서 농사를 지어야 한다고 주장했습니다.

**천호균** | 농학자가 아닌 철학자의 영향을 받았다니 의미심장합니다. 제가 십대 때에 철학이 뭔지도 모르고 막연히 철학과를 가겠다고 했는데요. 뒤늦게 밭에서 살아 있는 철학 공부를 하고 있어요. 우리말의 단어하나에도 깊은 뜻이 있음을 새삼 깨닫고 있습니다. 저는 '농사짓는다'는 말이 참 좋습니다. 아기의 이름을 짓고, 글을 짓고, 노래를 짓고, 밥을 짓고, 집을 짓고, 삶에 중요한 가치를 부여하는 것에 이 '짓다'라는 말을 쓰더라고요. 그러고 보면, 농사는 단지 흙 속에서 생명을 캐내는 정도가 아닌, 자기 마음밭에서 새로운 생각을 캐내는 일도 되는 것 같아요. 그렇게 해서 내 인생을 새롭게 짓는 거죠. 음, 제가 말해놓고도 굉장히 멋진 말을 한 것 같아요. (웃음) 학교에서 철학 공부는 못했지만 논밭에서 철학을 배우고 있습니다.

**이태근** | 농사의 가르침은 풍요롭지요. '문화'라는 영어단어 culture도

'땅을 간다' 는 cultivate에서 나왔습니다. 동양이나 서양이나 모두 농업이 주는 생각의 깊이와 문화, 철학에 관심을 가져왔던 거죠. 농사가 철학의 바탕이 된 겁니다.

말씀하신 것처럼 '짓다' 라는 말은 오묘하지요. 그만큼 농사는 모름지기 정성을 다해야 하는 것인데 근대에 들어서는 생산성만을 강조해왔습니다. 그러다보니 한 시대의 생각도 생산성 위주로 바뀌어 생물 본래가 갖고 있는 시간을 무시해버렸죠. 생명에 대한 폭력이나 다름없습니다. 한때 퇴비를 만드느라 닭을 키운 적이 있는데요. 양계장에서 수명을 다한 닭, 그러니까 달걀을 하루에 한 개씩 낳지 못하는 닭을 폐계라고 하는데 이 닭을 싸게 사다가 키웠어요. 그 닭똥으로 퇴비를 얻으려 한 거죠. 그런데 신기한 것이 널찍한 환경을 마련해주고 현미 등을 섞은 먹이를 주면 이 닭이 원래 갖고 있던 생명력을 되찾아요. 하루에 하나씩 달걀도 낳고 말예요. 폐계가 아니었던 겁니다. 잘못된 환경에서 그런 판정을 받은 것인데 인간 중심의 기준에서 판단한 거죠. 닭이 원래 살 수 있는 시간은 10년 정도인데 인간의 음식 재료로 생산되는 닭의 수명은 채 60일이 되지 않습니다. 이는 농장이 아니라 공장입니다.

식물을 키우는 방식도 다를 바 없습니다. 인간이 필요한 시간에 딱 짜맞추려고 하지요. 벼 같은 경우도 많이 수확할 수 있는 품종을 최우선으로 찾습니다. 생산성을 높이는 문제는 인류의 식량해결을 위해서 중요하지요. 도외시하자는 건 아닙니다. 그러나 생명적 가치를 외면한 생산성이라면 곤란하지 않겠어요?

**천호균** | 옛날의 시간은 지금과는 많이 달랐지요. 어떤 분이 어머니께

내가 태어난 시가 언제냐고 물었대요. 그랬더니 어머니 말씀이 "옆집 감나무 홍시가 익을 때였는데, 대밭에서 삑삑새가 울었으니까 아마 여섯 시쯤 됐을 거다" 하더라는 거죠. 몇 시 몇 분 몇 초, 정확한 시간을 알려 하는 요즘 사람들은 무슨 그런 시간이 다 있냐고 비웃겠지만, 전 그 얘기를 듣고는 코끝이 찡해졌어요. 기계가 아닌 생명과 시간을 맞춰가며 살고 있는 거잖아요. 그 좋은 자연의 시간을 잃어버리고 살면서 발전한다고 착각하고 있는 것이 우리의 현실입니다.

**이태근** | 문명의 이기가 늘면서 사람들은 참을성도 약해지고, 기다릴 줄 아는 법도 잊어버리고 살아갑니다. 그러니까 자연히 인간관계도 팍팍해져요.

제가 농과대학을 나왔고 지금까지 연구한 게 미생물인데요. 갈수록 과학에 대한 회의를 느끼게 됩니다. 속도의 신화를 만들어낸 게 과학이잖아요. 노벨상을 받은 사람 가운데 20세기 초에 화학비료를 발명한 하버라는 과학자가 있습니다. 과학이 인류에 보탬이 되어야 한다는 신념을 가졌던 그는 식량증산을 위해 화학비료를 세상에 내놓았고 그 공로를 인정받아 노벨화학상을 받았습니다. 훗날 독일 농민들에게 양심고백을 했어요. 과학자의 양심상 농민들에게 자신이 발명한 화학비료를 권할 수 없다고 말입니다. 노벨상이 오늘날에 의미 있으려면 이제는 생태, 환경 분야가 있어야 하지 않을까요?

예전에 산업혁명 즈음해 대농장이 생기면서 토양이 척박해지니까 과학자들은 흙을 되살린다면서 농화학 연구를 시작했습니다. 그 결과 도시로 빠져나간 노동력을 농약과 화학비료가 대신하면서 식량증산을 할 수 있게 됐습니다. 그다음에는 육종학으로 쌀과 밀의 새로운 품종 개발에 나섰는데요. 아마 천 사장님도 '통일벼'라고 기억하실 겁니다. 찰기부족한 맛없는 쌀이었지만 이 품종으로 우리는 70년대 중반 자급자족을 달성했습니다. 식량을 자급할 수 있게 되어 사람들은 더 이상 식량개발에 돈을 쓸 필요가 없다고 안심했어요. 하지만 그것이 바로 함정인 걸 모른 거죠. 『작은 것이 아름답다』라는 책에서 슈마허는 이런 얘기를 합니다. "현대사회는 몇 가지 아주 치명적인 오류를 안고 있다. 생산 문제가 해결되었다는 신념이 그중 하나다"

**천호균** | 생산이라는 말도 좀 따져봐야 하지 않을까요? 사람이 무엇을 생산했다는 것인데, 제가 보기에 농사를 짓는 건 사람이라기보다 흙입니다. 인간이 모든 것을 주도하고 만들어내는 것 같은 착각을 준다는 점에서 성찰이 좀 필요하지 않을까 합니다.

**이태근** | 한 수 가르쳐달라고 하셨는데 제가 도리어 한 수 배우고 있습니다. 어떤 사람은 농사는 작물의 시간을 함께 살아내는 일이라고 말합니다. 그래서 생산자라는 말 대신 기다리는 사람 '대기자'라는 말을 쓰지요. 인간 중심의 생산개념이 아니라 흙이 주는 자세가 이 대기자라는 단어에 담겨 있다고 보여요. "시간은 돈이다"라는 말이 금언처럼 전해지고 있지만 한번 생각해봅시다. 시간은 돈인가요? 농사를 중심에 놓고 이를 다시 정의하면 "시간은 생명이다"가 됩니다. 그런데 농사를 공장의 시스템으로 짓게 되면서 "시간은 돈이다"가 되고 말았죠.

농약이나 품종개량은 기다림의 시간을 줄이는 것인데요. 힘 덜 들이고 단시간에 끝낼 수 있을 것 같은 착각을 불러일으키지만 결과적으로 기다림을 축소시키는 것은 인간에게 해를 끼치게 되어 있습니다. 자연의 순환과정을 기다리는 대신 더 많은 관개수로를 만들고 농약과 비료를 써야 하는데, 이 과정에서 필연적으로 환경은 오염되고 토양은 힘을 잃습니다. 지력이 상실되니 땅심을 억지로 지탱시키려고 또 다른 비료나 농약을 쏟아붓게 되고요. 악순환입니다. 게다가 종자, 비료와 농약 회사가 한 회사인 경우가 대부분이거든요. 그러니까 기다리는 게 힘들지?, 빨리 할 수 있는 방법이 있어, 하면서 유혹하지요. 비료도 농약도 많이 써야 한다고 부추기면서요.

**천호균** | 이런 악순환의 고리에서 벗어나려면 우리 사회의 근본적인 변화가 필요하겠는데요. 성장이 아니라 성숙을 중심에 두고서 말이죠.

**이태근** | 맞습니다. 지금 농촌의 문제는 이미 농업이 맥도널드화됐다는 거예요. 기계 중심의 속도를 중요시하는 방식으로 기울고 있지요. 이제 농촌은 석유가 없으면 멈춰섭니다. 석유 없이 화학비료나 비닐이 어떻게 만들어지겠으며 경운기나 트랙터는 무엇으로 움직이겠습니까? 흙이 주는 가치는 이제 석유 다음으로 밀려나버렸습니다. 본말전도이지요. 이런 상황에서 농업의 고삐는 생산성을 최고 가치로 삼는 기업형 농업이 쥘 수밖에 없어요.

1970년대의 곡물파동을 기억하실 겁니다. 당시 곡물생산량은 3퍼센트 감소했지만 곡물가격은 100퍼센트 넘게 급등했는데요. 석유파동으로 기름값이 오르면서 농업 부문의 연료비가 올랐고 비료가 부족해지면서 나타난 결과였죠. 그런데 이 곡물파동을 계기로 한몫 챙긴 이들이 있었습니다. 미국의 곡물자본이었지요. 이때부터 몸집을 불려서 이후에 세계를 휘젓고 다니는데 여기서 심각한 건 이 초다국적 자본이 제 정체를 좀처럼 드러내지 않는다는 데 있습니다.

**천호균** | 진지한 이야기를 하는 중에 죄송하지만, 그 회사로 정의의 사도 역할을 하는 쌈지의 캐릭터 '딸기'를 파견 보내서 똥침을 한 방 줘주고 싶은데요. (웃음) 실체가 보이지 않으니 심각해 보입니다. 또렷하게 보이면 확실하게 한판 붙자고 할 수도 있겠는데 말이에요. 그나저나 한 가지 의문이 생기는데요. 비료나 농약을 많이 쓰라는 얘기를 농사짓는 분들이 곧이곧대로 받아들입니까? 농약이나 제초제가 흙이나 몸에 좋지 않다는 걸 다 알잖아요?

**이태근** | 담배 피우는 사람들이 담배가 나쁜 걸 모르나요? 저도 젊은 시절에 피웠지만, 담배가 몸에 안 좋은 걸 알면서도 습관적으로 피우고, 심각성을 별로 느끼지 못하잖아요. 20, 30년 지난 뒤에 만성 중독이 되고 몸에 이상신호들이 오기 전까지는 무신경하게 지냅니다. 농약이나 비료도 똑같아요. 농약이나 제초제를 파는 쪽에서 실험을 하겠어요? 파는 입장에서 30년 이상 농약을 뿌린 사람의 몸에 어떤 변화가 생기는지를 조사하고 발표할 리가 없잖아요.

**천호균** | 농약은 담배와 차원이 다르지 않습니까? 그러니까 다 알면서도 어쩔 수 없는 선택이라는 말씀이신가요?

**이태근** | 안타깝지만 그게 현실입니다. 농부들은 농약을 치지 않고 화학비료 안 쓰는 방법으로도 돈을 벌 수 있으면 왜 굳이 위험한 약을 치겠냐고 말하죠. 공장노동자들이 수은 중독이나 카드뮴 중독 됐다는 뉴스가 나오잖아요. 비슷합니다. 산 목구멍에 거미줄 못 친다고, 한 푼이라도 더 벌자면서 농약을 칩니다. 한편으로는 독성과 편안함에 길들여지기도 했고요. 담배 한 개피도 못 피우는 사람에게는 담배 한 갑은 굉장하지만, 담배 골초에게는 아무것도 아니듯이 농약을 쓰는 단위가 커지면 커질수록 독성에 무감각해지고 맙니다. 자신이 뿌리는 비료나 제초제가 어떻게 자연과 사람을 망가뜨리는지 실상을 알고 나면 그렇게 둔감할 수 없을 텐데 말입니다.

화학비료 가운데 대표적인 질소비료의 경우 70퍼센트는 작물에 흡수되지 않고 강으로 흘러들어갑니다. 물을 오염시키는 것과 동시에 비료의 성분들은 작물에 질산염으로 누적되어 있다가 사람 몸에 축적되지요. 제초제는 더 무섭습니다. 인간이 합성해낸 물질 가운데 가장 독성이 강하다고 하죠.

또 하나 농약의 내성도 무시할 수 없습니다. 흙 자체에도 내성이 생겨서 더 센 약을 뿌려야 효과를 나타내는 거예요. 같은 회사의 농약을 연달아 쓰면 내성이 생기니까 다른 회사 것을 쓰게 되고 점점 강한 것을 찾게 됩니다.

몸이 건강하면 감기약을 따로 먹지 않아도 얼마간을 앓다가 슬며시 낫지만 약을 많이 먹은 사람은 어지간한 약으론 치료가 되지 않잖아요. 그처럼 흙이 원래 갖고 있던 힘이 있으면 어떤 문제가 생겨도 스스로 극복해 나가는데, 농약과 화학비료로 범벅이 된 흙은 그야말로 껍데기만 남

았다고 할 수 있습니다. 흙을 살리는 일은 다른 말로 화학성분에 길들여진 내성과의 싸움입니다. 보통 흙을 살려내는 데 3년이 걸립니다. 긴 싸움이 될 수밖에 없는데 그래도 해내야지요. 자연의 시간은 멀리 내다보아야 하는데, 우리는 당장에 필요한 것만을 급조하여 만드는 방식에 익숙하다보니까 자기 꾀에 자기가 속아 넘어가고 있는 형편입니다. 그래도 이 악순환의 사슬을 끊지 않으면 농촌의 현실은 바뀔 수가 없습니다.

**천호균** | 그래도 현실적으로 관행농법이란 벽이 꽤 높지 않습니까? 화학비료 위주의 농업 말입니다.

**이태근** | 관행농업이 전체의 90퍼센트 정도를 점유하고 있으니 넘어야 할 벽이 두껍고 높은 건 사실입니다. 흙의 생명을 복원시키는 작업은 이제 첫걸음을 떼었을 뿐입니다. 가야 할 길이 아직 멀었지요. 이렇게 천 사장님 같은 분이 동행해주시니 잘 되겠지요. (웃음)

**천호균** | 힘없는 병아리 농부라고 할 수 있는데, 그렇게 봐주시니 감사할 따름이죠. 다른 건 몰라도 이 회장님이 하라는 대로 성실하게 따라 할 자신은 있습니다. 말씀 중에 자꾸 딴지를 거는 것 같은데, 이 관행농법이라는 말에도 문제가 있어 보입니다. 정확하게 딱 짚어서 화학농법이라고 불러야 하지 않을까요? 관행이라고 하니까 별다른 문제가 없어 보이거든요. 그러다보니 문제의식 없이 농약이나 비료를 많이 쓰게 되고요.

**이태근** │ 옳은 지적입니다. 관행이라고 하면 남들도 하니까 괜찮아, 이런 식이 되고 마니까요. 그런데 여기서 짚고 가야 할 것이 있어요. 관행 농법이 농부들 사이에서 관행처럼 전해져 정착된 게 아니라는 사실입니다. 농약이 처음 들어올 때 농약 뿌리는 법을 나서서 지도한 게 바로 정부였습니다. 심지어 80년대 전두환 정권 시절에는 유기농업을 반정부 행위라고까지 했어요. 농사짓는 분들은 나라에서 하라고 하니까 좋은 것이겠지 하면서 기존에 해오던 전통방식을 버렸던 거죠. 농약과 화학비료를 치는 습관이 하나의 농법으로 굳어지면서 관행농업이라는 말이 관행적으로 쓰이게 됐고요. 당시 그렇게 정부가 나선 배경에는 생산량 증대라는 목표가 있었는데요. 이제는 그런 시대를 넘어서 녹색철학이 시대정신으로 자리잡아가고 있지 않습니까? 당연히 과거의 관행을 바꾸는 정책적 변화가 있어야지요.

**천호균** │ 90퍼센트가 관행농업, 아니 화학농업으로 농사를 짓는다고 하셨는데, 그럼 나머지 10퍼센트가 친환경농사를 짓는 분들인가요? 이 분들과 화학농업을 하는 분들의 사이가 어떤지 궁금해요. 농업의 주도권 문제가 걸려 있으니 정책적 변화를 이끌어내는 일이 그리 쉽지만은 않을 것도 같고요.

**이태근** │ 안타깝게도 상당히 대립적입니다. 요즘에는 친환경농업을 해야 정부의 지원을 많이 받을 수 있거든요. 관행농업을 해온 분들 입장에서는 저 사람들 때문에 우리에게 돌아올 몫이 사라진 것처럼 보이겠지요.

**천호균** ｜ 그러자면 한쪽에서 누군가 포용을 해야 하는데, 그래도 조금이라도 우리 농업에 대해 고민해온 분들이 유기농을 하신다면, 입장이 다른 사람들을 끌어안아서 조금씩 바꿔나가야 하지 않겠어요?

**이태근** ｜ 그래야 할 텐데, 농촌에서 유기농을 하는 분들이 아직도 100명 중 1명꼴이다 보니 우선 힘이 좀 달립니다. 게다가 시골 어르신들 가운데는 좀처럼 깨기 어려운 편견을 갖고 계신 분들이 많아서 쉽지 않습니다. 유기농을 하겠다고 귀농한 사람들을 보면서 빨갱이라는 말씀을 하시니까요. 친환경농업에 대한 지원이 지난 김대중 정권과 노무현 정권 때 늘어났는데요. 아까 얘기했듯이 나라에서 계속 받아오던 돈이 끊기거나 줄어드니까 관행농업을 해온 분들로선 정부에 불만을 갖게 되고, 유기농 하는 사람들에게 일종의 화풀이를 하게 된 거죠.

유기농업을 하는 농가와 관행농업을 하는 농부들이 이웃해 있을 경우에는 긴장을 넘어서 어떨 때에는 충돌로 치닫기도 해요. 그전에도 물론 갈등은 심심치 않게 있어왔는데, 과거에는 그 원인이 주로 제초제였어요. 친환경농업에서 풀은 중요한 유기물이니까 친구로 보는데, 기존에 제초제를 뿌려온 쪽에선 풀을 원수로 보거든요. 이렇게 풀 하나를 보는 시각도 상반되다 보니 관행농업 하시는 분들은 풀이 길게 자라면 왜 그냥 놔두냐고 풀씨가 날아와서 농사를 다 망치겠다고 언성을 높이지요. 친환경농사를 짓는 입장에서는 제초제나 농약이 흘러들어오면 인증을 받는 과정에 문제가 생기니까 신경을 곤두세우고요.

**천호균** ｜ 항공살포가 대립을 더 심하게 한다고도 하던데요.

**이태근** | 유기농업 농가는 항공살포하면 유기농 인증을 못 받으니 반대할 수밖에 없습니다. 그야말로 가만히 앉아서 당하는 셈이잖아요. 농사꾼에게 항공살포만큼 편한 게 어디 있습니까? 우리나라의 큰 평야는 거의 대부분 항공살포로 농약을 뿌리는데요. 효율적이라는 명목하에 이 방법을 선택한다지만 항공살포의 실체를 알고 나면 무섭습니다. 지렁이를 보면 알 수 있어요. 예를 들어 갑순이네 밭에 농약을 뿌렸다고 해요. 그럼 지렁이들은 농약을 감지하고 갑돌이네 밭으로 도망을 갑니다. 그런데 항공살포를 하면 원천봉쇄당하는 격이 됩니다. 지렁이를 비롯해 흙에 도움을 주는 생물들이 모두 융단폭격을 당하고 말아요. 그야말로 초토화되지요.

우리나라는 산 좋고 물이 많아 산자락마다 약초들이 천지입니다. 청정한 지역을 찾아 약효 좋은 풀들을 재배할 수도 있는데, 공중에서 약을 뿌려버리면 헛것이 됩니다. 어디가 좋은지 알 수 없게 되잖아요.

작년에 일본에 갔을 때 항공살포 반대 토론이 있었는데요. 한 의사가 항공살포에 대해 끈질기게 파헤쳤기 때문에 그 실상이 알려질 수 있었다고 하더군요. 몇 년 전부터 의사를 찾아오는 환자들이 같은 증상을 호소하면서 아프다고 하는데 도무지 그 원인을 찾을 수 없더래요. 이후 그는 수년간에 걸쳐 그 원인을 추적해 들어갔고, 끝내 항공살포한 농약이 주범이었다는 사실을 밝혀낼 수 있었답니다. 공중에서 뿌리는 농약은 독성이다 못해 고독성(高毒性)인데다가 증발되는 시간을 피해 주로 저녁이나 아침에 뿌리니까 주민들이 알기가 어렵습니다. 항공살포가 얼마나 무서운 결과를 가져오는지는 이미 알고 있지요. 단지 편하다는 이유만으로 손쉽게 선택할 일은 분명코 아닙니다.

**천호균** | 수없이 경고음이 들리는데도, 무심히 흘려버리면서 살고 있네요. 우리가 지금 살아가는 방식이 대체로 비슷합니다. 몸이 아파도 크게 겉으로 드러나지 않으면 심각하다고 여기지 않잖아요, 그런데 말씀을 나누던 중에 제가 좀 불편해지는데요. 유기농과 화학농을 구별지어 말하는 것이 마음에 걸립니다. 친환경농법을 하지 않는 분들을 매도하는 것 같아서요. 솔직히 전 농사짓는 분들 모두를 존경하거든요.

**이태근** | 농부는 모두 존경받아 마땅한 분들입니다. 농촌을 지키시는 어르신들에게 "수고스럽지만 농약을 치는 대신 벌레를 직접 손으로 잡으세요. 거름도 손수 만드시고요." 이런 말을 꺼내기가 죄송스럽지요. 평생 흙밖에 모르고 한결같이 농사꾼으로 살아오신 할아버지께서 "당신들이 농사에 대해 뭘 알아" 하면 솔직히 할 말이 없어집니다.

그런데 바꾸지 않으면 절대 모르는 것들이 있습니다. 제일 보람 있을 때가 관행적으로 해오던 방식대로 농사를 지어오던 분들이 이태근에게 속는 셈치고 시키는 대로 해봤는데 좀 힘들긴 하지만 되더라, 앞으로 유기농으로 해볼란다 하실 때예요. 유기농이 우리 농업 살리기 운동이라는 차원에서 이해가 되었으면 합니다. 유기농이 돈을 벌어준다, 토지의 기력도 회복시켜준다, 정부의 지원도 늘고 농촌 환경도 좋아진다, 등등의 실질적인 혜택을 피부로 느끼도록 해야 합니다. 그러려면 시간도 필요하고 정부의 적극적인 노력도 병행되어야겠지요. 그러면서 차차 농업의 중심축은 유기농으로 옮겨질 겁니다.

**천호균** | 정부가 그래도 친환경농업을 하는 분들에게 지원을 확대해왔

다는 것은 다행스러운데요. 그 덕에 유기농업이 조금씩이나마 확산될 수 있던 것 아닙니까?

**이태근** | 지난 10년을 돌아보면 친환경유기농이 양적으로 크게 성장해 온 건 사실입니다. 인증 농가가 20만 농가를 넘어섰으니까요. 하지만 정부의 지원을 자세히 들여다보면 지적할 부분들이 적지 않습니다. 첫째, 유기농보다는 저농약 쪽에 힘을 실어주고 있었고요. 둘째, 정부가 지나치게 나서면서 민간의 자발성을 떨어뜨렸습니다. 이것이야말로 정책의 오류라고 저는 판단하는데요. 민간에서 유기농으로 갈 수 있는 흙길을 정성껏 닦아놨는데, 정부가 갑자기 나서서 포장을 해주겠다며 아스팔트를 쏟아붓는 격이라고 할까요? 흙이 밟고 싶어서 애써서 만들어놓은 길인데 정작 길을 내서 다니고 있는 사람들의 의사도 묻지 않고 말예요. 정부가 유기농에 애정을 갖고 왜 유기농으로 가야 하는지에 대한 깊은 고민도 없이 시장논리로 접근한 결과라고 봅니다. 그동안 대농 중심, 기업농 중심으로 정책을 펴오면서 상대적으로 중소농들에 대해서는 소홀해왔던 정부가 쉽게 말해 선심 쓰듯 친환경으로 해보라면서 돈을 푼 겁니다. 친환경농산물이 시장에서 환영받고 소비자들의 인정도 받으며 고생한 만큼의 수익도 올려야 하는 것은 당연합니다. 그러나 유기농을 선택했을 때 농부들에게는 시장논리보다 더 높이 간직한 가치란 게 있거든요. 그건 철학에서 비롯되기도 하겠지만 진심에서 우러나와야 합니다.

**천호균** | 무슨 일이든지 철학에 기초한 접근이 중요하다는 생각이 드네요. 돈의 유혹을 뿌리칠 자세를 갖추지 못했다면 유기농은 하기 어렵겠

어요. 돈 욕심이 앞서다보면 대량생산을 위해 농약이나 화학비료 뿌리고 싶은 유혹에 빠질 수 있잖아요. 적당히 눈속임으로 유기농 흉내 내고, 유기농이 아닌 것을 속여서 팔 수도 있고 말이죠.

**이태근** | 이런저런 문제들이 생겨나기 시작했습니다. 예전에 유기농 하는 사람들은 열심히 퇴비를 만들었어요. 닭똥, 소똥에 오줌 모으고 음식물 찌꺼기 모아서 퇴비를 만들어 썼는데요. 정부가 돈을 준다고 하니까 친환경농업을 왜 해야 하는지 진지하게 고민도 해보지 않았던 사람들이 돈을 보고 유기농을 하겠다고 몰려드는 거예요. 그러면서 가짜가 나오기 시작하고, 가짜를 잡기 위해서 중금속이 있는지 분석을 시작하고, 그런 과정에서 추가비용이 드는 결과를 낳았죠. 서로 믿고 먹자고 하면 어떻게 믿을 수 있냐고 분석해서 보여달라고 하는 식인데요. 유기농이 힘들게 쌓아올린 신뢰가 이런 식으로 무너지게 되니까 속상합니다. 자칫 유기농이 위기에 몰릴 수 있고, 불필요한 비용이 발생하게 되잖아요.

더 큰 문제는 우리나라에서 쓰이는 농약 종류가 800여 가지인데, 우리가 분석하는 것은 기껏해야 250가지 정도입니다. 그러니까 분석할 수 없는 550가지 가운데 하나를 써버리면 아무도 잡아내지 못하는 거죠. 무늬만 유기농이 될 수도 있으니 소비자로서는 겁나는 일입니다. 그래서 정부의 유기농 지원도 보다 구체적이고 섬세해질 필요가 있습니다. 괜스레 유기농산물에 대한 불신만 조장한 게 아닌가 싶은데 제가 굳이 이 얘기를 꺼낸 이유는 우려하는 일들이 현실로 벌어지는 상황을 어떻게든 막아야 한다는 의미에서입니다. 대다수의 유기농은 진실되게 노력하고 있다는 점을 기억해주십시오.

**천호균** | 말씀을 들으면서 유기농에서 무엇이 중요한지를 다시 한 번 정리하게 됐습니다. 여쭙고 싶은 게 있어요. 유기농에 담긴 정신, 철학을 생각하기에 앞서 많은 소비자들이 유기농에 대해 선입견을 갖고 있는 듯해요. 제가 유기농 농산물 매장을 만든다고 하니까 주변에서는 유기농이 왜 좋냐, 비싸기만 하고 겉만 번지르르한 사치품 아니냐, 실제로 유기농은 농사의 전체로 가기가 어렵지 않느냐, 시장에 기업농처럼 공급하기에는 한계가 있다, 이런 얘기들을 하는데, 어떻게 대답해야 할지 모르겠습니다.

**이태근** | 흙살림을 꾸려오면서 지난 20년간 귀에 못이 박이게 들어왔던 질문들입니다. 우리 농업의 현실을 직시한 측면도 있지만, 새로운 변화의 싹을 잘라버릴 수도 있는 말인데요. 먼저 전체 농업을 유기농으로 전환하는 것이 어렵지 않느냐는 물음부터 답하자면, 당연히 모든 농민들이 일시에 유기농으로 바꿀 수는 없습니다. 유기농을 위한 땅, 종자, 기술, 지원 등이 어떻게 하루아침에 이뤄지겠어요. 다만 정책의 큰 목표를 그렇게 설정하자는 뜻입니다. 그렇게 못하면 아예 시작도 할 수 없습니다. 유기농이란 대원칙을 중심에 놓는 것이 농민도 살리고 우리의 땅과 물도 살리는 길입니다. 세계화와 맞물린 개방시대의 대책도 될 수 있습니다. 쌀값을 내려서 국제 경쟁력을 확보하겠다고 하지만, 우리의 좁은 땅덩어리로는 한계가 있습니다. 규모로 경쟁하겠다는 것이야말로 비현실적입니다. 가격보다는 품질로 경쟁할 때, 우리 농업을 지켜낼

수 있습니다. 정책의 큰 방향이 그런 쪽으로 잡히지 않으면 그나마 있던 것도 잃어버립니다. 우리의 농업이 쪽박을 차는 겁니다.

유기농은 잘난 체 하는 사람들이 자기들끼리 잘살겠다면서 만든 이기적인 농법이 아니냐고 말씀하는 분도 있는데요. 절대 그렇지 않습니다. 모두가 생명력 있는 땅에서 생명력 넘치는 식량을 먹을 권리가 있다는 걸 온몸으로 펼쳐 보이는 일입니다. 누구도 이걸 시비 걸 수 없습니다. 유기농산물의 가격이 상대적으로 비쌉니다. 하지만 제가 유기농업과 관련이 있어서가 아니라 남들 농약 한 번 뿌릴 때 일찍 일어나 벌레 잡고, 제초제 뿌릴 때 풀을 직접 베는 그 시간과 수고로움을 계산한다면 그 이상일 수도 있다고 봅니다. 비싼 가전제품은 척척 구입하는 분들이 배춧값, 뭇값에는 상당히 예민한 경우가 많습니다. 정성과 시간을 따지면 절대 유기농산물에 매겨진 가격은 터무니없지 않습니다.

유기농산물을 구매하는 소비자들이 거의 중산층 이상이라고 하는데요. 돈이 있다고 무조건 유기농을 선택하지는 않습니다. 나와 내 식구에게 조금 더 좋은 것을 먹이겠다는 생각이 우선이지요. 가족 이기주의라고 해도 그만큼의 애정을 갖고 있는 분들이 전 고맙기만 합니다. 그런 분들이 계셔서 농업을 살려보겠다는 최소한의 꿈을 꿀 수가 있으니까요. 좋은 쪽으로 생각하면 좋은 일들을 만들 수 있는 아이디어가 풍부해질 수 있습니다.

또 유기농법을 돈벌이의 한 수단으로 여기는 농민도 간혹 있긴 합니다. 그건 나무랄 일은 아니라고 봅니다. 돈을 벌어야죠. 단 돈벌이라는 기준 하나가 모든 과정을 지배해선 안 되겠지요. 이런 건 유기농 문화가 정착되면서 차차 개선될 거라고 봐요.

농부로부터

**천호균** | 이제야 답답함이 조금 가시는 기분입니다. 흙살림이 생긴 게 20년이 됐는데, 그 시간이 사실상 국내 유기농의 역사라고 할 수 있겠지요. 그럼 다른 나라와 비교해 우리나라의 유기농 수준은 어느 정도인지 궁금합니다.

**이태근** | 일단 규모에서 비교가 안 됩니다. 친환경유기농을 바라보는 시각도 사회 전체적으로 상당한 수준에 이르고 있지요. 이것이 우리와는 가장 큰 차이고, 동시에 그 나라들의 힘입니다.

다른 나라의 유기농이라면 주로 유럽을 살펴야 하는데, 이쪽은 대체로 밭농사를 하고 있지요. 가족농들이 직거래 중심으로 하고 있고, 소농이라고 해도 규모가 크죠. 캐나다의 유기농의 경우는 더 말할 나위도 없이 그야말로 기업이라 할 수 있습니다. 생산한 농산물은 주로 미국 홀푸드 마켓에 공급하고요.

**천호균** | 양과 질로 봤을 때 우리보다 그 수준이 월등하다는 말씀인데, 그건 국가가 유기농에 대한 정책이나 제도를 주도적으로 끌어가고 있기 때문인가요? 우리나라의 경우도 국가가 교육, 농업 연구 등을 모두 주도하고 있지 않습니까? 차이가 있을 것 같네요.

**이태근** | 유기농 제도의 융통성을 어떻게 마련해나갈 것인가에 초점을 맞춰 살펴봐야 할 것 같습니다. 정부의 정책적 노력은 필수불가결하죠. 하지만 그것이 관료적 습성에 젖을 경우, 민간의 의욕을 떨어뜨리게 됩니다. 최대한 유연한 환경을 마련해줘야 하는 이유가 여기에 있는데요.

일본을 보면 대부분 민간이 주축이 되어 유기농업으로 가고 있어요. 민간이 주축이 되고 정부가 뒤에서 지원하는 방식이지요. 여기서 사회적 동력이 지속적으로 생겨납니다. 그렇지 않고 정부가 관료적으로 관리하려고 하면 민간의 동력에 문제가 생깁니다. 정부에 자꾸 기대기도 하고, 눈치를 보게 되고요. 민간에 다양한 길을 열어서 활성화하는 방향으로 가는 게 바람직하겠지요.

2010년 뉴질랜드에 갔을 때 교훈을 얻은 것이 정부 주도적인 농업 시스템을 농민 중심으로 바꾸어야 한다는 사실이었습니다. 뉴질랜드 농림부는 검역과 농민 중심의 제도 개혁에 초점을 두고 있었어요. 우리 농업이 이런 외국의 사례들을 눈여겨봐야 합니다. 정부는 필요한 대목에서 제도적 지원에 나서야 하고요.

그다음으로 캐나다를 다녀왔는데요. 유기농업 전반에 대한 정책 및 운영 시스템을 견학하는 연수였습니다 캐나다의 유기농업은 농가마다 새로운 변화를 모색하고 있었습니다. 생산과 인증, 유통 정책이 조화롭게 움직이고, 대부분 농가마다 유기농 종자를 채종하고 있었지요.

농사꾼들과 대화를 나누다보니 그곳 사람들의 고민도 우리 농가와 크게 다르지 않다는 사실 또한 알게 됐습니다. 다른 지역과 마찬가지로 캐나다에서도 기후변화에 어떻게 대응할지를 두고 깊은 고민에 빠져 있더군요. 지구온난화에 대한 대처가 농업 분야의 성패를 좌우하는 핵심 이슈가 된 것입니다. 이건 한 나라가 독자적으로 해결할 수 있는 것은 아니고 국제적 협력이 필요한 사안이지요. 날씨만이 아니라 인력난도 뚫고 나가야 할 주요 과제였습니다. 아시다시피 유기농은 관행농업과 달리 사람 손이 많이 갑니다. 잡초를 뽑고 퇴비를 만드는 과정 모두 노동력에 의존하잖아요. 그래서 혹시나 우리가 모르는 비법이 있는지 꼬치꼬치 물었는데, 캐나다 농가의 대답은 너무나 간단명료했어요. "사람 손으로 한다"는 거예요. 인력 외에 달리 방법이 없다는 얘기지요. 유기농이란 흙의 생명력에 인간의 정성과 노력이 합쳐지는 거잖아요. 좀 더 쉬운 길이 없는지를 아무리 두리번거린다고 해도 길은 하나입니다. 사람이 움직여야 합니다.

농지 가격이 치솟아 농장이 자꾸 사라지고 공장이 들어서는 현실에 대해서도 많은 이야기를 나눴습니다. 캐나다에서도 땅값을 감당할 수 없어서 젊은이들이 농사를 짓고 싶어도 할 수가 없다고 했어요. 이렇게 안팎의 상황들이 암담한데도 농민들 얼굴이 하나같이 밝고 활기차 보였습니다. 바른 길을 가고 있다는 신념이 있기 때문이라더군요. 유기농에 담긴 살림과 공존의 철학이 우리 사회의 새로운 시대정신이 되었으면 해요. 단순히 안전한 먹을거리 차원이 아니라 삶 전체의 기운을 바꾸는 운동으로서 말이지요.

**천호균** | 일단 말씀이 터지니 끝이 없는데요. 좋은 수업 잘 들었습니다. (웃음)

농부로부터

# 땅값보다
# 흙값을 물어봅시다

**이태근** | 농사지은 지 얼마나 됐다고 하셨죠?

**천호균** | 5년차입니다. 아직 초보예요.

**이태근** | 초보 농부가 키운 작물이 의외로 잘 크고 맛있습니다. 왜 그런지 아세요? 작물이 알아차리거든요. 이 사람이 나를 돌봐주지 못하는 초보라는 것을요. 거름도 덜 주고 벌레와 풀도 잘 잡아주지 못하니 작물이 갖고 있던 본래의 생명력을 최대한 이끌어내는 겁니다.

**천호균** | 하하. 그렇게 되면 초보 농부가 기른 것이라고 붙여서 팔면 좋겠는데요. (웃음) 듣고 보니 일리가 있습니다. 벼가 주인 발자국 소리를 듣고 큰다고 하더니 고추나 감자도 사람을 알아보는 거군요. 서로가 서로를 알아보고 이해한다, 이거네요.

**이태근** | 단 조건이 있습니다. 살아 있는 흙이 있어야 하죠. 비옥한 땅이 있으면 아무리 실력 없는 농부라도 그 땅에서 최소한의 먹을거리를 얻을 수 있습니다. 좋은 흙이란 흔히 하는 말로 '기댈 언덕'이 되어줍니다. 그러니까 벼는 사람을 알아보고, 사람은 흙을 알아보고, 서로 안면을 터야 합니다. 농사의 처음이자 끝은 흙을 살피고 살리는 일입니다. 공동체에 관심을 가지면서 마하트마 간디의 책들을 주로 읽게 됐는데요. 간디가 흙에 대해 이런 말을 했어요 "어떻게 흙을 뒤집고 관리하는지를 잊는 것은 우리 자신을 잊는 것이다."

**천호균** | 조금 일찍 이 말을 들었다면 직원들에게 전해줄 수 있었는데 적어두었다가 다음에 직원들에게 들려주어야겠습니다. 지난 봄에 말 그대로 흙을 어렵게 뒤집은 경험이 있습니다. 오래 묵혀둔 400평의 땅을 빌리게 되었는데 개간하려면 밭을 갈아야 하잖아요. 한데 직원들 모두가 기계로 해야 된다고 손을 놓고 있었어요. 아무리 유기농이 좋아도 개간하는 것까지 사람 손을 써야 하냐는 거지요. 기계로 하면 흙이 눌려서 숨구멍이 막혀버리고, 그렇게 되면 좋은 땅이 될 수 없다고 겨우겨우 설득을 해서 밭갈이를 끝냈지만 참 힘들더라고요.

**이태근** | 그냥 칼국수가 아니라 손칼국수를 굳이 찾아가 먹는 이유가 있잖아요? 손으로 하는 게 제일 좋은데 그렇게 하겠다는 생각을 하지 못하는 경우가 많아요. 어릴 적에 흙장난을 좋아했던 이들이 커가면서는 흙을 만지려 들지 않지요.

투기하는 사람들이 바라보는 흙과 생명을 키우고 가꾸는 농부들이 바라보는 흙은 천지차이일 거예요. 신발에 흙 묻힐 기회조차 없는데 할 말이 없지요. 흙이 보인다 싶으면 어김없이 포장해버리는데, 시골도 예외가 아닙니다. 골목마다 반듯반듯한 시멘트 바닥으로 많이 바뀌었습니다. 흙을 밟지 못하니 당연히 땅 아래 세계에도 캄캄합니다. 흙의 세계가 철저히 무시당하고 있는 꼴이지요.

**천호균** | 예전에는 비오는 날이면 길가에 나온 지렁이들을 볼 수 있었는데 이젠 옛날 얘기가 되어버렸어요. 지렁이는 우리가 흙과 연결돼 있음을 일깨워주는 존재인데 그마저 망각되고 있습니다. 잊혀지기 쉬운 것들을 돌아보자는 의미로 쌈지가 운영하는 매장 가운데 '지렁이다!'라는 생태가게가 있는데요. 구경 온 아이들에게 지렁이를 보여줬더니 징그럽다고 도망치기는커녕 아주 신기해하고 재미있어해요. 사람들이 먹다 남긴 음식물도 지렁이 덕에 퇴비로 변신하잖아요. 진화론을 연구한 다윈이 지렁이를 지구상에서 가장 가치 있는 생물이라고 극찬하면서 죽기 전까지 지렁이를 연구해서 책을 썼다고 하는데, 그게 이해가 됩니다. 고마운 지렁이에게 엎드려 꾸벅 절을 해도 모자랄 판에 우리는 그 은혜를 모르고 우습게 보죠. 오늘날 한국의 현실에서 농업이 바로 그 지렁이 신세가 되고 만 것 같아 씁쓸해요.

**이태근** | 우리 조상들은 지렁이를 귀하게 여겼습니다. 마당이나 텃밭에 뜨거운 물을 버리지 않았는데 바로 땅속에 있는 지렁이를 비롯해 작은 생물들을 보호하기 위해서였습니다. 흙을 살리는 지혜가 몸에 익어 있던 거죠. 지난해 친환경농업 견학단으로 캐나다에 다녀온 일이 있다

고 했잖아요. 거기서 유기농을 하는 캐나다 농부들은 담배 피우는 일은 물론 오줌 누는 일조차 자기 농장에서 못하게 해요. 질소성분이 많은 오줌이 토양 속에서 살아가는 미생물을 죽이지 않을까 염려하는 마음 때문이라는데, 흙을 아끼는 마음이 동서양이 다르지 않구나 했었지요.

흙에는 생명이 있습니다. 흙 속에는 암석이 풍화하면서 생긴 무기물뿐 아니라 지렁이 같은 생물 외에도 곰팡이, 세균 같은 미생물이 살고 있는데, 비옥한 토양 1그램에는 많게는 대략 수억 마리가 공생하고 있어요. 엄청난 규모죠. 그것도 한시도 쉴 틈 없이 서로 도움을 주고받으며 활동을 하고 있습니다. 우주라고 하면 하늘의 별과 달을 먼저 떠올리지만 땅 아래 세상도 포함합니다. 하지만 요즘엔 호흡하는 땅, 흙다운 흙을 주변에서 만나기 힘듭니다. 미생물이나 지렁이 같은 '자연의 농부'들이 사라지면서 흙이 죽어가고 있으니까요. 이런 곳에서는 작물이 잘 자라지 않고 병충해도 크게 입습니다. 흙에 힘, 지력이 없기 때문이죠. 그래서 흙을 살리는 것의 핵심은 흙 속에 생물을 늘리는 겁니다. 농부가 해야 할 일은 바로 이 흙을 생기 있게 만드는 것이지요.

**천호균** | 땅 위에서 뭐가 나올까만 신경 쓰지 그걸 부지런히 길러내는 땅 아래의 수고에는 무심했지요. 보이지 않는 흙 속의 세계를 볼 줄 모르는 인간은, 자신의 내면 역시 제대로 볼 수 없는 것 같아요. 그래서 흙과 멀어지면 삭막해지는 건가 봅니다.

제가 비염이 있어서 냄새를 잘 못 맡는데, 흙냄새 하나는 기가 막히게 잘 맡거든요. 이른 아침, 해질녘, 비 온 뒤 흙이 내는 향은 제각각 달라요. 흙이 가진 어떤 힘이 비염 때문에 마비된 후각을 치유하는 게 아닌가 싶은데요. 많은 사람들이 농사에 눈을 뜨고 진짜 흙냄새를 맡을 줄 알게 되면 답답한 세상이 확 뚫리지 않을까요? 우리가 어처구니없는 일을 당하면 '기가 막히고 코가 막힌다'라는 말을 하는데, 코가 뚫리면 막혔던 기운들이 시원하게 통하게 될 것 같아요. (웃음)

**이태근** | 흙냄새 철학이라 할 만한데요. (웃음)

**천호균** | 이 회장님께선 흙전문가시니까 딱 보기만 해도 이건 좋은 흙이다 아니다라는 진단이 나오시겠지요.

**이태근** | 좋은 흙을 만나면 말씀하신 대로 기가 뚫리는 느낌이지요. 좋은 흙은 향기가 달라요. 향긋한 재스민향이 납니다. 빛깔도 거무스름하니 보기 좋고요. 흙이라고 다 같은 흙이 아닌 셈인데요. 나라별로도 저마다 다른 성질을 갖고 있습니다. 일본만 해도 우리의 흙과 큰 차이가 있는데, 일본의 흙은 화산회토이고 우리의 흙은 화강암에서 나온 것이 대부분이지요. 이런 흙은 물 빠짐이 빠른데 기후상 강우량이 많다보니 흙 속에 있는 석회나 마그네슘 같은 염기물질이 물에 휩쓸려 빠져나가기 쉽습니다. 이런 성분들이 없어지면 토양은 산성화되고요. 그래서 우리나라 흙은 기본적으로 산성이 되기 쉬운 특성을 갖고 있습니다. 단기간 내에 작물의 수확량을 늘리려면 농약과 비료를 많이 쓸 수밖에 없는 여건이라 볼 수 있지요. 수십 년간 생산량 올리기에만 집중해온 탓에 농지의 토양은 예전에 비해 지력이 고갈됐고, 제 빛깔을 잃어버렸는데요. 흙이 병들고 찌들면 거기서 나온 농산물이 건강할 수 있겠습니까? 이런

끔찍한 상황을 최대한 방지하고 흙을 살릴 수 있는 최선의 대안이 저는 흙살림이 개발한 미생물들이라고 확신합니다. 흙이 살아 있는지를 따져보는 시대가 되면, 사람들이 땅값이 얼마냐 보다 흙값을 물어보는 새로운 풍조가 생기지 않을까요?

**천호균** ｜ 제발 땅값보다 흙값을 쳐주는 시대가 오길 바랍니다. 동계올림픽을 유치한 평창에 가면 커다랗게 빨간 글씨로 '땅'이라고 쓰여 있던데 정말 보기에 민망하더군요. 흙에 관심 갖는 분위기가 된다면 이런 모습은 저절로 사라지겠지요. 흙전문가, 흙감별사, 이런 신종 직업도 생기겠고요. 말해놓고 보니 재밌으면서 좀 걱정도 되는데요. 흙문서 위조 사건, 이런 게 터지지는 않을까 해서요.(웃음)

**이태근** ｜ 상상력이 대단하십니다. 저로선 흙 자체를 보려는 사람을 만나기만 해도 기운이 나겠습니다. 예전에 우리 선조들은 땅과 흙에도 나름의 기운이 있다고 여기고, 흙의 소리를 듣고, 자연의 기를 느끼며 살았잖아요. 지금은 그런 감각을 잃어버리고 말았는데요. 바로 그 끊겼던 교감의 고리를 연결해주는 게 바로 유기농입니다.

**천호균** ｜ 흙철학에서 기철학(氣哲學)으로 이야기가 이어지는군요.

**이태근** ｜ 참, 농업에 관련된 기에 대해 살피면 재미있습니다. 유기농에서 '기'자는 한자로 기계적인 '기(機)'자인데 그 속에는 기운과 미생물과 유기물이 모두 담겨 있어요. 앞서서 유기농이라는 말을 만든 철학자 루돌프 슈타이너에 대해 언급했는데, 이분이 개발한 농법이 일종의 기의 농법입니다. 바이오 다이나믹 농법이라고 부르는데요. 슈타이너는 달과 행성들의 위치가 식물의 성장에 커다란 영향을 미치기 때문에 씨앗을 파종할 때도 천체들의 움직임을 고려해야 한다고 믿었죠. 동양식으로 음양오행 식의 발상입니다. 자연의 질서, 자연의 기운을 꿰뚫어 작물을 심고 기르는 것인데 달리 말하면 농부가 자연력의 영향을 고려해야 한다는 의미입니다. 그가 달의 기운에 대해 쓴 내용도 있는데요. 암소 뿔에 암소 똥을 집어넣어서 그것을 파묻으면 달의 기운을 받는데 그것을 작물에 뿌리면 엄청난 기의 변화가 일어나면서 잘 자란다고 적고 있어요.

**천호균** | 판타지 소설을 보는 듯해서 흥미롭네요. 제가 보기에 회장님은 기의 세계와는 어쩐지 멀어 보이는데, 미생물 연구를 해오신 만큼 상당히 과학적 사고를 하실 것으로 보였거든요.

**이태근** | 눈앞에 확실하게 증명되고 논리적으로 아귀가 딱 맞아야 하는 것이 과학이라고 여기기 쉽지요. 아니에요. 농사를 짓다보면 감히 상상하지 못했던 놀라운 일들을 직접 목격하게 됩니다. 그 역시 과학의 일부이지요.

옛날 어른들은 "부부 싸움을 한 날에는 절대 씨앗을 심지 마라, 그 기운이 종자에 가서 안 좋은 식물이 된다."고 이야기하기도 했고, "거름을 주고 싶으면 보름달이 떴을 때 주어라, 달의 기운이 충만할 때 식물들은 기공을 연다.", 이처럼 방법들을 전해주었어요. 기차지 않습니까?

달의 주기에 따라 농작물은 각각 심는 때가 다릅니다. 사람도 언제 태어났느냐에 따라 기운이 다른 것처럼 작물도 좋은 때가 있고 사주팔자 같은 게 있어요. 농사란 말에서 '농' 자를 한번 보세요. '농(農)'은 별 진(辰) 자 위에 노래 곡(曲) 자를 올려놓은 거잖아요. 별의 노래. 이게 곧 하늘의 기운이란 의미 아니겠어요? 무위당 장일순 선생이 "밥 한 그릇이 우주다. 쌀 한 톨에 우주가 담겨 있다"고 하셨는데 이와 일맥상통하는 겁니다.

**천호균** | 몇 달 전부터 일주일에 세 번씩 아침에 국선도를 배우러 다니고 있는데요. 이전에는 관심도 없던 '기'라는 것을 느끼고 있습니다. 사람에게도 좋은 기운, 어두운 기운이 있구나를 알게 됐고요. 사람뿐이겠습니까. '생기'라는 말처럼 숨 쉬고 있는 건 당연히 기운을 지니고 있겠지요. 식물도 기분 좋은 음악을 들려주면 무럭무럭 자라고, 물도 파장이 좋은 음악을 들려주면 분자구조가 변해 맛이 달라진다고 들었어요. 아마 문명과 가까이 있지 않을 때 우리는 더 그 기운을 민감하게 느끼고, 주고받아왔을 겁니다. 인류학자 레비스트로스가 남미에 가서 한 부족과 생활하면서 쓴 이야기를 보면 원주민들이 대낮에도 샛별을 볼 수 있었다고 해요. 별은 낮에도 떠 있으니까 못 볼 이유는 없는 것이죠. 아마도 이런 능력은 인간이라면 누구나 타고났을 텐데 어느새 그 감각이 필요가 없다고 여기고 인간 스스로가 퇴화시킨 게 아닐까 합니다. 만물과 교류하라고 신이 주신 더듬이를 자발적으로 잘라버렸다고 해야 할까요.

제가 도시에서 살 때는 비가 오면, 질척여서 귀찮다, 아니면 빗소리가 좋다, 이런 정도였는데 헤이리에 와서 농사지으면서부터는 달라졌어요.

숨어 있던 더듬이가 다시 돋아났나봅니다. 예를 들어 비가 오면 땅의 입장에서 비를 느끼고 있더라고요. 내내 가물다가 빗방울이 떨어지면 마치 내가 샤워라도 하는 듯 반가워지기도 하고요. 생각하는 관점이 바뀐 것이죠. 그래서 저는 땅을 건강하게 회복시키는 과정은 곧 사람이 본래 가졌던 감수성을 되돌릴 수 있는 기회라고 믿게 됐어요. 감수성을 잃어버린 사람들에게 땅은 토지나 재산일 뿐이겠지만, 그렇지 않은 이들에게 땅은 생명의 보고이자 거룩한 세계로 비춰질 겁니다. 오늘 이 회장님과 흙에 대해 대담을 한다고 했더니 한 직원이 이 시를 적어서 줬는데, 한번 보시겠어요. 정현종 시인의 〈한 순가락 흙 속에〉라는 시입니다.

한 순가락 흙 속에
미생물이 1억 5천 마리래!
왜 아니겠는가, 흙 한 술.
삼천대천세계가 거기인 것을!

알겠네. 내가 더러 개미도 밟으며 흙길을 갈 때
발바닥에 기막히게 오는 그 탄력이 실은
수십억 마리 미생물이 밀어 올리는
바로 그 힘이었다는 걸!

**이태근** | 시인이 그걸 잘 아시네요. "바로 그 힘"이라는 대목에서 마음이 꽂힙니다. 작물을 기르는 것이 농약이 아니라 흙이라는 걸 실감하게 되고, 흙을 살리는 일이 얼마나 소중한지를 깨닫게 되지요.

농부로부터

미생물의 힘이 얼마나 무서운지 모릅니다. 아무 일도 없어 보이는데 아무 일도 없는 게 아니에요. 눈에 보이지 않지만 똥이 퇴비가 되는 게 미생물의 힘이잖아요. 미생물을 처음 만들었을 때가 생각납니다. 90년대 초반만 하더라도 농약 없이 농사를 짓는다는 건 말도 안 된다고 사기 치지 말라고 했을 때예요. 당시 유기농을 해봐야겠다고 마음먹고 유기농업 한다는 몇 분을 만나러 다녔는데 일본에서 수입한 미생물을 쓰고 계시더라고요. 김치나 된장에서 보듯이 우리 조상들의 발효기술은 어느 나라에도 뒤지지 않는데 왜 우리 미생물 하나도 만들 줄 모르나, 납득이 되지를 않았습니다. 그래서 내 밭에라도 일단 써보자면서 미생물 연구를 시작한 거예요. 안방 아랫목에 놓고 신줏단지 모시듯 실험 용기를 들여다보던 기억이 나네요. 보이지는 않지만 이 녀석들이 어찌나 기특하던지, 믿기지 않겠지만 우리에겐 다이아몬드보다 더 소중했습니다.

미생물 연구 다음으로 이어진 프로젝트가 있는데요. 바로 토종 살리기입니다. 토종미생물로 농사짓자고 첫발을 내딛는 그때 그 심정이 토종종자에 대한 관심으로 이어졌습니다. '토종, 5천 년 희망을 싹틔우다'라는 캠페인을 하면서 몇 년 전부터 전국을 다니며 토종을 지키는 할아버지, 할머니들을 찾아 토종 애기를 듣고 씨앗을 수집하고 있지요.

토종이라는 건, 그저 우리 땅에서 난 것이라는 의미에 멈추지 않습니다. 이 땅의 흙과 바람과 물을 온몸으로 받아들이면서 뿌리내린 종이지요. 그것을 먹고 살았으니 토종은 곧 조상들의 몸이고 우리 몸이기도 합니다.

토종은 그 자체로 아름답습니다. 저기 정자 뒤쪽의 논에서 자라는 벼들이 보이죠? 모두 토종벼인데요. 벼꽃이 피고 이삭이 패면 그야말로 한 폭의 그림입니다. 꽃 모양도 색깔도 다양해요, 신기하게도 개량화된 것과 달리 토종은 토종만의 독특한 풍경을 만들어냅니다.

**천호균** | '농부로부터' 매장에도 토종작물을 따로 모아놨는데요. 주의 깊게 살펴보는 분들이 늘어가고 있어요. 시중에서 토종콩이나 토종쌀을 만나기가 어려우니까요. 토종이라고 하니까, 우리나라 토종벌이 집단 폐사했다는 소식이 기억나네요. 벌통으로 돌아오지 않고 홀연히 행방불명되는 바람에 요즘에는 벌도 수입을 한다고 들었습니다. 생태계의 이음새 중 어느 한 곳이 끊어진 셈인데, 그 연쇄작용으로 어디에서 어떤 문제를 일으킬지는 알 수 없는 것 아닙니까?

**이태근** | '토종벌 괴질'이라 불리는 '낭충봉아부패병' 때문인데요. 누가 벌들이 사라지리라고 상상이나 했겠습니까? 아인슈타인이 마치 이 상황을 예견한 듯 경고한 게 있습니다. 만약 꿀벌이 사라진다면 인류는 수년 안에 멸망할 거라고 했거든요. 토종벌이 없어지고 있다는 소식을 듣고 섬뜩해지더군요. 꿀벌이 없으면 과일이나 채소나 수정이 되지 않아서 열매를 맺을 수 없어요. 지구에 사는 전체 식물의 3분의 1이 벌의 도움으로 수분하는데 이런 상황이 어떤 결과를 가져올지는 뻔하지 않겠어요? 결말은 바로 식량 전쟁입니다.

자연의 한 부분이 손상되면 그 일부의 문제에 그친다고 여기는데. 자연이란 아주 치밀하게 엮여 생명력을 유지해가기 때문에 작은 곳의 상처는 곧 전체로 퍼져나갑니다. 자연에 대한 총체적 시야가 필요합니다. 그렇지 않으면 문제가 터질 때마다 늘 구멍 난 곳을 대충 메우는 식의

봉합만 하게 되지요. 자연이 가르쳐주는 지혜가 무궁무진합니다. 토종의 소멸, 이 하나만 놓고 생각해도 우리가 무지막지한 위험에 놓여 있는 거예요. 결코 과장이 아닙니다.

**천호균** | 토종벌과 같이 토종씨앗도 사라지지 않았습니까? 뉴스를 보니 외환위기 이후 국내의 종묘회사들이 외국기업에 인수합병됐던데요. 옛말에 "농부는 굶어 죽더라도 씨앗을 베고 죽는다"고 했는데, 오래 전부터 씨앗은 종묘상에 가서 로열티를 지불하고 사야만 하는 상품이 되고 말았어요. 세계 작물 종자의 3분의 1을 다국적 기업들이 독점하고 있다면서요?

**이태근** | 소수의 독점업체가 세계 종자 시장을 휘어잡고 있습니다. 청양 고추라고 있지요? 경북 청송과 영양의 글자 하나씩을 따서 생긴 이름인데, 매운 고추의 대명사격인 이 작물은 이제 우리 것이라고 볼 수 없어요. 이 청양 고추란 품종을 개발한 종묘회사가 외국기업으로 넘어갔거든요. 대표적으로 김치 만들 때 필요한 채소들만 봐도 무, 배추, 고추의 씨앗 가운데 절반은 다국적 기업에 돈을 주고 사오는 거예요. 양파나 당근, 토마토는 더 심각해서 80퍼센트 이상입니다.

그럼 남아 있는 국내 종자회사는 뭐하냐고요? 현존하는 회사들도 어렵게 일하고 있습니다. 국내 종자개발 연구인력도 급격히 감소되고 있고요. 종자 하나를 개발하려면 최소 10년이 걸리는데, 기껏 개발해도 1년에 벌어들이는 수익이 몇 억 정도에 그칩니다. 수지 타산이 맞지 않아요. 민간업체들이 연구개발에 소극적일 수밖에 없는 이유죠.

종자회사에서 새로 만들었다고 내놓는 대부분의 품종은 단위면적당 생산량을 높이는 데에만 집중되어 개량됐기 때문에 병충해에 취약하고, 많은 양의 양분을 필요로 합니다. 종자회사들은 대부분 농약회사를 함께 운영하기도 하거든요. 그러니까 종자 팔고 농약 팔고, 기업 입장에서는 꿩 먹고 알 먹고 하려는 거죠. 유전자 조작으로 새로운 작물이 나오면 거기에 맞게 개발된 농약을 사야 합니다. 어떤 씨앗을 선택했는지가 농업 생산 시스템을 뒤바꿔버려요.

**천호균** | "작은 것이 아름답다"는 말이 있지만, 이런 경우는 "작은 것이 큰일을 낸다"고 해야겠습니다. 그럼 지금의 농업이 바뀌려면 결국 씨앗부터 바꿔야 한다는 얘기가 되는 건가요?

**이태근** | 맞습니다. 토종이 열쇠입니다. 토종을 지켜내야 농업이 달라지리란 희망을 가질 수 있어요. 60~70년대 보릿고개 거치면서 박정희 정권 때 우리 것을 다 내팽개쳐버렸잖아요. 통일벼 심으라고요. 재래종 심는 걸 관에서 못 심게 막았습니다. 지금 생각해보면 어처구니없지요.

대대로 이어오던 전통적인 생산방식을 바꿔놓은 게 불과 30년 전 일입니다. 세계적으로 이렇게 급격하게 변한 곳도 없어요. 앞으로 시간이 걸리더라도 독립운동하던 분들처럼 빼앗긴 주권을 되찾아와야 한다는 절박한 심정으로 하고 있습니다. 씨앗 하나가 별것 아닌 것 같지요? 조금 전 얘기했듯 씨앗 하나가 농촌의 경제를 좌지우지합니다. 지금처럼 가다가는 농사짓는 사람들의 미래는 점점 어두워질 뿐입니다.

**천호균** | 그렇지 않아도 그 문제를 꼭 짚고 싶었습니다. 안정된 밥벌이가 될 거라는 확신이 없으니 젊은이들이 농사를 외면하고, 농부들은 외국 곡물자본에 지배받을 수밖에 없는 상황이 아닌가요? 국내뿐 아니라 국제적으로도 농업을 지키는 일은 점점 더 쉽지 않아 보입니다.

**이태근** | 농사가 떼돈 버는 일이라고 하면 아마 다들 농촌으로 몰려들겠지요. 새로운 농업을 꿈꾸며 농사짓는 일에 투신하는 분들이 하나둘 늘고 있고 부자 농민으로 주목을 받는 분들도 있지만, 대체로 농사에 생계를 걸고 있는 분들의 상황은 열악합니다. 왜일까요? 농부들의 가난은 구조적인 것에 그 이유가 있습니다. 토종씨앗이 사라지면서 비싼 종자를 해마다 돈 주고 사야 하지요. 화학농업으로 약해지고 있는 지력을 뒷받침하기 위해 비료와 농약을 철마다 뿌려야 합니다. 힘들게 수확한 농산물을 팔 때는 유통과정에서 대자본이 끼어들어 돌아오는 수익은 줄어들지요. 이렇게 말하면 흔히 그럽니다. 농민들도 각성하고 농법도 바꾸고 부채관리도 합리적으로 하라고 말이지요. 물론 농민들이 각성해야 할 바도 있겠고 농법도 변화시켜야 하고 부채관리도 합리적으로 해야 합니다. 그러나 정책이 받쳐주지 못한 상태에서 그런 요구를 하는 것은 농촌의 현실을 몰라도 너무 모른다는 생각이 듭니다. 정책이 어떤 거냐고요? 유통과정을 합리적으로 만들고 장기적 미래를 위해 다국적 곡물자본의 횡포에 맞설 제도를 만들어야 합니다. 이런 구조적·제도적 변화가 없으면 농촌은 부채에 계속 허덕이고 당장에 돈이 되는 농법에만 기대게 됩니다. 저는 언론들도 농촌의 문제를 소상히 다루어 정책변화에 영향을 줄 수 있으면 좋겠어요. 이런 관점에서 접근해야 정책적 비중

을 가질 수 있게 됩니다.

**천호균** | 농촌의 가난을 해결하기 위해서는 구조적인 문제해결이 우선이란 말에 동감합니다. 그런데 토종이란 개념이 애매한 듯 보여요. 어떤 걸 토종이라고 하나요?

**이태근** | 재래종, 토종에 대해 거부감을 갖는 분들도 있어요. 그 기준이 어디 있냐고 하시죠. 우리가 정의한 것은 '토착화된 종자'예요. 정부가 육종해 보급한 품종이라 할지라도, 농민들이 심고 수확하는 걸 반복해온 씨앗은 토종이 됩니다. 보통 새로운 종자를 심으면 첫해에 비해 그 다음 해에는 수확량이 뚝 떨어지거든요. 그럼 당황하지요. 그럼에도 불구하고 계속 심게 되면 수확량이 안정되는 때가 옵니다. 이걸 형질이 고착화된다고 표현하는데요. 이때 거두는 씨앗은 자가 채종을 할 수 있고 재생산이 가능해집니다. 이를 가리켜 토종이라고 할 수 있지요.

**천호균** | 인내심이 필요한 것이로군요. 씨앗을 받는 일이 어려운가 봅니다.

**이태근** | 잡곡은 수월한데 채소 종류는 상대적으로 힘들죠. 하지만 채종이 어려워서가 아닙니다. 왜 못하게 되었냐 하면 육종한 품종들은 국가나 종묘회사에서 좋은 것들을 교배해서 농민에게 보급한 거예요. 수십 가지를 교배하는데 '잡종'이라고 하죠. 그런 종자는 첫해에 수확이 잘 되고 모양도 좋은데요. 문제는 씨를 받아 심을 경우 어떤 형질이 나

올지 아무도 모른다는 거예요.

　그러니까 농민들은 힘들게 씨앗을 받아둘 이유가 없지요. 정부가 보급하는 것이나 종묘회사 것을 사서 쓰면 된다고 판단해버리는 거죠. 이제 종자는 으레 종묘회사에서 사면 된다고 생각하는 경우가 많아요. 농촌이 제대로 서려면 자가 채종해서 그 씨앗으로 농사를 지어야 합니다. 이 과정에서 경제적으로 휘청일 때에 농부가 흔들리지 않도록 해줘야 하죠. 정부는 이 대목을 고민해야 합니다.

**천호균** | 나름대로 공부한다고 했는데 회장님과 말씀을 나누다보면 아직 멀었구나 절망에 빠집니다. (웃음) 이 자리에서 정답을 찾기보다는 좋은 질문을 하는 학생이 되자고 마음먹었으니까 계속 궁금한 걸 여쭙겠습니다. 개량된 종자는 화학농법으로 키울 수밖에 없다, 이런 말씀을 하셨는데, 그럼 토종씨앗으로 농사를 지으면 농약이나 비료를 덜 쓰게 되나요?

**이태근** | 아무래도 그렇죠. 개량종은 물과 농약, 비료에 반응을 해요. 빨리 자라니까 작물 자체가 물도 많이 흡수하고 비료도 농약도 많은 양을 요구합니다. 토종은 스스로 견뎌내지요. 특히 잡곡 같은 경우 척박한 땅이나 가뭄에도 잘 삽니다. 그래서 예부터 비 안 오고 땅이 황폐해져 농사 못 짓게 됐다고 할 때 그곳에 잡곡을 심었지요. 단 토종씨앗은 농약이나 비료를 치는 육성품종에 비해 수확량이 적어요. 동물들의 습격도 많이 받아 관리하기 어려운 면이 있어요. 맛있는 건 어떻게 아는지 새나 고라니, 멧돼지들이 다른 씨앗은 놔두고 토종씨앗을 파헤쳐 먹습

니다. 토종씨앗 보존운동을 펼치는 여성농민회에서 들은 바에 의하면, 토종씨앗에 얽힌 감동적인 이야기가 꽤 있습니다. 여든 넘으신 할머니가 광에서 종이에 고이 싼 씨앗을 내미는데, 언제부터 심은 거냐고 여쭈니까 할머니 말씀이 시어머니가 심는 걸 봤다고 하시더래요. 그 이야기를 듣는 순간 마음이 짠해졌습니다.

**천호균** | 여성들이 없으면 되는 일이 없어요. 우스갯말로 두 여자 말만 잘 들으면 인생이 편해진다고 하잖아요. 제가 누누이 강조하는 건데, 우선 아내 말을 잘 들으면 되고요. 또 한 여자는 내비게이션이랍니다. (웃음)

여성들은 남성들보다 뛰어난 능력자들이에요. 소통의 능력이 탁월하죠. 다른 것을 껴안는 포용의 힘도 크고요. 할머니들이 모여서 얘기 나누는 걸 들어보세요. 도시사람들은 도저히 흉내 낼 수 없는 표현들이 무릎을 치게 하지 않습니까? 한마디 한마디에 삶에서 우러난 진득한 맛이 느껴집니다. 토종종자 수집하러 가실 때 저도 데려가 주십시오. 배울 게 많을 듯합니다. 더욱이 이 할머니들이야말로 '쌈지'의 원조 고객들이시잖아요.

**이태근** | 그러네요. 할머니들이 씨앗 넣어두는 그 주머니가 바로 쌈지니까. 천 사장님이 가시면 입담으로 제가 밀릴 것 같아 염려가 됩니다만, 좋습니다. 좋은 동행자가 생겨서 반갑습니다.

어르신들은 '씨앗은 나누는 거다'라고 돈 주고 사고파는 거 아니라고 말씀하세요. 그건 우리가 보전해야 할 가치라는 생각이 들어요. 산업화를 거치면서 잃어버린 정신이죠. 토종연구를 하신 분으로 안완식 박사라는 분이 계신데 그분 말씀으로는 80년대에 수집을 한 뒤 7~8년 지나 다시 한 번 그곳을 가보았더니 그 사이 토종씨앗 열 중 일곱이 사라졌다고 합니다. 같은 곳을 7년 뒤에 찾으니까 고작 10퍼센트 정도만 남아 있었고요. 80년대에 부지런히 다녔던 것이 어찌나 다행인지 모르겠다고, 명맥이 끊긴 우리 씨앗을 생각하면 가슴이 서늘해진다고 하시더군요.

**천호균** | 그 정도인줄은 몰랐습니다. 종자를 보존한다는 것은 그 속에 담긴 미래까지도 보존한다는 뜻이 아닐까 싶네요. 작은 씨앗에 담겨 있는 큰 미래를 일구는 것, 그것이 바로 농부가 세상에 기여하는 바가 아닐까 싶습니다.

**이태근** | 말씀 잘 하셨습니다. 농부가 하는 일이 세상의 안목으로 보면 보잘것없어 보일 수도 있지만 그게 바로 작은 씨앗 같은 역할을 할 겁니다. 이 씨앗을 잘 지켜내는 노력은 우리 모두의 책임이라고 봅니다. 방치하게 되면 그 피해는 고스란히 우리가 입습니다. 인도의 환경운동가 반다나 시바는 세계화 체제 속에서 농민은 값비싼 종자와 화학물질을 구입해야 하는 소비자일 뿐이라고 했습니다. 다국적 기업의 종자독점은 인류가 직면한 최대의 위협이라고 했죠. 종자주권 없이 결코 우리 농업은 없습니다. 농민에게 씨앗은 단순히 먹을거리의 원천만을 의미하지 않습니다. 수천 년에 걸쳐 전해져 내려온 조상들의 역사와 문화, 다양한 생물 유전자가 담겨 있는 게 종자 아닙니까? 민족의 소중한 자원이지요. 식량주권을 구호가 아니라 구체적인 실천으로 접근하려면 어떻게 해야

할까 고민을 거듭하고 있는데요. 토종씨앗이 유전자 조작 농산물의 대안으로 꼽히지만 농촌진흥청의 종자은행에만 꼭꼭 숨어 있잖아요. 그래서 토종종자를 복원하고 그 씨앗으로 농사를 지어보려 하고 있어요.

**천호균** | 어디로 가야 할지 분명해진 것 같습니다. 이 일이 쉬울 거라고는 생각하지 않지만, 이미 마음이 뿌듯해지는 느낌입니다. 우리가 나누는 이 이야기가 곧 농사의 일부처럼 여겨지기도 합니다. 그러고 보니 저도 나름대로 토종을 지켜온 사람입니다. '쌈지' 부터 '놈', '딸기' 등 쌈지에서 만든 브랜드는 거의 '한글' 이었으니까요. 당시 한글이름이 많지 않아서 일종의 차별화 전략을 선택했던 것인데, 사실 우리말만큼 예쁜 게 없잖아요. 중국, 미국 시장에 진출할 때도 한글이름을 그대로 가져갔는데 외국사람들이 어찌나 한글이 아름답다고 감탄하는지 오히려 저희가 놀랄 정도였어요. 그래서 손녀의 이름도 순한글로 지었습니다. 첫 손녀 이름은 한글자음 중 '니은' 이라고 지었고요. 둘째손녀는 '그래' 라고 했지요.

**이태근** | 그래요? 역시 독특하십니다.

# 농부로부터 자연으로부터 부는 바람,
## 도시를 바꾸다

**천호균** | 괴산 흙살림연구소에 온 게 두 번째인데요. 지난 2011년 6월 20주년 행사 때 처음 와서부터 느낀 거지만 여기 있으면 마음이 편안해집니다. 서울에 가기 싫어지는데요.

**이태근** | 농경 문화권에서 살아온 사람들의 특성이 뭡니까? 좋은 자리 하나 잡고 눌러앉는 거잖아요. (웃음) 세미나 같은 이런저런 행사들에 참석하느라 서울에 자주 가긴 합니다만 일이 끝나자마자 득달같이 내려오는 이유가 다 있습니다. 제 직장과 집이 있어서가 아니라 그냥 편해요. 가끔은 집에 뭘 두고 왔길래 그러느냐는 얘기까지 들어요. (웃음) 촌티를 내는지 서울에 있으면 머리가 아프고 답답합니다. 하도 밀리니까 자동차는 갖고 갈 엄두도 내지 못하죠. 버스 타고 왔다가 홀연히 사라지는 게 여러모로 이득이고요.

**천호균** ┃ 서울토박이인 저도 어쩐지 서울은 익숙하지가 않아요. 주로 헤이리에 있지만 매장 관리 때문에 종종 홍대에 나가게 되는데, 몇 시간 지나지 않아 빨리 되돌아오고 싶어집니다. 나고 자란 곳인데 이상하지 요. 특히 백화점 1층에 가보면, 대부분 외국 브랜드들로 가득 차 있잖아 요. 그 안에서는 우리만의 색깔을 찾아보기 힘들어요. 그래서 서울은 언뜻 화려하고 풍요로워 보이지만 참 외로운 도시구나, 사람을 외롭게 만드는 곳이구나, 이런 생각을 하게 됩니다. 이름만 들어도 그 도시만 의 개성을 떠올리게 하는 파리, 런던, 도쿄처럼 독특한 우리만의 감수 성을 갖고 있는 것도 아니고요. 항상 빠르게 변화하지만, 변화의 방향 이나 목표에 공감하기가 어렵기 때문에 그렇게 느껴지는 것 같아요. 제 가 아는 한 미술평론가가 서울의 변화를 사진으로 찍었는데, 몇 년 사이 에 상당수의 중요한 건물들이 사라져버렸다더군요.

**이태근** ┃ 우리나라의 변화속도를 상징적으로 보여주는 공간이 서울이 아닐까 합니다. 40년 전만 해도 강남은 뽕밭, 배밭이 많은 한적한 농촌 이었거든요. 아파트가 하나둘 들어서더니 이제는 숲이라고 할 수도 없 는 아파트 숲이 되어버렸잖아요. 당시엔 농촌이 도시가 되는 것을 발전 이라고 보았는데, 과연 옳았던가 싶어요. 농촌과 도시가 공존하는 식이 아니라 건물 부수듯 논밭을 밀어내고 도시를 세웠으니 말입니다.

**천호균** ┃ 헌집 줄게 새집 다오, 가 아니라 헌집 내놔, 새집 지을 거야 ⋯⋯억박지르는 식으로 말이죠.

농부로부터

**이태근** | 그래요. 말할수록 '그래', 이 말이 참 좋은데요. 손녀이름 잘 지으셨습니다. (웃음)

농촌은 말씀하신 대로 헌집입니다. 조금씩 아파트에 내주고 그나마 남은 헌집에는 힘없는 어르신들만 남겨졌습니다. 배은망덕이죠. 솔직히 농촌이 도시를 먹여 살리는 거잖아요. 실제 시골에 계신 우리 부모님들이 뼛골 빠지게 농사지어서 서울로 간 자식들 뒷바라지해왔고요. 지금 당장 농촌에서 쌀, 채소, 고기를 내놓지 않으면 도시의 식탁은 텅 비게 됩니다. 농촌은 도시의 부모예요. 그런데 열심히 키워놓은 자식은 노부모를 봉양하기는커녕 호시탐탐 더 받을 게 없는지만 살핍니다.

어떻게 해야 도시와 농촌은 더불어 살아갈 수 있을까요? 그렇지 않아도 이제는 도시 안에 농촌의 풍경을 끌어들이고 싶어하는데요. 농촌의 가치와 도시의 위기가 서로 접목되면 작품 하나 근사하게 나올 것 같은데, 좋은 수가 없을까요? 우선 도시 쪽에서 변화를 찾아보자면 어떤 게 있을까요? 천 사장님께선 시청 앞이나 광화문에 논을 만들자고 하셨는데, 만일 또 다른 아이디어를 내보라고 하면 무엇을 제안하시겠습니까?

**천호균** | 말씀 드리기에 앞서서, 마음이 아픕니다. 도시에서 자란 저로서는 농촌이 도시를 먹여 살렸다는 생각은 미처 하지 못했어요. 도리어 도시가 있어 농촌이 먹고 산 것이라고 여겼죠.

만일 제게 서울이 어떻게 달라지면 좋겠냐고 묻는다면 전 무언가를 새로 만들기보다는 지금 서울에 있는 것이 무엇인지를 먼저 살피고 싶어요. 일본에 도호쿠라는 지방이 있는데요. 그 지역을 살리기 위해 주민들이 집중했던 부분이 "없는 것을 애달파하는 대신 지금 우리가 갖고 있는 것을 찾아보자"였답니다. 오늘날 많은 지역들이 어떻게 하면 없는 것을 만들까에 집착하는데, 그전에 무엇을 갖고 있는지를 탐색하는 게 먼저라는 거죠. 서울은 산과 강이 멋진 도시입니다. 동상이나 건물을 번듯하게 세우기보다는, 있는 그대로의 자연을 느낄 수 있게 하는 방향으로 갔으면 좋겠어요. 아니면 공공미술적 영역에서 텃밭을 넓혀가는 작업들도 의미가 있겠지요. 헤이리에 있는 작가 몇 분이 집 앞에 벼를 심어놨는데, 그게 예술이더라고요.

**이태근** | 서울에 텃밭이 늘면 여름에 전기사용량이 줄어들 겁니다. 더위를 덜 느끼게 되거든요. 예전에는 아무리 무더운 날씨라 해도 그늘 밑에서 부채 부치면서 수박 한 조각 먹으면 해결되었습니다. 그때는 지구 온난화 같은 현상이 없지 않았냐고 반문하는 분들이 계실 텐데요. 그런 점을 감안하지 않을 수 없지만 당시에 여름이 그래도 견딜 만했던 이유는 도처에 텃밭들이 있어서 도심의 온도를 낮추었기 때문이라고 봐요.

**천호균** | 생각납니다. 60년대만 해도, 동대문 밖에만 나가면 그런 텃밭들이 많았는데, 그게 다 없어졌어요. 광화문 광장 하나만 봐도 거리에 있던 나무들을 왜 모조리 없애버렸는지 이해가 안 됩니다. 가로수들도 일종의 텃밭 구실을 했다고 보는데요. 도시에 텃밭을 여기저기 만들면 삭막한 풍경도 달라지는 동시에 사람들의 마음도 좀 보드라워질 거라고 기대해봅니다. 한번은 서울의 한 도시텃밭을 둘러보다가 입구에 "출입 금지" 푯말이 있는 걸 보게 됐는데요. 다른 곳도 아니고 밭에서 푯말을 보니까 기분이 안 좋더라고요. 물론 허락도 없이 무단 침입하는 식으로

누군가가 들어와서 애써 기른 고추나 상추를 따 가면 속상하고 화가 나겠죠. 그래도 험상궂은 표정으로 "여기 들어오지 말라니까" 하는 건 좀 아니다 싶습니다. 아직 농사를 제대로 지어본 분이 아닐 거라고 짐작하는데요. 조금 넉넉해질 수 있잖아요. 출입금지보다는 "드시고 싶으면 적당히 가져가세요"라든가 다른 표현을 쓸 수도 있고요.

**이태근** | 흙을 만지다보면 달라질 거예요. 서로 아는 사람들이 생겨나고 이야기도 풍부해지고 내가 농사지은 거라면서 감자, 배추를 나눠먹는 마음도 생기고요. 지금이라도 시작만 하면 충분히 가능한 일들입니다. 변화의 조짐들은 많아요. 정부도 2020년까지 도심에 텃밭주말농장 8천 개를 만들겠다면서 '도시농업 활성화 방안'을 발표했고 지자체들도 적극적으로 나서고 있지요. 하지만 정책발표만으로 다 됐다고 볼 수는 없습니다. 하나라도 일단 실천해야죠.

**천호균** | 도시농업에 관심을 갖는 자치단체들이 부쩍 늘어났던데, 어떻게 보세요? 시민들의 움직임보다 행정이 앞서가고 있어서 자칫 부작용이 생기지 않을까 걱정이 되어서요. 도시의 여건상 자치단체와의 협력은 있어야겠지만 자치단체가 중심이 되면 경직되고 닫힌 텃밭이 될 수 있잖아요. 융통성 없이 절차만 따질 수도 있고요.

**이태근** | 민간 내부의 동력을 중심에 놓는 것이 중요하지요. 그래야 성과주의나 당장의 효과를 과시하려는 유혹을 막아낼 수 있습니다. 긴 호흡으로 가려면 민간이 중심축이 되어야 합니다. 북미 원주민들이 한 애

농부로부터

기 가운데 어떤 정치적 결정은 일곱 세대 뒤의 후손들이 보기에도 틀림없는 것이어야 올바른 것이라는 말이 있는데요. 우리의 정책이 어디 후세를 의식하던가요. 늘 눈앞만 보기에 급급합니다. 그런 점에서 도시의 텃밭은 지자체나 정치인들이 반짝 인기를 얻으려 하는 쪽으로 기울어선 안 됩니다.

옥상이나 개인 텃밭의 한계도 넘어서야 합니다. 취미 수준을 넘어서 식량자급의 단계까지 바라볼 필요가 있습니다. 지금은 황당한 소리처럼 들릴 수 있지만 나중에는 절실한 문제가 될 겁니다. 기상 이변이 더 이상 이변이 아니게 되어버렸는데, 기후의 영향을 바로 받는 것이 식량입니다. 쿠바의 사례를 눈여겨봐야 합니다. 도시에 농촌이 들어오는 거지요.

**천호균** │ 친환경 운운하면서 대충 도시의 부족한 환경지수나 높이자는 정도에 그쳐선 안 된다는 말씀이신 거죠?

**이태근** │ 그렇죠. 덧붙이지만 농사는 봉사나 다름없거든요. 농부들 덕에, 그들의 희생이 있어서 내가 잘살고 있다고 감사해야 합니다. 자기 입에 쌀과 과일이 들어가고 야채가 들어가고 있는데도 도시사람들은 농민들의 문제와 자기 문제가 별개인 것으로 착각하고 있어요. 2005년 쌀 재협상을 겪으면서 도시사람들이 변화하지 않고는 농업 문제를 해결하기가 어렵겠다는 생각을 했습니다. 어쩌다가 서울사람들과 저녁을 먹게 됐는데, 쌀 문제를 절박하게 바라보지 않더라고요. 그저 농민들이 좀 힘들겠구나 하는 정도였습니다. 하고 싶은 말들이 목구멍까지 차오르는데 참았습니다. 거기서 내가 구구절절 그건 아니라고 말하는 것도 어울리지 않고, 자기 경험 속에 존재하지 않는 세계를 이해하라고 요구하는 것도 무리인 듯싶어서였죠. 그 뒤로 어떻게 하면 농사를 친근하게 느끼도록 할 수 있을까, 지속적으로 관심을 갖게 할 수 있을까를 두고 고심했는데 최선의 대안이 도시농업이었습니다

**천호균** | 그럼 도시를 살리는 길이 농업에 있다는 거군요.

**이태근** | 아무리 묘책을 찾아봐도 다른 것이 없어요, 농업 외에 달리 방법이 없습니다. 식량 위기에 대비해서 농업을 지켜야 한다고 하면 50년 100년 후에, 또는 평생 오지 않을 수도 있는 위험을 대비해 국가 재정의 9퍼센트를 농업에 지원하는 것은 비효율적이라고 무시했습니다. 대신 해외에 식량 기지를 만들거나 자동차, 휴대전화 수출해서 벌어들인 돈으로 외국에서 쌀을 사오면 된다는 식입니다. 농사라는 게 공장에서 제품을 찍어내고, 디자인이 바뀌면 신상품을 내놓고 하는 식으로 되는 게 아니잖아요. 무역 수지 계산해서 국민 총생산 따지면 정부 쪽 계산이 눈에 훨씬 잘 들어오겠지요. 그러나 그건 농업의 역할을 제대로 못 본 거예요. 자동차나 휴대전화를 많이 파는 것도 중요합니다. 하지만 그걸 팔아서 남의 나라에서 곡물이랑 채소를 사오는 식이 된다면 그야말로 내 밥줄을 남들에게 맡기면서 사는 게 아닌가요? 논과 밭은 우리의 삶을 안전하게 지켜주는 울타리인데, 그걸 왜 자기 발로 무너뜨립니까?

호주에서 세계유기농대회를 할 때 제가 유치위원장 자격으로 갔었는데, 외국사람들이 한국은 휴대전화하고 자동차 파는 나라 아니냐고, 농

사를 짓지 않는 나라가 왜 유기농업대회를 유치하려 하냐고 물어보더군요. 제가 아니다. 한국은 5천 년 농업국가라고 하니까 깜짝 놀랍니다. 외국에선 우리나라를 홍콩이나 싱가포르처럼 보는 거예요. 그도 그럴 것이 외국에 홍보할 때 우리는 휴대전화나 자동차만 알리잖아요.

최근 들어 일본이 첨단 산업 분야에서 뒤처지고 있다고, 마치 우리가 앞질러가는 듯이 좋아하는데 그건 하나만 알고 둘은 모르는 소리예요. 일본만 해도 국내에서 식량 문제를 해결할 수 있는 근거지가 대체로 탄탄합니다. 우리는 어떤가요? 국제무역에서 상황이 안 좋아지면 당장에 우리의 목줄을 죄어올 겁니다. 지금 우리는 먹을거리를 자체적으로 공급할 수 있는 시스템을 스스로 저버리고 있어요.

**천호균** | 이런 이야기를 정부나 정치인들이 귀담아 들어 정책 변화를 가져와야 하는데 좀체 요지부동인 느낌입니다. 다큐멘터리를 보다가 알게 된 건데, 90년대에 북미자유무역협정을 체결한 뒤 멕시코는 한동안 싼 가격으로 옥수수를 수입해 먹었지만 나중에 농촌이 망하고 나서는 옥수수값이 엄청나게 올랐다고 하더라고요. 정말 '있을 때 잘해'입니다. 이기주의라는 게 남 생각은 하지 않고 자기밖에 모른다고 해서 문제가 되지만, 농업 문제만큼은 이기적으로 접근했으면 좋겠어요. 내가 아닌 우리라는 테두리에서요. 이거 우리가 먹을 건데, 하면서 우리 농업의 가치를 알아보고 지켜주려는 노력을 한다면 농촌과 도시가 함께 살아갈 수 있지 않겠어요?

**이태근** | 원래 제가 흥분을 잘 안 하는데, 이상하게 점점 언성이 높아

지네요. (웃음) 천 사장님이 제가 하고 싶은 이야기를 끌어내주시니까 기분이 좋기도 하고 농업을 가벼이 여기는 우리 사회가 야속하기도 하고 그렇습니다. 도시와 농촌의 동맹, 뭐 이렇게까지 거창하게 말하고 싶은 것은 아니지만 도시가 농촌에 대한 인식을 바꾸면 상황은 크게 바뀌어갈 겁니다.

우리나라는 식량 자급률이 25퍼센트밖에 되지 않습니다. 아까도 말한 일본은 40퍼센트가 넘거든요. 어떻게 하려는지 답답해요. 주 식량은 아니지만 2010년 작년 같은 경우 배춧값이 폭등해 많이 놀랐습니다. 한 포기가 3~4만 원이었어요. 그런 문제가 터졌을 때, 해결 방법이 없잖아요. 미국에서 주겠어요? 예전에는 가격이 오르면 중국에서 수입해 해결했는데, 작년만 해도 그렇게 할 수 없었습니다. 중국에서도 가격이 올랐거든요. 그런 사태는 이미 예고되어 있고, 앞으로 계속 일어날 거예요. 몇 년 사이 FTA체결이 급류를 타면서 농촌에 큰 타격을 줬지만, 그 또한 예고되어 있었어요. 우리나라의 농업 정책은 산업화가 시작되면서부터 이미 방향이 결정됐으니까요. 돈 안 되는 것, 생산성 떨어지는 것 포기해라, 밖에서 가져오면 된다, 지금은 산업화에 주력할 때다, 이렇게 농촌에 일방적으로 희생을 강요하면서 산업화를 밀어붙였습니다. 그 결과가 이토록 재앙으로 나타나고 있는데도 60~70년대에서 빠져나올 생각을 안 해요. 그때에는 정책의 결과가 어떻게 나타날지를 몰랐으니까 그랬다 쳐도, 지금은 아니잖아요.

**천호균** | 그래도 이 회장님 같은 분이 계시니 잘 되리란 희망을 갖게 되는 것 아닙니까?

**이태근** | 저 진정시키려 들지 마세요. (웃음) 열이 날 땐, 열을 내야 돌파구를 찾을 수 있어요.

**천호균** | 어이쿠. 이거 잘못 했습니다. (웃음) 사실 농업, 농민, 농촌……이렇게 '농' 자가 들어가는 것들과 관련해 그동안 좋은 소식을 들은 적이 없었다고 해도 과언이 아닌데요. 이대로 계속 갈 수는 없겠지요. 농촌은 살릴 수 있는데, 아니 살려야만 하는 건데요. 전 개인적으로 폐가들을 볼 때마다 농촌의 현실을 보는 듯해서 가슴이 아픕니다. 마치 방치된 문화유산을 보는 것처럼요.

**이태근** | 우리나라 인구 5천만 명 중 농민이 320만 정도를 차지합니다. 앞으로 20년 안에 농민 100만 명을 유지하면 그나마 다행이지요. 농업에 종사하는 인구가 줄어들면, 그 자체가 위기입니다. 기업농을 통해서 해결할 수 있다는 이들도 있지만 우리 국토의 모양과 토양은 기업의 대토지 농업에 맞지 않아요. 기업농에서 유기농을 선택하겠습니까? 당연히 경제성을 우선할 테고, 세월이 가면 농약이나 비료로 땅은 죽어버릴 테니 기업농도 망하는 겁니다. 아주 먼 미래의 일 같지요? 이미 관행농업은 한계를 드러내고 있습니다. 비료와 농약을 아무리 뿌려도 단위면적당 수확량이 늘지 않고 있어요.

지속가능성이라는 말을 쓰는데, 농업이야말로 지속가능하게 만들어야 해요. 그 일을 감당할 사람을 지켜줘야 하고 길러내야 하며 응원해줘야 합니다. 그게 도시와 농촌이 사는 길입니다.

조금 전에도 말했지만 도시는 농촌에 빚진 게 많습니다. 이번에는 좀 다른 각도에서 말씀 드리고 싶은데, 농촌이야말로 도시인들의 병원입니다. 도시에 살면서 지친 사람들이 시골로 내려가서 몸과 마음을 위로받지 않습니까? 거듭 강조하지만 먹을거리만 해도 그렇습니다. 하나의 도시를 먹여 살리는 데 도시면적의 100배에 해당하는 넓은 농지가 필요해요. 농촌이 사라진다면 도시의 생존도 위태롭습니다. 농촌의 환경이 살아야 도시의 안정적인 생활이 보장됩니다. 우리 어릴 때는 논이 놀이터였어요. 지금 아이들이 만일 논에 들어가서 놀겠다고 하면 난리가 날 거예요. 이렇게 논이 죽은 건, 다시 말해 쌀값이 죽었다는 증거입니다. 강의를 할 때마다 제가 강조하는 얘기가 쌀값인데요. 기본적으로 우리나라 쌀값은 지나치게 싸게 책정되어 있어요. 1인당 쌀 소비량이 78킬로그램까지 떨어졌거든요. 한 사람이 1년에 한 가마도 못 먹는다는 결론인데, 계산해보면 1년간 주식비로 15만 원을 쓰는 겁니다. 서울에 사는 직장인이 1년에 마시는 커피값만 해도 15만 원이 넘지 않겠어요? 밥 한 공기에 들어가는 쌀이 자판기 커피값 300원보다 싼 200원 정도입니다. 쌀값이 싸서 도시인들이 좋다고 여기겠지만, 쌀농사 짓는 사람들을 죽이는 정책입니다.

쌀값이 올라 물가가 상승한다고 할 때 서민들이 고통을 겪는다고 말하지만, 가만히 따져보면 그 고통의 원인은 열심히 일해서 제값 받지 못하는 현실에서 비롯됩니다. 노동자의 임금이나 농부의 쌀값이나 다 마찬가지죠. 제값을 치르도록 하고 그 기준에서 임금이나 세금도 정리가 되어야 합니다.

**천호균** | 경제학이 그렇게 접근되어야 하는데, 지금은 생산자인 농부에

게 손해를 잔뜩 안겨놓고 그 기준으로 도시생활자의 임금을 정하고, 나머지는 거대 자본의 몫으로 남기는 것 아닙니까? 농촌은 희생을 당해야하고요. 그럼 이 회장님이 생각하는 적정한 쌀값은 얼마인가요?

**이태근** ｜ 40만 원은 되어야 합니다. 지금보다 두 배 이상 올려야 하는데, 쉬운 일이 아닙니다. 하지만 정책을 만들고 펼치는 사람들이 농업을 생각했으면 쌀값이 이 정도가 적정선이라고 알리고 최소한 국민들을 설득하려고 노력했어야 한다고 봐요. 수지타산 맞춘다고 생산량만 신경쓰니까 농약을 뿌리고, 제초제를 쓰게 되지요. 논에는 눈에 보이지 않는 미생물을 비롯해 약 5,800종류의 생물이 살아요. 논은 생태계의 보고인데, 일순간 모든 게 죽어버렸어요. 게다가 말씀하신 대로 농민의 희생을 담보로 한 쌀값을 기준에 놓고 도시생활자의 임금을 책정하고 이익은 모두 거대 자본이 가져갑니다. 이런 비틀어진 구조는 바로잡혀야지요. 쌀값과 동시에 도시노동자의 임금을 억제하는 이런 정책은 60년대 박정희 정권 때부터 만들어졌는데요. 저임금과 쌀의 저가정책이 맞물리면서 도시노동자와 농부의 삶은 멍들어갔습니다. 쌀값이 현실화되는 것이 어렵다면, 국제협약의 변화에 대응할 수 있도록 농촌을 보호하려 노력했어야지요. 농산물이 도시에 흘러들어가는 과정을 보다 단순하게 만들어서 생산자에게 이익이 돌아가도록 했어야지요. 그래야 소비자들도 신선한 농산물을 싸게 공급받을 수 있지 않겠습니까? 농촌을 살리면 도시는 저절로 살아납니다.

어떤 분은 제가 하는 얘기를 듣고 요즘 농사는 사람이 할 게 별로 없지 않으냐, 기계가 다 하는데 쌀값이 왜 이리 비싸냐고 합니다. 기계도 사람이 있어야 움직입니다. 트랙터가 가만히 있다가 씨뿌릴 때가 되었다, 사과가 익었을 거야, 하면서 시동을 걸지 않잖아요. 사람이 먹을거리를 기계에 의지할 수는 없습니다. 사람이 나서야지요. 게다가 농사에 주 5일제가 있습니까? 1년 연중무휴인데요.

**천호균** | 농사를 직접 체험해보는 기회를 만들었으면 어떨까요? 적어도 기계가 농사 다 짓는다고 하거나 벼를 보고 쌀나무라고 하는 일은 없을 테니 말예요. 멀리 내다봤을 때 농촌이 살려면 젊은 친구들이 농사짓겠다고 해야 하는데, 학교와 학원만 오가는 학창시절을 보낸 아이들에게 농사는 먼 나라의 일처럼 느껴질 수밖에 없거든요. 성년이 되면 최소 반년이라도 농촌에 가서 의무적으로 농사를 지어보라고 한다거나, 기업들이 신입사원 연수 프로그램에 농사체험을 넣어보면 괜찮을 것 같은데요. 그 경험이 인생 사는 데나 일하는 데 큰 자산이 될 테고요. 몇 년 안 되지만 농사는 여행을 다니는 것만큼이나 견문을 넓혀주더라고요. 쌀 한 톨을 보며 농부에 대해 감사하는 마음도 갖게 하고요. 더 나아가 그 젊은이들 가운데 평생 농사를 지어야겠다고 마음을 먹는 친구도 나올 거라고 봅니다.

젊은이들에게만 해보라고 할 것도 아니죠. 귀농을 하고 싶은 분들에게 전 양다리 전략을 권해보고 싶은데요. 도시 아니면 농촌, 이렇게 딱 나누기보다는 도시나 농촌 한 곳에 근거지를 두고 양쪽을 왔다 갔다 하는 겁니다. 막상 시골로 가려고 해도 도시의 삶이 주는 매력을 저버리기가 힘든 것이 사실이잖아요. 실제 이렇게 살아온 분도 계세요. 강원도 춘천시 홍천강변에서 20년째 농사를 짓는 최영준 교수란 분인데, 주중에는 대학에서 강의하고 주말과 방학에는 시골에서 농사를 지으면서 농부 반 교수 반 '이중생활'을 하셨다고 합니다. 위장 농부는 아니시고요. (웃음)

나도 이렇게 살면 참 좋겠다는 분들이 꽤 많을 겁니다. 요즘 충남 공주에서는 아예 '도시에서 닷새. 시골에서 이틀'이라는 슬로건을 내걸었던데요. 이렇게 삶의 모습들이 다양해지면 자연스럽게 도시와 농촌은 균형점을 찾아가겠지요.

**이태근** | 젊은 친구들을 농사에 눈을 돌리게 하려면 따라하고 싶은 모델도 있어야 할 것 같아요. 나도 저 사람처럼 되어야지 하면서 농촌으로 모여들지요. 사람들의 발길이 오가면서 도시와 농촌은 자연스럽게 이어져 하나의 유기체가 됩니다. 도시는 도시대로, 농촌은 농촌대로가 아니라 도시와 농촌이 문턱을 낮춰 서로가 갖고 있는 것을 편하게 내주는 방식이죠. 어디에 사느냐에 따라 일상의 모습은 조금 다를 수 있지만 현재 우리나라의 도시와 농촌은 대립적이에요. 도시와 농촌을 구분 짓는 건 참 고루한 사고방식인데 왜 이리 됐는지 모르겠어요.

나뉘어 있는 농촌과 도시를 잇는 방편으로 제가 도시텃밭과 함께 희망을 거는 게 또 하나 있는데, 바로 '우리집 생활 꾸러미'입니다. 흙살림의 회원 농가들이 그때그때 수확한 농산물을 담아서 신청한 도시사람들에게 보내드리고 있어요. 한번 시도해봤는데, 알음알음으로 단골들이 늘어나고 있습니다. 시장이나 마트에 가서 장보는 것과 내용물은 별반 다르지 않다고 해도, 누군가가 챙겨 보내주는 걸 받을 때의 기분이란 게 있잖아요. 그렇게 도시와 농촌을 잇는 가느다란 실 하나라도 있다면

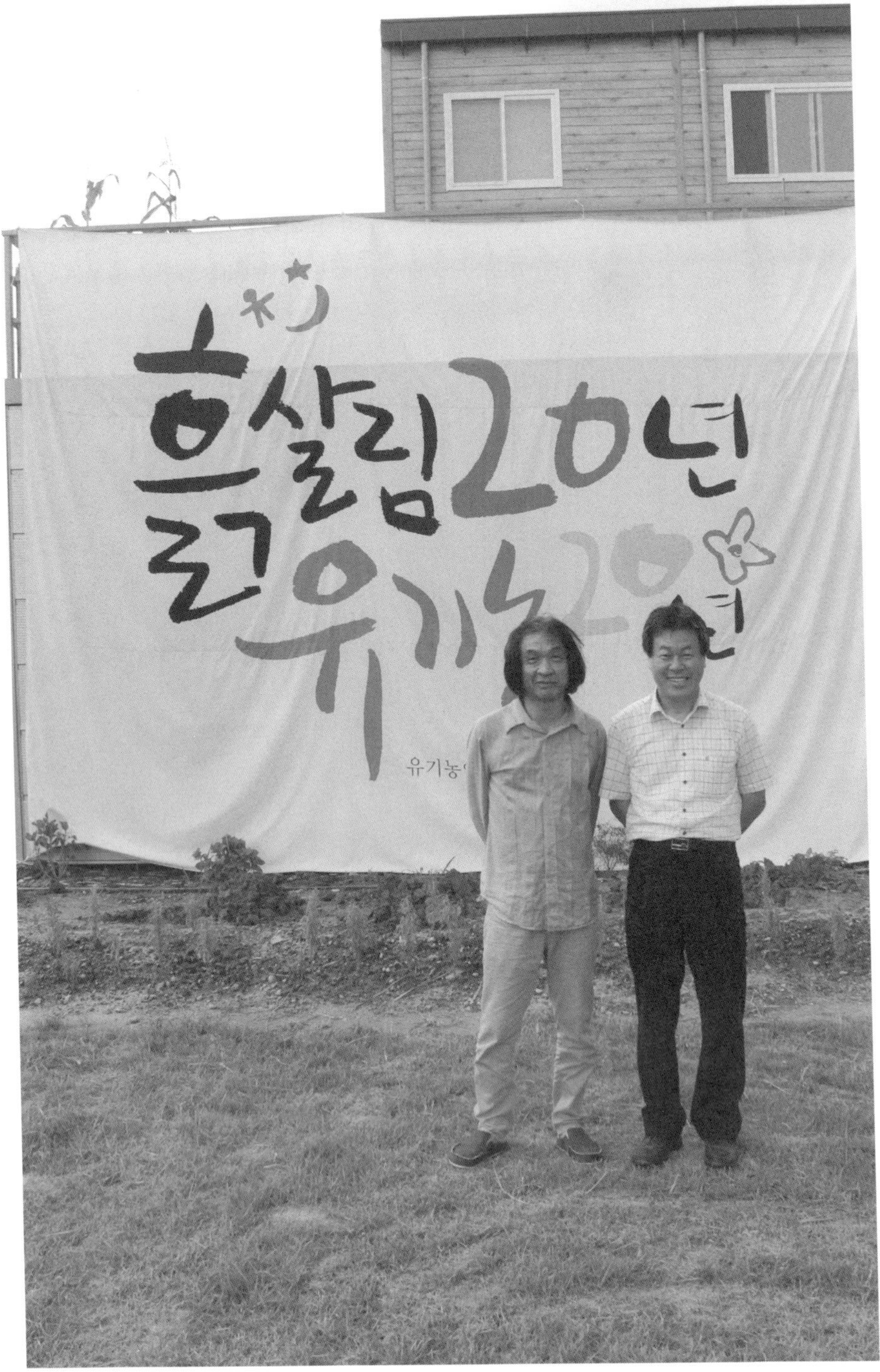
흙살림 20년

계속 엮어볼 계획입니다. 미약해도 그게 둘을 이어줄 튼튼한 다리가 될 거라는 믿음이 있어요. 에티오피아 속담에 '거미줄도 모으면 사자도 잡을 수 있다'는 말이 있습니다. 지금 필요한 건 가능한 한 보이는 거미줄을 다 모아보는 일이죠.

**천호균** | '농부로부터' 매장에 온 분들 이야기를 들어보면 '우리집 생활 꾸러미'에 대한 반응이 꽤 좋던데요. 마치 고향에 있는 부모님이 보내준 훈훈한 보따리 같다면서요. 믿을 만한 농장에서 수확했으니 안심할 수 있다는 측면도 있지만, 생산한 농부를 소개하는 글이나 요리법이 적힌 편지가 정감을 준다고 해요. 농부는 안전한 먹을거리를 공급해 소비자의 몸을 지켜주고, 도시사람은 농부의 생산기반을 만들어주고, 이런 협력의 움직임이 더 널리 퍼졌으면 하는 바람입니다. 조금 더 진득하게 오래갔으면 좋겠고요. 미리 약속을 하고 농사를 지어주는 예약 농사라는 게 있던데, 회장님은 이건 어떻게 보세요?

**이태근** | 소비자가 선불을 내고 이런저런 작물을 길러달라고 농부에게 제안하는 방식을 말씀하시는 거죠? 지역사회지원농업(Community Supported Agriculture), 영어 약자로 CSA라고도 하는데, 농부로선 돈 빌리지 않아도 되니까 이자 없이 운영비를 조달할 수 있어서 좋지요. 단 소비자들의 입장에서 보면 모든 작물이 성공하리란 보장이 없으니까 재정적인 위험을 함께 부담해야 하는데, 그래도 중간상인이 없기 때문에 시장가격보다 싼값으로 질 좋은 농산물을 먹을 수 있습니다. 일본에선 이를 '얼굴을 건 농사'라고 하는데 사실 예약농사나 지역사회지원농업

이란 명칭보다 전 '얼굴을 건 농사' 라는 표현이 좋아요.

혼자 하는 일이 아니다보니 역시 이 과정에서도 갈등이 생길 가능성은 다분하죠. 하지만 시행착오를 겪어가면서 신뢰가 쌓이고, 생산기반을 건강하게 만들어갈 겁니다. 믿고 맡기게 되는 거죠. 그런 점에서 얼굴을 건 농사, 자기 인격을 건 농사가 될 수 있습니다. 선불을 낸 소비자들은 아무래도 농사가 잘 되기를 기도할 거 아니에요? 그 정신적 지원이 농촌을 지켜내는 힘도 될 수 있습니다.

**천호균** | 정신적 지원, 중요한 대목입니다. 누군가 나를 믿어주고 적극적으로 지지해주고 있다는 느낌만큼 힘이 되는 게 없지요. 농사짓는 쪽에서는 정성껏 잘해야 한다는 책임감도 생기겠고 소비자 쪽에서는 일종의 공동체 의식도 생길 겁니다. "올해 우리 고구마 농사 잘됐다면서?" 이런 식으로 우리라는 말이 나올 거라고요.

철마다 자신들이 먹을 농산물이 자라는 풍경을 보러 가면 농장은 아이들에게 살아 있는 교육의 현장이 될 겁니다. 저희 헤이리 농장에 다녀간 부모님들에게 뭐가 제일 좋았냐고 물어보면 하나같이 아이들이 달라져서 좋다고 해요. 딱 짚어 말할 수는 없지만 우선 착해졌답니다. 반찬도 안 가리고 순해지고 똘똘해지고요. 그렇게 자란 아이들이 커서 친환경, 유기농 농산물을 찾는 건 당연하지 않겠어요? 그럼 농촌은 삽니다. 살게 되어 있습니다.

이야기하고 보니 도시와 농촌의 공존을 넘어서, 도시와 농촌의 새로운 탄생이 될 수 있겠다 하는 생각이 듭니다. 농사라는 주제 하나 가지고 이렇게 많은 이야기를 할 수 있군요. (웃음)

# 2

# 논밭은 나의 영원한 연구실

| 이태근 흙살림 회장 |

# 논에서 세상을 배웠다

농민들의 손은 어디를 가도 다 똑같다. 그건 농부의 표정이기도 하다. 두툼하며 손가락이 굵고 짧다. 손마디는 거칠고 마디마디에는 흙냄새가 배어 있다. 우리 아버지와 어머니의 손도 역시 그러했다. 부모님의 손에 비하면 내 손은 매끈하지만 그 손에서 나는 아버지와 어머니, 그리고 할아버지 할머니들의 얼굴을 본다. 농부의 아들은 농부, 그 농부의 아들도 또 농부, 이렇게 살아온 집안이니만큼 내게는 농사꾼의 피가 대물림되어 흐르고 있다.

내 고향은 대구다. 지금의 대도시 대구가 아닌, 대구(大丘)라는 지명 그대로 큰 언덕과 너른 들판들이 더 많았던 시절의 대구에서 자랐다. 논 서너 마지기에 쌀농사 짓고 닭과 소 몇 마리를 키우는 소농의 아들로 자란 나는 선택의 여지없이 어렸을 때부터 농부가 되었다. 고사리손이었지만 꽤나 쓸모 있는 일손이었다. 소를 들판에 내어 매고 들여오는 일,

꼴 베고 소죽 끓이기는 학교 다니기 전부터 중요한 일과였다. 두엄 내기, 보리 베기, 모내기, 가을걷이로 이어지는 일거리들도 사철 끊이지 않았다. 나만 해야 하는 일은 아니었다. 농부의 아들들은 누가 시키지 않아도 자연스레 터득해나갔다.

지금과 크게 다르지 않게 나는 무뚝뚝하고 말수가 적은 아이였다. 그래도 어린 시절을 되돌아보면 나도 미처 알지 못했던 감성적인 부분을 발견하게 될 때가 있는데, 꽃이나 나무 기르는 걸 좋아했다던가 토끼나 닭 키우기를 즐거워했다는 사실이다. 또래 친구들과 뛰놀고 얘기하기보다 동물들과 노는 걸 더 좋아했다. 새끼 때부터 하루하루 조금씩 커나가는 모습을 바라보는 것도 좋았고, 내 정성을 알아보는 것이 기특했다.

또래 아이들처럼 들풀을 알아보고 바구니에 담아가서 어머니께 저녁 반찬거리를 내미는 것도 취미 중 하나였다. 숲길로 이어지는 자리에 피어 있는 물봉선, 들에 지천으로 피어나던 꽃다지, 질경이, 애기똥풀……촌에 살면 누가 알려주지 않아도 알게 되는 들꽃들이지만 매년 철따라 순서를 정한 듯 알아서 피는 꽃들이 내 눈엔 경이롭기만 했다. 흙살림과 인연을 맺지 않았다면 아마 나는 분명히 꽃을 키우거나 동물을 기르거나 치료하는 일을 하지 않았을까 싶다.

농사만으로 생계가 벅찼던 아버지는 작은 구멍가게를 열었다. 이는 곧 내가 농사 외에 일 하나를 더 책임졌다는 말인데 대여섯 살짜리가 했던 일이란 바로 글을 모르는 부모님을 대신해 하루 매출을 기록하고 결산하는 것이었다. 단골들과 외상손님들을 기억하면서 내 머릿속에는 마을의 지도가 그려졌다.

농부로부터

보고 자란 건 산과 개울, 논과 밭, 거기서 거기였는데 그 자연이 길러낸 아이들은 저마다 가슴에 다른 꿈을 키우고 있었다. 커서 뭐가 되고 싶냐고 하면 대부분의 친구들은 선생님, 대통령, 군인이 되겠다고 했다. 난 조금 아니 많이 다른 꿈을 가졌는데, 초등학생 때부터 고등학교 졸업 전까지 장래 희망을 써넣으라고 하면 주저없이 농부라고 적은 것이다. 그런 아이는 없었다. 우리 때만 해도 수없이 들었던 이야기가 "땅 파기 싫으면 공부하라"였으니까. 어른들은 열심히 공부해서 '사' 자 붙는 일을 해야 한다고 했지만 내 생각은 달랐다. 단 하루도 허리 펼 일이 없이 부지런히 논밭을 일구면서도 희망을 가질 수 없는 부모님을 보면서 농민들이 잘살 수는 없을까를 생각했다. 생각이 깊어서도 그릇이 커서도 아니었다. 그저 흙이 좋았고 자연이 좋았다. 당시 농사꾼으로 산다는 게 얼마나 중요한 일인지를 알려준 이가 있었기에 그런 꿈꾸기가 가능했을지도 모른다. 옆집에 이웃해 살던 형은 농학을 전공하던 대학생이었다. 저녁에 형의 집에 놀러가서 나는 농촌 소설 이야기를 들을 수 있었고, 소설 속 주인공이 된 것 마냥 꿈을 키워나갔다. 내가 대단한 존재가 된 듯한 느낌이 들었다. 농부도 해볼 만하다는 자신감이 나도 모르게 붙어가던 시절이었다.

농사꾼이면 누구나 그러하듯 부모님은 부지런했다. 젊었을 때나 나이가 들어서나 늑장을 부리는 법 없이 한결같았다. 아버지를 떠올리면서 눈을 감으면 머릿속에서 마치 누에고치가 실을 풀어내듯 나오는 소리들이 있다. 학교에서 마치고 돌아오는 길, 여기저기서 들려오던 소 울음소리와 이랴 이랴~를 외치던 아버지 목소리……그 소리가 있어 들판은 항상 풍요로웠다. 부모 울타리 안에서 지내는 유년 시절의 가난은 그다지 가슴에 남지 않는 것일까. 어른들이야 매일같이 지치도록 일해도 먹고 사는 게 힘들었을 테지만 궁핍해서 불행하다고 느낀 기억은 나지 않는다. 누구나 가난했던 때, 공유된 가난은 사무치는 것이 아닌지 모른다.

어느 날, 아버지께서 유난히 지친 표정으로 집에 들어왔다. 항상 과묵하고 표정 변화 없던 아버지였지만 그날의 침묵은 유난히 무거웠다. 우리 집에 무슨 일이 생겼는지를 알게 된 건 그로부터 얼마 지나서였다. 당시 우리 집은 손바닥만한 땅에 벼농사를 짓고 있었는데 윗논에서 흘러와야 할 물길이 막혀버렸다고 했다. 비가 엄청 내렸거나 흙이 무너져서 그런 게 아니었다. 마을의 한 지주 집안에서 갖고 있던 땅 중간 어디쯤을 우리가 갖고 있는데 그 땅을 바꾸자며 논에 물을 대주지 않은 것이다. 그 일로 나의 삶은 새롭게 변화된 것 같다. 대학 때의 운동권 활동도 깊은 내면을 들여다보면 거기에서 출발한 셈이다. 가난한 자, 못 배운 자를 위해 사회를 변혁시켜야 한다는 다짐이 꿈틀거리기 시작했다.

# 바꿔야 산다

경상도 촌놈이 서울에 입성했다. 대학 배지를 달고 교문을 들어서던 날, 바람은 유난히 찼다. 생면부지의 낯선 땅, 그것도 '시골사람이 서울에 도착하면 눈 깜짝할 사이에 코 베어간다' 다는 무서운 곳인데 정신 똑바로 차리고 살아야지 다짐했다.

그러나 웬걸 서울은 눈을 휘둥그레하게 만들었다. 역시 나는 촌놈이었다. 기숙사에 들어간 첫날, 세상에……라는 말이 나도 모르게 터져나왔다. 수도를 틀었는데 따뜻한 물이 나오는 것이다. 겨울에 따뜻한 물이 나오다니 태어나 처음 경험해본 일이었다.

멀뚱멀뚱 앉아 있는 촌놈을 챙겨주는 따뜻한 사람들도 많았다. 꿰다 놓은 보릿자루처럼 앉아 있는 신입생에게 선배들은 고마운 존재였다. 난 차차 모르던 세상에 눈을 떠갔다. 그때만 해도 내가 읽은 책들은 소위 위인전을 벗어나지 않았는데 선배들이 건네는 책들은 내가 모르던 현실에 눈뜨게 했다. 책의 구절구절은 가슴에 불을 질렀다. 특히 리영희 선생의 『전환시대의 논리』를 읽은 것은 내 인생을 전환시키는 일대 사건이었다. 우리 세대 거의 모두의 공통된 경험이었을 것이다. 우리는 철학을 얘기하고, 시절을 얘기하며 농촌과 공장을 얘기했다. 그리고 각자의 결심을 얘기했다.

2학년 때부터는 서울에서 농대가 있는 수원 캠퍼스로 자리를 옮겼다. 강의가 제대로 될 리 없는 시대였다. 부산과 마산에서 시위 소식이 들렸다. 삼엄한 분위기는 연일 이어졌다. 우리는 온통 세상이 격동하는 움직임에 눈과 귀를 모았다. 그런데 그해 가을 거짓말 같은 소식이 전해졌다. 18년 동안 지속된 유신독재가 종말을 고한 것이다. 서울의 봄을 기대했고 캠퍼스의 봄을 기다렸다. 하지만 봄은 오지 않았다. 아니 봄은 너무나 짧았다. 봄인 줄 알았는데 그건 긴 겨울로 들어서는 입구였다.

여전히 누군가는 우리 뒤를 쫓아왔고 누군가는 도망 다니고 잡혀갔다. 친구들과 몇몇이 모여 자취 생활을 하던 당시 우리에게 '나'는 없었다. 머릿속에는 온통 혁명만이 살길이라는 신념뿐이었다. 어디에 그토록 큰 목소리가 숨어 있던 것일까. 한 시대가 그렇게 청춘의 계절을 폭풍처럼 몰아간 것이다. 거리에서 나는 내 안에 숨어 있는 또 다른 나를 봤다. 큰 외침으로 나는 세상을 바꾸자고 부르짖고 있었다. 하나도 힘겹지 않았다.

당시 수원에 와서 아들이 사는 꼴을 본 부모님은 놀래서 아무 말씀이 없이 뒤돌아섰다. 나중에 와서야 두 분은 내 눈빛이 달라졌더라면서 다른 사람인줄 알았다고 씁쓸하게 그 때를 회고했다. 아니 어쩌면 그건 당시의 현실 속에서 살아가던 모든 젊은이들이 가졌던 눈빛이 아니었을까 싶다. 우리의 눈빛을 달라지게 한 현실은 무서웠다.

그 짧은 봄이 지나는 중에 광주민주화운동이 일어났다. 광주는 그냥 당하고만 있지 않았다. 하지만 광주는 점점 더 고립되어가고 있었고 우리는 무력하게 울분만 토하고 있었다. 당시 나는 학보사 편집장을 맡았다. 정세는 묘하게 돌아가고 있었고 이런 현실에서 대학 언론이라는 게 설자리는 없었다. 뭔가 큰일이 일어날 것만 같았다. 결국 군대로 끌려 갔다. 4학년 때의 일이다.

경기도 파주에서의 군생활을 마치고 돌아왔을 때 학교에서는 이전과 조금 다른 기운이 느껴졌다. 혁명을 외치며 동지라 했던 친구들은 그래도 밥은 먹고 살아야지 하면서 하나둘 기업에 취직했다. 잠시 고민에 빠졌다. 지금까지 몇 년간 외쳐온 것이 무엇이었나, 세상을 바꾸겠다던 다짐은 어디로 갔던가, 이렇게 그만두면 무슨 의미가 있나, 동지는 간데없고 깃발만 나부끼나 싶었다. 처음의 마음으로 돌아가자는 결론에 이르렀다. 농촌으로 가는 것이었다. 대학 동기이던 한 친구가 괴산에서 일하고 있다는 소식을 접했고, 곧 합류하기로 했다.

가야 할 길을 정했지만 머지않아 또 다른 기로에 섰다. 많은 이들이 왜 농사를 선택했냐고 묻는다. 선택은 둘 이상에서 골라내야 하는 법인데, 내게는 선택이라는 말이 어울리지 않는다. 왜냐하면 난 농사 외의 것은 생각해본 적이 없기 때문이다. 유기농업을 하면서 힘들지 않았냐고도 묻는다. 그럴 때도 역시 내 대답은 짧다. 그냥 내가 좋아서 한 일인데 뭐가 힘드냐, 이걸로 끝이다. 듣는 사람 입장에서는 답답할 것이다. 그러나 원칙이 분명하게 서면 그다음은 실천이다. 달리 주저할 것이 없다.

　아는 사람은 안다. 내가 좀 말이 길어질 때, 그때는 농업 문제에 대한 내 속마음이 터져나오는 때다. 그토록 애써 고생하지만 여전히 고달프게 사는 농민들의 현실에 대한 이야기가 나오면 나도 모르게 내 목소리는 커져간다. 할 말이 많아진다. 내 핏속에는 아주 오래전부터 자기 배만 불리려는 사람, 속이고 욕심을 부리는 사람, 다른 사람을 짓밟으려는 이들에 대한 뿌리 깊은 분노가 흐르고 있었다. 그러나 그 분노는 농민에 대한 깊은 애정의 다른 얼굴이다.

# 흙살림은 재야연구소,
# 논밭은 영원한 연구실

시골에서 서울로, 그리고 이제 다시 시골로. 1984년 대학 졸업 후 자리를 잡은 곳은 음성이었다. 처음부터 유기농을 한 것은 아니었다. 1년 정도 농민들을 교육하면서 신용협동조합운동을 했다. 그후 괴산에 내려와 신협조직과 한우보급운동을 통해 농민조직화에 나섰다. 당시 내가 맡은 주 업무는 신협의 장부를 정리하는 일이었다. 생전 처음 회계와 부기를 해야 했는데 하나씩 차근차근 배워나갔다. 그때만 해도 우리 주변에는 경찰들이 감시의 눈을 거두지 않았던 터라 애초 농촌에 왔을 때 목표로 했던 운동을 드러내놓고 할 수는 없었다. 저녁을 먹고 난 뒤 농민들과 모여서 함께 공부하고 얘기 나누는 시간이 우리에겐 소중했다. 마치 비밀집회를 하는 기분이었다.

돈을 버는 것보다 사회를 변혁시키는 게 내게 의미가 있었지만 해가 갈수록 이런 운동방식으로는 변화의 동력을 찾기 어렵다는 생각이 들었다. 내가 해왔던 것은 곁가지만 건드리고 있다는 느낌이 강하게 든 것이다. 근본적인 힘을 찾아야 했다. 그때 유기농업이 눈에 들어왔다. 농약 치고 화학비료 뿌리는 화학식 농법은 당장 소출이 늘어날 수는 있겠지만 언제까지나 계속될 수 있는 방식이 아니었다. 농약 없이 어떻게 농사를 짓느냐고 하던 때에 정농회 등에서 다른 길을 모색하고 있는 사람들이 있어 희망이 있겠구나 싶었다. 우선 유기농이 무엇인가부터 철저하게 파고들어갔다. 농학과를 나왔지만 강의실에서 제대로 배운 것이 없었을 뿐더러 그 어느 것도 도움 될 만한 내용이 아니었기에 혼자서 공부해야 했다. 우리의 유기농업은 거의 일본을 따라하고 있는 수준이었다. 유기농에 필요한 자재들 역시 대부분 일본에서 들여오고 있었다. 수입 가격도 만만치 않았다.

사실 60년대까지만 해도 우리 땅에는 유기농법이 필요 없었다. 관행 농법을 정부가 앞서 추진하기 전까지 우리가 전통적으로 농사짓던 방식이 바로 유기농법이었으니 말이다. 그런데 불과 십수 년 만에 외국에서 그걸 배워오겠다고 하니 이렇게 조상들에게 부끄러운 노릇이 또 있을까. 유기농법 기술 중 하나가 미생물 배양 기술이다. 미생물의 활동은 발효, 그렇다면 일본보다야 우리에게 더 많은 미생물이 있지 않겠는가? 매일 먹는 김치, 된장, 간장이 바로 발효에 의해 만들어진 식품이니 말이다.

우리 흙에 스며 있는 토종미생물을 찾아보자며 후배들을 이끌었다. 1991년, 지금으로부터 20년 전, 충북농촌개발회, 괴산소비자협동조합 등과 힘을 합해 당시로서는 거금인 2천만 원을 모아 미생물 발효기를 구입했다. 대학학보사에서 함께 일했던 서현창 교수가 연구를 맡았다. 그렇게 탄생한 것이 '괴산미생물연구회' 다.

우리가 처음 배양한 미생물은 유산균이었다. 안방 아랫목에 놓고 보물이라도 되는 듯 애지중지 길러낸 배양균을 들고 농가를 찾아다녔다.

"흙에는 생명이 있습니다. 눈에 보이지 않는 미생물들이 엄청난 활동을 하면서 흙을 숨 쉬게 만듭니다. 건강한 흙에서 자라는 작물은 병해충을 스스로 이겨냅니다. 농민들의 건강도 보장합니다. 흙을 살려야만 농촌에 미래가 있습니다."

이런 얘기를 하면 어르신들 표정엔 저놈들이 무슨 사기를 치러 왔나 하는 눈치가 역력했다. 배양균은 재래식 화장실에 넣었다. 그리고 얼마 뒤 다시 찾아가면 영업이랄 게 따로 필요 없었다. 분뇨 냄새가 줄고 거름 냄새가 달라진 걸 직접 확인했는데 더 할 말이 뭐가 있겠는가. 관심을 갖는 농민들이 하나둘 늘어나기 시작했다. 처음에는 무료로 나눠드렸다. 연구소 운영을 위해 판매를 시작할 때도 수입제품의 10분의 1도 안 되는 값을 받았다. 주머니에 들어오는 보수는 적지만 보람만은 어느 때보다 컸다. 뭔가 예감이 좋았다.

대학에서 농학을 전공한 젊은이들이 농촌에 와서 흙을 연구한다는 사실이 언론에 보도되자 문의전화가 빗발쳤다. 흙을 살리자는 취지에 동감해오며 미생물을 구할 수 있겠냐는 농민들의 목소리는 소신 하나로 일하던 연구소 사람들에게 든든한 힘이 되었다. 일부 사람들은 흙이 멀쩡히 살아 있는데 무슨 흙을 살리겠다는 것이냐며 우리를 사기꾼으로 몰았지만 우리가 길러낸 미생물들은 분명히 증명하고 있었다. 살아 있는 흙이 무엇인지 확실히 보여주고 있었다.

그때쯤 유기농산물 도농직거래 운동을 펼치던 '한살림'에서도 팔을 걷어붙이고 나섰다. 연구회는 '한살림'을 비롯한 외부 단체의 도움을 받아 1993년 흙살림연구모임으로 거듭났다. 연구모임은 이제는 고인이 되신 한살림의 박재일 회장이, 그리고 산하 기관인 흙살림연구소 초대 소장은 내가 맡게 됐다. 연구원도 따로 없이 홀로 연구소를 지켜야 했지만, 그래도 괴산에 내려와 무언가 하나씩 이루어내고 있다는 사실에 뿌듯했다. 흙살림연구소는 구멍가게도 못 되는 규모였지만 미래의 한국 유기농을 위한 산실이 되어주었다.

이듬해 1994년부터 흙살림에서 관심을 기울인 부분은 음식물 찌꺼기로 퇴비를 만드는 일이었다. 박재일 회장이 주선하고 담배인삼공사 공익사업단의 지원을 받은 흙살림연구소의 첫 사업이었다. 매일 트럭을 직접 몰고 청주와 괴산 일대를 돌아 아파트 주민들이 모아놓은 음식물 찌꺼기를 수거해왔고, 여기에 톱밥과 발효균 등을 섞어 기계에 넣고 퇴비를 만들었다. 그러나 1년을 하고 나니 음식물을 기계로 1차 발효시키는 것만으로는 제대로 된 퇴비를 만들기 어렵다는 사실을 알았다. 비용이 많이 들어갈 뿐 아니라 사람의 분뇨처럼 또 다른 과정을 거친 뒤에야 발효가 의미 있겠다 싶었다. 그래서 이번엔 닭의 도움을 받기로 했다. 음식물을 닭에게 먹이로 주고 이후 닭똥을 이용해 퇴비를 만들었다. 닭은 양계장에서 알을 낳지 못해 일명 '폐계'라 불리는 닭들을 싼값으로 사다가 길렀다. 닭장에 갇혀 있던 닭들은 얼마 지나지 않아 생명력을 회복했다. 더이상 폐계가 아니었다. 스트레스를 받지 않아서였는지 음식물과 풀을 뜯어먹은 닭들은 몸을 회복하면서 건강한 똥과 함께 달걀을 낳기 시작했고, 똥은 퇴비로, 달걀은 음식물을 공급하는 아파트 주민들에게 주었다. 음식물 처리 비용을 줄일 수 있고, 생명을 다한 줄 여기던

농부로부터

닭이 건강하게 살 수 있으며, 그 똥을 발효시켜 거름이 되고, 영양가 풍부한 거름이 흙을 살리고, 흙이 작물과 사람을 살리며, 말로만 부르짖던 순환농법, 함께 사는 공생농의 체계가 자연스럽게 잡혀가고 있었다.

다음엔 지렁이를 이용해 좀 더 정밀한 순환농법을 개발했다. 비닐하우스 여러 동을 만들고 닭과 지렁이를 각각 나누어놓은 뒤 닭들이 밟고 뒤적거리면서 1차 숙성시킨 음식물을 빈 동으로 옮겨 잠시 두었다가 지렁이가 있는 곳으로 옮기는 것이었는데, 이 과정을 거치면서 음식물 찌꺼기는 그 자체가 유익한 미생물 덩어리가 되었다. 2년 만에 거둔 성과였다. 자연의 힘을 믿은 결과다. 현재 흙살림연구소는 이 순환농법 특허를 보유하고 있다.

그 외에도 연구소가 개발한 미생물균에는 그 기능에 따라 재미있는 이름을 붙여주었다. 음식쓰레기를 퇴비로 만들어주는 '다용도미생물', 퇴비가 잘 썩도록 해주는 '흙살림골드', 뿌리를 튼튼히 하는 '빛모음', 땅심을 좋게 하는 '흙살림', 해충을 방제하는 '진달래', 사료에 섞는 '도움이', 잎을 무럭무럭 잘 자라게 하는 '잎살림', 지난 20년 간 흙살림이 길러낸 기특한 열매들이다.


소박한 사무실 하나로 시작한 흙살림연구소는 1995년 새로운 보금자리를 마련했다. 불정면 앵천리 1천 5백 평의 부지를 마련하고 토양분석기, 진동배양기 같은 기자재를 구입하는 비용으로 3억 원이 들었다. 갑자기 무슨 대기업이 된 느낌이었다. 물론 현실의 대기업과는 그 생리가 당연히 달랐다. 담배인삼공사에서 따낸 프로젝트 비용이 큰 보탬이 됐지만 대부분의 자금은 괴산과 음성 지역 농민들이 십시일반해 돈을 모왔다. 농민들의 돈으로 만들어진 국내 최초의 유기농업연구소가 탄생한 것이다.

청진기를 들고 다니는 의사처럼 전국 방방곡곡 논밭을 다니며 흙을 진단하고 감정했다. 어떻게 살려야 할지를 농민들과 함께 머리를 맞대 고민하며 울고 웃었다. 흙을 살리자면서 십수 명에서 시작한 흙살림 회원이 1999년 2천 명을 넘어서자 이제는 찾아가는 교육도 중요하지만 농민들이 찾아와 교육을 받을 수 있는 흙살림만의 터전이 필요하다는 생각이 들었다. 그즈음 감물면에 한 폐교가 인연이 닿게 되어 순조롭게 교육장 설립이 추진되나 했더니, 예상하지 못한 복병을 만나고 말았다. 아침에 일어나보니 마을 입구에 "이태근 타도"라고 쓰인 커다란 현수막이 붙어 있는게 아닌가. 떠나라는 쪽은 초등학교 동창회, 외지인이 왜 괴산에 와서 동네를 망쳐놓냐는 얘기였다. 황당했고 황망했다. 당신들이 떠난 고향을 난 살려보겠다고 왔는데, 고향을 지켜주어 고맙다고 하지는 못할망정 떠나라니, 여전히 나는 이방인일 수밖에 없는 것인지, 지금껏 내가 애써온 일들에 대한 회의마저 일었다.

바로 그즈음 나쁜 일들은 꼭 한꺼번에 찾아오는 걸까. 큰아이가 교통사고를 당했다. 장인과 아버지가 돌아가셨고, 아내의 몸에는 이상신호가 왔다. 흙을 살리겠다면서 나는 정작 가까운 가족들도 돌보지 못했다는 자괴감에 괴로웠다. 그렇다고 그만둘 수는 없었다. 지금껏 물심양면으로 지원해준 마을 어르신들과 선배님들, 이 고집스러운 선배와 함께 일하느라 고생한 후배들 얼굴, 그리고 전국 각지 농민들의 얼굴이 스쳐갔다. 다시 심기일전해 일어서자 기다렸다는 듯 유기농 바람이 불기 시작했다. 그간에 내 어깨를 짓눌렀던 커다란 돌들이 어디론가 스르르 녹

아버린 듯했다.

　그동안 쉼 없이 걸어왔다. 남들이 뭐라든지 뚜벅뚜벅 흙만 믿고 여기까지 왔다. 곁길로 새고 싶을 때 조금만 쉬운 길은 없을까 두리번거릴 때도 있었지만 그때마다 흙을 생각했다. 흙은 낮아지라고 했고 본래의 마음 바탕을 찾게 했다. 영어의 겸손(humility)이라는 단어가 흙(humus)에서 온 것이 다 그런 이치 아닐까. 가장 낮은 곳에 이르는 본심, 그것은 흙의 마음이다. 돌아보건대 내가 흙을 살린 것이 아니라 흙이 나를 살려주고 있었다.

　20년이 지난 지금 흙살림은 아름드리 느티나무를 닮아 있다. 크게 사단법인과 주식회사라는 두 갈래로 중심을 잡아가고 있는데, 사단법인 흙살림에서는 교육, 출판, 컨설팅, 친환경 인증 사업을 담당하고, 유기농자재 공급은 주식회사 흙살림에서 맡고 있다. 농산물 생산과 판매는 2008년 사회적 일자리 창출의 일환으로 구성된 흙살림 영농사업단의 몫이다.

　도시와의 원활한 소통을 위해 오창벤처공단에 입주했고, 2002년엔 국내 민간기관으로선 최초로 친환경 인증기관으로 지정되었다. 인증을 매개로 연구소는 보다 많은 농가에 유기농법의 씨앗을 퍼뜨리고 있다. 2008년 사회적 기업 지정, 이듬해인 2009년 토종영농사업단 출범, 흙살림은 한해 한해 조금 더 나은 세상을 향해 가지를 뻗고 있다. 매출액 150억 원, 직원 100명, 흙살림의 20년을 함축하는 숫자이지만 단순히 숫자만으로 흙살림의 지난 20년을 말할 수는 없다.

　한때 우리는 어떤 나라가 우리나라의 모델이 될 수 있는지 찾기 위해

두리번거렸다. 그러나 이제 모델은 없다. 우리 스스로 모델이 되어야 한다. 흙살림도 그렇다. 놓인 길을 따라가는 게 아니라 스스로 유기농업의 길이 되는 것, 흙살림의 비전은 그래서 아직 무정형이다. 그리고 그 무정형은 그 안에 언제나 새로운 변화를 추구하는 힘을 가진 무정형이다.

# 생명의 기운을 살려야

쌀 한 톨의 무게는 얼마나 될까.

내 손바닥에 올려놓고 무게를 잰다.

바람과 천둥과 비와 햇살과 외로운 별빛도 그 안에 스몄네.

농부의 새벽도 그 안에 숨었네.

나락 한 알 속에 우주가 들었네.


지난 2011년 6월 11일 흙살림 20주년 행사에서 알게 된 노래 가사다. 홍순관씨가 노래를 부르는 동안 구절구절이 타이프로 치듯 머릿속에 한 글자 한 글자 찍혔다. 쌀 한 톨의 무게는 얼마나 되냐고 물을 때 사람들은 뭐라고 답할까?

쌀 한 톨에 물, 흙, 공기, 햇볕이 농축되어 있다고 한 분이 있었다. 스스로를 좁쌀 한 알이라 칭했던 장일순 선생. 내가 괴산에서 자리를 잡아가던 초기에 조희부 선생을 통해 장 선생과 인사를 나눈 적이 있고 강의를 몇 차례 들은 적이 있다. 눈 맑은 느낌에 그 존재 자체에서 흙냄새가 나는 분이었다.

그러고 보니 지금껏 엮어온 인연의 고리들이 적지 않다. 앞서 이야기한 조희부 선생과의 인연을 빼놓을 수 없다. 대학교 다닐 때 땅 한 뙈기를 빼앗으려는 지주와 우리 집은 재판 중이었고, 그때 아는 분의 소개를 통해 나는 YMCA 농촌부 간사로 일하던 조희부 선생을 찾아갔다. 법대를 졸업했으니 도움을 주실 거라고 했다. 선생은 애써 신경을 써주셨지만 나는 군대로 끌려갔고, 그 사이 재판은 속성으로 힘 있는 자의 승리로 마무리됐다. 법이 무엇인가, 힘이란 게 무엇인가, 순박하게 땅을 일구고 사는 이들이 존경받으면서 살 수 있는 날은 언제인가, 이후 그런 질문들이 나를 휘감았고, 그 물음에 답하기 위해 난 지금까지 흔들릴 수 없었다.


30년 전 농촌개발회 허름한 창고에서 미생물 연구회를 만들고 다부지게 각오를 다졌던 시절이 아련하다. 동네 어르신들이 느티나무 그늘에 앉아 연신 "세월 참 금방이야" 하는 소리를 흘려들었는데 그저 농담으로 넘길 수 없는 세대가 된 것이다. 세상을 바꾸고 싶었고 농민들이 잘사는 세상을 만들리라 의지에 불탔던 이십대 청년은 이제 없다. 대신 '우리'라는 이름으로 묶여 있는 이태근이라는 사람을 나는 요즘 재발견하고 있다. 나이가 들수록 함께 이어가는 것, 엮어가는 것들에 대한 생각이 많아졌다. 흙살림이 그저 연구소나 기업으로서가 아니라 농민들의 지지와 후원을 거름 삼아 자라고 있기 때문일 것이다. 나는 그래서 우리고 우리는 또한 새로운 나의 자화상이다.

흙을 살피고 미생물 연구를 하다보면 이 세상에는 눈에는 보이지 않지만 쉼 없이 움직이고 있는 작은 미물들, 그 미물들이 거대한 생명의 숲을 이루고 있다는 것에 놀랄 때가 많다. 생명체들은 서로 어울려 살며 균형과 조화를 이룬다. 세상 만물은 모두 제각기 소중한 존재임과 동시에 관계의 그물망에서 소중한 그물코가 된다. 얽히고설켜 생명의 그물을 이루는 것이다. 농촌 생산자와 소비자, 실무자와 생산자, 너와 내가 그렇다. 단절, 외면, 대결 구도는 비극의 시작이다.

화학비료와 제초제에 메말라가던 흙이 조금씩 본래의 생기를 되찾는 모습을 보면서 나는 점차 문명이란 것이 무엇인가를 살피게 됐다. 인류 문명의 긴 역사에 비추어 현대 문명은 채 200년도 되지 않는다. 그 문명은 편리함과 동시에 엄청난 폐해를 가져왔다. 과거의 낡은 소비방식에서 벗어나 단순하고 소박한 삶의 연습이 필요하다. 욕구의 질이 달라져야 한다. 그러면 미래의 문명은 그 질감을 달리할 것이다.

최근 들어 부쩍 공동체로 마음이 기울고 있다. 구체적인 그림을 그려보곤 하는데, 아마 그건 농촌의 미래가 자연스럽게 공동체로 모아지기 때문일 것이다. 오래전 산안마을을 찾았을 때부터 나는 공동체에 관심이 많았다. 무소유(無所有)를 삶의 근본 가치로 삼고 자급자족하는 마을공동체, 계절학교처럼 만들어 농사지으려는 사람들을 교육해도 좋을 것이고 방학마다 학생들이 와서 농사를 체험할 수 있게 해도 좋을 것이다. 무엇보다 문명에 둔감해진 오감을 일깨우는 놀이가 있으면 좋겠다. 예술적 감성을 회복한다고나 할까. 그 안에서 길러진 정신과 감성은 미래의 설계자가 되어줄 것이다.

가끔 흙살림에서 판매하는 그로우백을 만드는 사회적 기업을 찾아가 할머니들은 만나곤 하는데, 천막을 만드는 천을 재봉질하고 계신 그분들의 주름진 손은 손의 가치를 일깨운다. 어릴 적 어머니의 손은 한뜸 한뜸 바느질하고 있었고 호미질을 하고 있었고, 장독대를 닦고 있었다. 바로 그 손길이 우리 삶의 존엄성을 회복하게 만들어주고 있었던 것이다. 어쩌면 흙살림이란 바로 손운동의 회복에서부터 출발하는지 모른다. 돌보고 살피는 관계들이 결국 공동체로 이어지는 것 아닐까?

한때 코뚜레만 잡으면 성난 황소도 그 자리에 무릎 꿇릴 만큼 힘이 세던 고향 어른들이 이제 늙은 호박 하나도 들기 힘들어하실 연세가 됐다. 그분들의 쇠한 기력만큼 농촌의 활기도 사라졌다. 1960년대 이후 우리 시골은 줄곧 '떠나는 농어촌'이었지만. 이제 점차 '돌아오는 농어촌'으로 바뀌고 있고 바뀌어야만 한다. 몇몇 지자체마다 귀농인 유치 경쟁에도 나서고 있으니 세상이 참 많이 달라졌다. 귀촌이라는 말도 생겨났으니 이 또한 반가운 일이다.

유기농업으로 원래 제가 갖고 있는 성질을 찾을 수 있다. 병약해진 작물들이 팔다리 탄탄한 아이처럼 당차진다. 땅의 힘, 땅심을 받았기 때문이다. 모든 생명에게는 원래대로 돌아가려는 원초적인 본능이 있다. 사람들은 개복숭아라고 부르지만 복숭아의 원래 뿌리는 개복숭아다. 작고 떫은 맛의 열매를 인간들이 가져다가 개량이라는 이름으로 더 크고 달게 살도 많게 바꾸어놓아도 재미있는 것은 복숭아를 먹고 버려 그 씨앗이 나무로 크면 그 나무엔 원래대로 개복숭아가 열린다는 사실이다. 귀농, 귀촌이란 말은 있어도 귀도(歸都)라는 말은 없다. 도시는 돌아갈 곳이 아니기 때문이다. 20대, 나는 혁명을 꿈꿨다, 지금도 난 혁명을 꿈꾼다. 장일순 선생은 혁명이 뭐냐는 말에 보듬어 안는 것이라고 했다. 혁명하는 자세도 사랑이어야 포용이라고 했다. 사람이 사람을 보듬고 사람이 자연의 품속으로 겸손하게 안기는 삶의 방식, 그것이 참된 혁명이다. 대안이 없다고 하는데 사람이 대안이다. 함께 행복할 수 있는 공동체가 유토피아다. 거기서 사람은 햇빛이 되고 빗방울이 되고 바람과 흙냄새가 될 것이다. 자연과 인간이 따로 없다.

# 3

# 먹고 살기와 먹여 살리기

| 다른 기업을 상상하다 |

농부로부터 쌈지농부 무

안녕

농사가 예술이다

땀의 결실 농업
일군 바구
부들 우금치

흙살림 다지구다 감자

아이좋아
토종 흙과 햇살이 바른 먼
잘 먹겠습니다 주는 건강한
착하게 살자 선물

멋쟁이 천도 꽃만들기 쑥떡
딱정벌레 복숭아 바른 밥상

토종씨앗 안동소주 (360ml) 우

# 사업이에요?
# 운동이에요?

**이태근** | 천 사장님은 어떠신지 모르겠는데, 아직도 전 '회장'이나 '대표'라는 직함이 좀 어색합니다. 사업을 한다기보다 운동을 한다고 생각해서 그런지 회장이나 대표라고 하면 갑자기 어떤 제도에 묶이는 것 같고 자유를 상실하는 것 같고, 뭔가 공식적인 직함이 앞서는 것 같아서 이상합니다. (웃음)

**천호균** | 저는 워낙 오랫동안 들어와서인지 괜찮은데요. 천 사장, 하니까 어쩐지 천사의 수장 같기도 하고요. (웃음) 얼마 전 헤이리에서 화가 임옥상 씨를 만났는데 제가 자원봉사를 한다고 생각했는지 "천 사장은 어떻게 좋은 일을 그렇게 많이 하냐"고 하더군요. 저는 속으로 '난 장사하는 건데 뭔 좋은 일이냐' 했는데, 아마도 제가 하는 일이 좀 그럴싸해 보였나봅니다.

20여 년 전 쌈지를 창업했을 때부터 예술에 대한 얘기를 많이 해서 그런지 독특하게 보는 분들이 있습니다. 제가 '쌈지의 영원한 테마는 예술이다!' 라고 주구장창 외치고 다녔거든요. 그 말을 들은 어떤 분은 쌈지가 예술 퍼포먼스 하는 회사인줄 알았다고 하시더군요. (웃음) 그때부터 예술과 문화가 결합된 상품을 팔아야겠다는 나름의 고집을 갖고 사업을 해왔는데, 그 신념은 지금까지도 여전합니다. 무슨 일을 하더라도 그 중심에는 예술이 있어야 한다고 믿어왔어요. 다만 초기에는 그 대상이 가방과 신발이었지만 지금은 농촌과 농산물로 바뀌었죠. 그래서 저는 가방 만들던 쌈지와 농사짓는 쌈지농부가 결국은 하나의 연장선상에 있다고 생각합니다. 그 중심에는 늘 예술이 살아 숨 쉬고 있으니까요.

쌈지농부가 농사, 디자인 컨설팅, 농산물 유통 등 여러 분야의 일을 하고 있지만, 그중 가장 가치를 두는 부분은 우리나라 곳곳에 숨어 있는 예술가 같은 농부와 농산물을 세상에 소개하는 일입니다. 철학과 신념을 가진 농부, 그리고 건강한 제철 농산물이야말로 가장 귀하고 아름답게 느껴지기 때문이에요. 농부들을 만나 이야기를 나눠보면, 좋은 물건을 갖고도 어떻게 포장해야 할지, 어떤 경로로 판매해야 할지 고민하는 분들이 많았습니다. 그것을 틈새시장이라고 보는 분도 계시겠지만, 저는 그 부분이 바로 제가 할 수 있는 영역이라고 보았습니다. 농사짓는 분들에게 뭔가 도움이 되고 싶었고요. 단순히 기업 경영을 넘어 인생 경영을 해보자 기대를 하고 있습니다. 어찌 보면 모험이고, 뒤늦은 벤처라고나 할까요.

**이태근** | 그런 새로운 정신이 있어야 농업도 또 다른 활로를 열 수 있습니다. 아니면 농업은 후진적 영역에 머물게 될지도 모릅니다. 새로운 생

각, 새로운 발상이 하나로 엮여 운동도 되고 사업도 되는 게 아닌가 해요.

전 기업을 하게 될 줄 꿈에도 생각을 못했습니다. 괴산에 내려올 때 오직 머릿속에는 농민운동 생각뿐이었어요. 지금도 여전히 사업을 하고 있는 건지 헛갈리는데, 돈을 벌어보겠다는 야망을 가져본 적도 없고, 그저 내가 하고 싶은 일, 좋은 일을 하면 그걸로 족하다고 여겼는데, 어느 순간 한 회사의 대표가 되어 있어서 얼떨떨하기도 합니다. 운동을 좀 더 새롭게 펼쳐본다는 의미에서 흙살림을 시작했는데요. 기업이지만 기존의 기업과는 다른 기업을 만들어봐야겠다고 생각하고 있습니다.

**천호균** | 그럼 이 회장님은 운동 차원에서 흙살림을 시작해 기업으로 일구었고, 저는 기업을 꾸리다가 운동을 하게 된 셈인가요?

**이태근** | 다른 길을 가고 있다고 여겼는데 한 길에서 만난 겁니다. 생각이 같으면 같은 길에서 마주치게 되는 게 아닌가 해요. 그런데 저는 마음의 준비가 안 되어서인지 솔직히 경영이라는 게 좀 부담스럽습니다. 저 혼자 좋아서 일하던 때와는 차원이 다른 겁니다. 일단 함께 일하는 사람들을 책임져야 하니까요. 이전에는 문제가 생기면 나만 좀 힘들면 됐는데, 기업이 되니까 안팎으로 신경 쓸 일도 많고 문제가 생겼을 때의 원인도 해결도 복잡해지더군요. 그렇지만 초심이랄까, 운동하던 때 갖고 있던 순수한 정신을 잃지 말자고 다짐하고 있습니다. 이따금 운동을 앞세워 사업하고 있다는 등 뒤에서 수군대는 소리를 들을 때면 속이 상하기도 하지만요. 아마 다른 사람들 눈에는 제가 성공했다고 비춰지는가봐요. 만일 성공하지 않았다면 그런 냉소적인 시선들도 덜했을

텐데 말입니다.

　요즘엔 밖에서 어떤 말이 들려도 흙살림의 초심을 일깨우는 고마운 소리로 받아들이려 합니다. 옛어른들이 몸가짐을 바르게 하기 위해 '성성자'라는 방울을 갖고 다녔다고 하듯이 내 마음가짐을 돌아보게 하는 소리라고 생각하는 거죠. 철저하게 원칙을 지키며 산다 해도 나도 모르게 흔들리고 흐트러질 경우가 있으니까요. 겉모양은 운동이면서 속은 장삿속으로 가면 안 되니까 항상 경계해야지요. 이제는 흙살림을 통해 농민을 대상으로 하는 운동이 아니라 대중 속으로 스며드는 일상의 운동을 하자고 방향을 세웠습니다.

　**천호균** ｜ 전 가치 있는 비즈니스는 또 다른 형태의 운동이라고 봐요. 2008년에 쌈지농부가 탄생했는데, 광우병 때문에 촛불집회가 한창 열렸을 때였어요. 김지하 시인 같은 분들은 이제 먹을거리가 우리 사회의 핵심적인 문제로 다가왔다고 지적했지요. 예전엔 당연하게 여겼던 먹을거리에 대해 사람들이 굉장한 관심을 갖게 됐고요. 그래서인지 쌈지농부의 등장이 혹시 촛불집회와 연관 있는 것은 아닌가 하는 질문을 받기도 했는데요. 여기서 그 물음에 대답하자면 촛불집회는 안전한 먹을거리에 대한 사회적 반응이었고, 제가 하려는 사업은 그 반응 속에 감추어진 사람들의 요구를 어떻게 현실적으로 이뤄갈 수 있을까 하는데 초점이 맞춰져 있었어요. 사업이냐, 운동이냐, 딱 두 개로 쪼갤 수 있을까요? 사업이 운동도 되고 운동이 사업도 되는 거죠. 예를 들어 "유기농으로 농사를 지읍시다"라는 글을 써서 1인 시위를 할 수도 있어요. 하지만 전 쌈지농부를 통해 사업으로 이 얘기를 하겠다는 겁니다. 가치를 중

심에 둔 사업 또한 다양한 운동형태 가운데 하나란 것이지요.

**이태근** | 그렇죠. 물질적 기반이 없으면 남들에게 손 벌려서 운동하는 식이 되고, 계속 그렇게 가다가 운동은 민폐가 될 수도 있습니다. 적지 않은 시민운동이 직면해온 문제 아닙니까? 좋은 일을 하기 위해서도 자금은 필요하고, 그래서 결국 무엇을 수익사업으로 해야 할지를 두고 머리를 맞대잖아요.

제가 해왔던 농민운동도 다를 바 없습니다. 사실 흙살림 대표가 됐을 때 초기에는 어리둥절하고 무엇부터 해야 할지 난감했어요. 연구소까지는 감당이 되는데, 회사라고 하니까 덜컥 겁도 났고요. 그런데 그 과정이 있어야겠더군요. 좋은 내용이라고 아무리 강조해도 우리끼리 안에서 맴도는 메아리가 된다면 무슨 소용이 있겠어요? 더 많은 사람들에게 말하고 싶다면 밖으로 나가야지요. 운동한다고 그 취지나 알리면서 농민들에게 회비 몇 푼 받고 끝나선 안 되겠다, 대중이 저 사람이 저 기업이 무슨 얘기를 하려고 하는지 좀 들어보자, 이쯤이 되어야 운동이 힘을 얻고 가치를 더할 수 있겠다는 판단을 했습니다.

**천호균** | 애초에 운동에 뜻을 두셨다가 사업가가 됐을 때 여러 생각이 많으셨을 텐데요. 그럼 흙살림을 경영하면서 흔히 말하는 기업형 마인드나 기업형 시스템을 도입해야 할 필요성을 느끼시지는 않나요? 조직 내에 적당한 긴장감이 필요하잖아요. 저는 기업에서 시작한 입장이라 이런 고민이 늘 있어왔고 예술적 감성을 경영 시스템에 어떻게 접목시킬 수 있느냐가 늘 고민이었습니다. 이 회장님은 저와 출발점이 다르셨

으니까 고민하던 내용이 조금은 차이가 나지 않을까 싶습니다.

**이태근** | 고민이 왜 없었겠습니까? 제대로 된 시스템을 갖춘 기업으로 갈 거냐 아니냐 항상 기로에 서 있었습니다. 흙살림 초기 멤버 대부분이 사회 경험이 거의 없고 저처럼 농민운동을 하겠다고 하고, 시골에서 사는 게 좋다는 분들이어서 사람들도 좋고 뜻도 맞는데, 조직이 뭔가 약간 헐거운 느낌은 있습니다. 규모가 작을 때는 그래도 괜찮았는데, 직원들이 늘다보니 분명 관리가 필요해진 부분이 있습니다. 그런데 함부로 할 수 없는 것이 잘못하면 초심이 흐려지지 않을까 걱정이 되는 겁니다. 한쪽에는 그대로 가면 운동의 역량이나 동력도 떨어지겠다는 우려가 들고요. 이래도 걱정 저래도 걱정인데, 지금까지는 이렇게 정리했습니다. 흙살림은 이윤 창출을 하는 기업이지만 그 이윤이 흙살림이란 단독 기업이 아니라 흙살림의 정신에 기여하도록 하자고 말입니다. 진정성과 의지를 잃지 않으면 흙이 살아나듯 기업도 생명력을 갖고 자라나겠지요.

**천호균** | 이윤과 가치는 사업하면서 언제나 균형을 잃지 말아야 할 두 개의 추 같은 것이 아닐까 해요. 이 회장님은 처음에 연구를 하시다가 경영인이 되신 거잖아요. 내가 기업인이구나 체감했을 때가 있었을 텐데 어느 시점에서였습니까?

**이태근** | 흙살림이란 간판을 단 때가 1993년인데 그때는 연구소 형태였어요. 사단법인 흙살림은 그로부터 3년 뒤 농림부로부터 인가를 받으

면서 세워졌고요. 내가 경영을 하고 있구나 체감하게 된 건 10년 전쯤인데, 이렇게 말하고 나니 시간이 꽤 흘렀네요. 2000년도의 벤처 바람이 자극이 되었죠. 사업으로 가거나, 운동으로 가거나 어느 방향이든 경쟁력이 있어야 하는데, 어설프게 있다가 이것도 저것도 안 되겠다는 위기감을 느껴서 주식회사를 만들었습니다. 주식도 사람들이 돈을 벌려고 투자한 게 아니라 열심히 한번 해봐라 하면서 500만 원씩 모아서 준 거예요. 그 뒤로 직원들을 채용하고 설비도 구입했고요.

**천호균** | 저는 사업하는 친구를 도와주다가 얼떨결에 사업을 하게 됐는데, 초창기에는 정신없이 바빠도 내가 주도적으로 뭔가를 할 수 있다는 사실이 기쁘더라고요. 회장님은 어떠셨어요?

**이태근** | 기뻤지요. 흙살림연구소 소장이라고 매일 혼자 사무실을 지키고 있었는데 직원들이 오니까 가족이 늘어난 것처럼 반가웠어요. 동지들이 생긴 것 같아 든든했습니다. 직원들과 함께 초창기에 미생물을 개발했는데요. 정미소에서 벼를 찧고 나면 쌀겨가 나오잖아요. 거기다가 미생물을 넣어 배양해서 팔면 수십 배로 돈이 되는 겁니다. 신기하기도 하고 신나기도 하고, 운동이 돈이 되기도 하는구나 했고, 그게 흥을 돋웠습니다. 당시에는 돈이 들어온다거나 장사가 된다는 생각보다는 사람들에게 인정받고 있다는 기쁨이 더 컸던 것 같아요.

**천호균** | 돌이켜보면, 전 돈이 들어오는구나 했던 적은 없었던 듯해요. 사업 초창기에는 직원들 월급을 못 줄까봐 전전긍긍할 때도 많았는데,

다른 건 못해줬지만 쉴 시간만큼은 꼭 챙겨주려고 했습니다. 우리 회사는 30여 년 전 회사를 처음 시작해서 오랫동안 주 5일 근무를 시행했지요. 오너로서 해줄 수 있는 최소한의 배려였죠. 요즘에야 대부분 주 5일 근무를 하지만 당시로서는 획기적인 발상이었다고 초창기부터 함께 해온 직원들이 얘기해요. 다른 회사를 다니는 친구들이 부러워했다고 하더군요. 이런 노력들이 기업 내의 분위기를 좋게 하는 데 원동력이 되지 않았나 싶어요.

**이태근** | 제가 주변에 쌈지를 아느냐고 물어봤는데, 모르는 사람들이 거의 없던데요. 제가 워낙 꾸미는 일에 무감각하다보니까 잘 몰랐는데, 예술가들을 후원하는 일에 열심이셨다면서요?

**천호균** | 벌어들인 돈으로 예술가를 후원하는 방식이 아니라, 예술가를 후원하고 지지한다는 이미지를 안고서 마케팅을 했습니다. 사업전략이었던 거죠.

**이태근** | 그랬군요. 고단수이신데요. 저는 아직도 그런 쪽으로는 발상을 하기가 어려운가봐요. (웃음)

**천호균** | 칭찬해주시니 좋기는 한데, 잘못 들으면 고단수로 장사한다는 이야기로 들릴까봐 조금 걱정되기도 합니다. (웃음) 저는 이런 방식을 아트 마케팅이라고 이름 붙였는데, 예술가를 후원하는 동시에 예술작품의 이미지를 사업에 적극적으로 활용할 수 있어 좋았습니다.

특히 예술 중에서도 소외된 아름다움의 가치를 재발견하려 애썼는데 그러다 보니 농사가 눈에 들어왔어요. 10년이 넘는 세월 동안 아트 마케팅을 했으니, 이제는 농사라는 새로운 아트 마케팅을 해보자는 의견들이 회사 내부에서 자연스레 나오게 됐죠. 그래서 농사 마케팅을 연구하기 위한 쌈지농부팀을 신설했는데, 농사의 깊이가 워낙 깊은데다가 종전의 아트 마케팅과는 차별화되어야 한다는 생각도 있었기에 쌈지농부팀을 별도의 법인으로 만들었습니다. 이게 오늘날 쌈지농부가 탄생하게 된 계기예요.

쌈지농부는 이익이 먼저냐, 가치가 먼저냐를 따지지 않아요. 기업하시는 분들이 들으면 순진하다고 하실 수도 있겠는데, 저는 가치 있는 일을 하면 이익은 나오게 된다는 확신을 갖고 있습니다. 그 이익은 가치가 사회에서 보다 큰 힘을 발휘할 수 있도록 든든한 기반이 되어주고요. 한마디로 가치와 이익이 충돌하지 않고 서로 상승작용을 일으키는 거죠.

**이태근** | 흙살림은 어떤 마케팅이라고 부를 만한 방향성은 없지만 하나 원칙을 세웠다면 흙처럼만 살자는 거였죠. 흙처럼 솔직하게, 삿된 욕심 부리지 말자. 아마 마케팅이라는 말이 익숙하지 않았고 우리가 경험한 마케팅이라는 게 대부분 포장은 그럴싸하게 해놓고 내용은 좀 말이 안 되는 식이어서 그랬을 수 있어요. 그런데 지금 말씀을 들어보니 마케팅의 개념 자체를 바꾸신 거네요.

**천호균** | 제가 다른 건 몰라도 절대 양보하지 못하는 영역이 있습니다. 예술가들은 무조건 존경하자라는 것이 원칙이었거든요. 마케팅의 개념

이 그렇게 해서 달라진 거죠. 게다가 서두르지 않고 나무가 자라나는 속도와 같이 아름다움을 키워 나간다는 게 쌈지의 예술경영전략이었으니까요.

**이태근** | 경영하는 사람들은 비즈니스에 무슨 예술이고 농사냐 했을 법한데, 반응이 어땠나요?

**천호균** | 쌈지가 잘된다고 하니까 왜 잘되는지 다들 곁눈질해 볼 거 아녀요? 처음에는 도대체 뭣짓을 하는 건가 하는 눈치였는데, 쌈지라는 회사가 조금씩 성장한다고 소문이 나니까 주목하더군요. 세계적으로 이름이 알려진 최정화 작가나 이불 작가와 함께한다고 하니까 그들의 아이디어를 어떻게든 상품에 접목시키지 않을까 눈여겨보는 분들도 계셨지요. 하지만 지원은 지원으로 그쳐야 한다는 게 제 기본 방침이었으니까 그 방향을 철저히 고수했습니다.

가끔은 이벤트로 유명 작가들과 콜라보레이션을 해서 디자인한 상품을 갤러리에서 전시하기도 했는데, 묘하게도 그런 상품들이 판매로 직결되지는 않더라고요. 장사하는 사람은 매출로 이어지는 걸 기대하게 되는데, '이거 내가 너무 잘못 기대한 건가? 감각이 떨어진 건 아닐까?' 하면서 솔직히 자신감을 잃은 적도 있습니다. 하지만 아트 마케팅에서 수혈받은 상상력과 자유분방함, 유연함 같은 예술적 덕목들이 경직되기 쉬운 조직문화에 즐거운 자극이 될 수 있다고 생각했죠. 좀 시간이 걸리기는 했지만 효력은 나타났습니다.

장사라는 것은 당장의 이익을 계산하려고 하고, 예술은 멀리 내다보면서 그 가치를 평가하기 마련인데 이 두 가지를 섞어놓으니 그 판단기준도 달랐어야 했어요. 그런데 처음에는 그걸 알기 어려웠습니다. 그러던 중 직원들로부터 작가를 후원하는 일에 대한 문제제기를 받기도 했는데, '용기를 잃지 말자, 그건 가치있는 실현이다' 하면서 제 뜻대로 밀고 나갔습니다. 그것이 회사의 정신이자 카리스마라고 생각했는데 직원들은 제 태도가 일방적이라는 생각을 많이 했을 것 같아요. 시간이 지나면서 직원들의 이해를 받게 되니까, 아트 마케팅은 우리 회사만의 독특한 기운이 되어가는 것 같더라고요.

**이태근** ㅣ 저도 직원들과 엇갈리는 부분들을 경험했는데요. 적어도 흙살림에 올 사람이면 농촌과 농민에게 도움을 주고 조금이나마 봉사하겠다는 마음가짐으로 오는 것이 당연한데, 의외로 "예"라고 확실히 대답하는 사람이 적었습니다. 그러니까 뭔가를 결정할 때 제 뜻과는 상반되는 의견을 내놓는 경우들이 있어요. 기업인데 왜 이익은 뒷전으로 하고 봉사만 하려 하느냐는 쓴소리 아닌 쓴소리를 하는 거죠. 가치와 이익의 충돌이었던 셈인데 마음이야 똑같이 흙살림이 잘되기를 바라는 쪽이었다고 봅니다.

**천호균** ㅣ 그럴 때 어떤 결정을 내리셨나요? 직원들의 뜻을 받아들였습니까?

**이태근** ㅣ 노력은 한다고 했는데, 솔직히 결과는 제 하고픈 대로였어요. 내가 맞다는 굳은 신념이 있었으니까 꺾이면 안 되는 거잖아요.

**천호균** | 하하, 어쩜 이리 저랑 똑같으실까요. 전 파쇼라는 말을 들었다니까요. 예술을 존중한다는 회사의 태도를 디자이너들은 입사할 때의 약속이니까 존중하는데, 그중 다른 회사에서 일하다가 경력자로 입사한 분들은 적응을 잘 못하더라고요. 사실 어떤 가치나 철학이 확고한 상태에서 융통성을 발휘한다는 게 말처럼 쉽진 않았어요. 잘못하면 자기 소신을 꺾는 것 같고, 잘못하면 괜한 고집을 피우는 것 같고 말이죠.

저와 의견이 엇갈린 쌈지의 직원들은 크게 두 갈래로 나뉘었죠. 일부는 내가 이렇게 존중받는 쪽의 선택을 왜 포기했을까 하면서 다시 순수 예술 쪽으로 돌아갔고, 일부는 안 맞는다면서 떠났습니다.

**이태근** | 주로 자진 사퇴 쪽이었습니까? 은근히 내모신 건 아니고요? (웃음)

**천호균** | 지금 제가 코너로 몰리는 느낌입니다. (웃음) 사업을 하면서 '사회에 기여하겠다, 돈을 이만큼 벌어서 성공해야겠다'는 거창한 목표를 세운 적은 없지만, 사람을 귀하게 여겨야 한다는 생각은 늘 갖고 있었습니다. 롤모델까지는 아닌데, 이렇게 경영해야겠다고 마음먹도록 자극을 준 분이 계세요. 서울의 모 백화점 회장입니다. 쌈지가 백화점에서 영업을 하다 보니까 그쪽 분들을 만나게 되면서 전해들은 얘기인데요. IMF 외환위기 때 백화점에서 사람들을 무척 많이 해고했거든요. 한쪽에서 자르니까 도미노처럼 다 따라하는 분위기였는데, 심하게는 절반 정도까지 정리를 하더군요. 당시 다른 백화점처럼 구조조정을 해야 한다면서 CEO가 제안을 냈더니, 그 백화점 회장이 "내가 당신을 그만

두라고 하면 기분 좋겠냐?"하면서 의견을 무시했다고 합니다. 그 얘기를 들으면서 감동했습니다. 한 회사의 오너라고 하면 함께 일하는 사람을 귀하게 여길 줄 아는 게 우선이죠. 보통 경영인들에게서 감동받기 어려운데 드물게 기억이 나요. 대답이 되었나요? (웃음)

**이태근** | 그렇지요. 운동이나 사업이나 결국 사람이 하는 건데요. 특히 흙살림을 운영하면서 인간에 대한 공부가 많이 되더라고요. 무엇보다도 제 자신을 끊임없이 돌아보게 되지요. 내가 대표니까 내 마음대로 하는 게 아니라 함께 일하는 이들을 살피고 의견을 조율하는 과정이 필요해요.

사람에 대한 믿음은 함부로 바꿀 수 있는 게 아니죠. 때로 관계가 삐끗해도 그 자리에서 바로 판단하지 말고 쌓아온 시간을 떠올리면 상황이 다시 좋아지기도 하잖아요. 어찌 보면 우리가 하는 운동이나 사업 모두가 결국은 사람 사업이 아닌가 싶습니다.

# 일이란 무엇인가

**이태근** | 회사도 사람을 귀하게 여겨야 하지만 직원들도 역시 그런 소양을 지녀야겠지요. 구글에서는 신규 채용 80퍼센트 정도를 인문학 전공자로 뽑겠다고 발표했던데요. 채용 면접 때 이 회사에서는 "당신은 세상을 어떻게 바꿀 수 있는가"라는 질문으로 인문학적 상상력을 평가한다고 하더군요. 천 사장님은 면접을 볼 때 어떤 질문을 주로 하십니까?

**천호균** | 아직까지는, 착한 일을 얼마나 많이 했는지 물어봅니다.

**이태근** | 재미있군요. 진짜로 착한 일을 했다고 얘기합니까? 꾸며서 얘기할 수도 있잖아요.

**천호균** | 착한 일 한 것을 얘기해보라고 하면 대부분 당황하지요. 면접

에서 이런 질문이 나올 것을 예상하기가 쉽지 않았을테니까요. 게다가 짧은 시간에 꾸며서 답변할 수도 없고요. 평소에 착하게 살아야겠다는 마음가짐을 갖고 있지 않으면 말하기가 쉽지 않을 겁니다. 착하다는 말은 어떤 한 부분이 아니라 삶 전체를 관통하는 신념 같은 것이기 때문에 자기가 한 일을 착하다 표현하는 게 좀 불편할 수는 있지만, 그래도 그런 이야기를 듣는 과정에서 그 사람의 가치관이나 삶에 대한 자세 같은 것을 볼 수 있습니다. 똑똑하고 재주 있는 사람들은 많아도 자신이 갖고 있는 지식이나 재능을 공적으로 내놓으려는 사람은 드물거든요. 제가 봤을 때 착한 사람은 관계에 민감합니다. 잘 보이려 한다는 뜻이 아니라 돌볼 줄 안다는 거죠. 때문에 전 착하다는 것이 조직에 큰 에너지가 될 수 있다고 보고, 그 가치를 전문성이나 성실성보다도 우선순위에 두었습니다.

**이태근** | 그럼 제가 만일 천 사장님께 가장 기억에 남는 착한 일은 뭐였냐고 묻는다면요?

**천호균** | 편하게 이야기했는데, 이렇게 반격당하리라고는……(웃음) 쑥스럽네요. 적어도 하루에 하나씩은 착한 일을 하자고 다짐하는데 잊을 때가 많아요. 최근에 한 착한 일을 말하라고 하면, 길에 잠시 서 있는데 앞에 있던 택시가 후진하다가 제 다리를 쳤어요. 충격이 적지 않았고 놀라긴 했는데, 아프지는 않더라고요. 그럴 때 주변에선 보통 엄살을 부리라고 하는데, 스스로 착한 일을 하자고 했던 게 생각나서 택시 기사에게 괜찮으니까 걱정 말고 가시라고 했더니 밝게 웃으면서 고맙다

고 하시대요. 대단한 착한 일이라고 볼 수는 없지만 이상하게 하루 종일 저도 기분이 좋았어요.

**이태근** │ 착한 일 하신 겁니다. 아마 그 택시기사님이 기분이 좋아서 손님에게도 잘하셨을 거고, 그 손님도 기분이 좋아서 하는 일이 잘되었을 겁니다. 착한 일의 연쇄반응 같은 게 일어나지 않았을까요? 그러니 착한 일이지요. 예전에는 착하다, 사람 좋다, 인심 좋다. 이런 칭찬을 많이 했는데, 요즘에 착하고 사람 좋다고 하면 어수룩하고 제 몫을 못 챙긴다는 의미가 되어버린 듯합니다. 사람들이 너무 거칠어졌고 제 것만 챙기기에 급급합니다. 내가 저 사람에게 빈틈을 보여서 손해 보는 것 아닌가에만 신경을 써요. 그러다보니 남에 대한 배려나 관심이 사라지고 자기 입장에서만 보는 것 아닙니까?

제가 착한 일에 대해 여쭈었던 이유는 착하다는 것의 뜻이 애매모호하거든요. 착한 것을 판단하는 기준도 천차만별이고요. 요즘은 하도 묘한 곳에다가 착하다는 말을 많이 쓰니까 좀 의아하더군요. 착한 몸매 착한 가격……

봉사활동도 스펙 쌓기의 일환으로 오는 친구들이 가끔 있거든요. 대학에 합격할 때도 봉사활동을 보고, 엄마가 스케줄 관리를 해서 봉사활동 20점 모자라니까 이번에 어디 갔다 와라, 이런 식으로 계획을 짠다고 합니다. 그러다보니 착한 일의 의미가 흐려지고 말았어요.

**천호균** │ 착하다는 것은 진짜 살아 있다는 증거라고 생각합니다. 어느 시인은 '착하다'는 말을 '살아 있기 때문에 우리가 마땅히 지불해야 할 삶의 태도'라고 정의했던데, 제 생각과 그리 다르지 않아요. 기본적으로 사람은 선한 마음을 가지고 있습니다. 착한 마음을 바탕으로 일을 대한다면 분명 좋은 일들이 생길 거라 생각합니다.

**이태근** ǀ 그럼, 쌈지에서 일하는 직원들은 모두 착한 분들이겠습니다. 인상이 좋으시던데요.

**천호균** ǀ 착하고 소위 진국인 직원들이 많죠. 참을성도 많고요. 저와 오랜 시간을 일해왔다는 것은 내공이 만만치 않다는 뜻입니다.

**이태근** ǀ 이렇게 회사 자랑을 하시는군요. 그럼 '농부로부터' 매장에서 일하는 분들은 입사한 지 얼마나 되신 겁니까?

**천호균** ǀ 꽤 됐지요. 쌈지 창업 당시부터 함께 해오던 분들이 쌈지농부에도 있으니까요. 맡은 업무는 이전과 좀 다르지만 전 큰 상관이 없다고 보거든요. 어떤 일에서 전문성을 갖는 것도 중요하지만 저는 직장에서 소통할 수 있는가를 최우선에 둡니다. 따로 말을 하지 않아도 오랜 시간을 보내면서 공유해온 방향성이라는 게 있잖아요. 그 가치를 중요하게 생각한다고 할까요.

**이태근** ǀ 함께 오래 일한다는 것은 소중하지요. 서로에 대한 이해가 진실해지고요. 그런 점에서 우리 기업문화에서 사람을 대하는 자세를 보면 아쉬움이 커요. 무슨 일회용 식기처럼 쓰다가 버리는 식이잖아요. 깻잎

아시죠? 깻잎은 일단 꽃이 피면 잎이 더 이상 자라지 않기 때문에 깻잎 농사가 끝나고 맙니다. 그래서 깻잎 수확철에는 대체로 비닐하우스에 밤에도 전등불을 켜놓습니다. 왜 그러냐 하면 깻잎이 밤에도 낮인 줄 알고 쉬지 않고 자라납니다. 꽃 피울 새도 없이 말이죠. 비닐하우스의 깻잎을 보며 밤늦게까지 일하는 직장인들을 떠올리게 될 때가 있습니다.

설령 기업에 부담이 생겨 불가피한 사정이 있다 치더라도 기본적인 예의란 게 있을 텐데, 해고 통보를 문자메시지로 한다면서요? 희망퇴직이다 명예퇴직이다 이름은 그럴듯하게 붙여놨지만 전혀 희망을 주지 않고 명예롭지 않게 회사 문을 나서게 하지 않습니까? 그 마음에 얼마나 한이 되겠어요? 우리는 가족이라고 하다가 자를 때는 가족이고 뭐고 없는 겁니다.

**천호균** | 가정보다 직장에서 시간도 더 많이 보내고 에너지도 더 많이 쏟아붓는데, 그렇게 끝나버리면 공허감이나 배반감이 말할 수 없이 크겠지요. 비록 일을 통해 만난 사이라 할지라도 관계는 인간적이어야지요. 최악의 상황이 와서 만약 모두가 함께 일하기 어렵게 됐다고 해도 마지막 모습이 어떠냐에 따라 직원이 회사 문을 나서는 마음이 다를 거라고 봅니다.

**이태근** | 사업상 만나는 관계에서도 마음이 오가지 않을 경우에는 일이 끝나면 그걸로 끝이더군요. 소통도 기대하기 어렵고 차갑게 계산하기에만 급급하게 되고요. 오래 일해왔다면 직원들과 천 사장님 사이에는 서로 계산 이상의 관계가 끈끈하게 만들어졌겠습니다.

**천호균** | 쌈지에서 가장 보존하려 했던 건 사람이에요. 사람이 회사의 소중한 자산이라는 생각은 지금도 여전합니다. 쌈지라는 브랜드가 탄생하기 이전에 레더데코라는 이름으로 가방을 만들었는데, 이때부터 함께 해온 판매사원들이 이제는 40~50대가 됐습니다. 판매사원은 가게의 얼굴이니 젊어야 한다고 얘기하는 사람도 있어요. 하지만 저는 물리적으로 '젊다, 늙었다'를 나누는 것은 쌈지의 정신에 어긋난다고 생각합니다.

지금 와서 돌이켜보면 후회되는 부분이 있기는 해요. 인사관리에 관한 것인데요. 오랫동안 일하다보니 한 직원이 다른 업무들을 맡게 될 때가 있었죠. 재정처럼 특정한 분야를 제외하고, 공장에서 일했던 친구들이 관리직으로 올라가고 그 친구들이 또 영업 상무가 되는 식으로요. 저는 어떤 직종이든 기본적으로 착한 마음이 있으면 어지간한 일에는 다 적응할 수 있다고 여겼는데, 그게 아니었나 봅니다. 실제로 디자이너에게 페스티벌 준비를 맡기거나 유기농법을 체험하라고 했으니 직원들 입장에서는 전문성을 갖추기 어려웠다고 불만을 가질 만도 하지요. 하지만 전 그런 과정을 통해 새로운 일에 끊임없이 도전하게 될 수 있다고 생각했습니다. 물론 이것도 제 입장에서 할 수 있는 이야기일 수도 있겠지만요.

회사를 처음 시작할 때부터 어떤 사장이 될 거냐를 두고 고심했는데, 전 회사를 꾸려나가고 무언가를 결정하는 사장이기에 앞서 직원들이 꺼리는 일을 먼저 하는 사장이 되려 했어요. 예를 들면 아침에 책상을 정돈하거나 화장실 청소를 한다거나 하는…….

**이태근** │ 화장실 청소요? 사장님 입장에서는 솔선수범하자고 했겠지만 만일 제가 직원이었다면 무척 불편했겠는데요.

**천호균** │ 글쎄 말입니다. 저는 잘해보려고 한 일이 상대방에게 폐를 끼치는 경우가 종종 있습니다. 군대에 졸병으로 있을 때, 선임들이 늦게 일어나고 후임한테 식기 씻어오라고 시키는 모습들이 그렇게 보기 싫을 수가 없었어요. 그래서 나는 나중에 저러지 말아야지 하고서 고참이 됐을 때 솔선수범했는데, 신참들이 더 힘들어하는 거예요. 제가 일찍 일어나니까 저보다 더 일찍 일어나야 하고, 밥그릇을 깨끗이 닦으니까 저보다 더 깨끗하게 닦아야 하고 말입니다. 상대를 편하게 해주려 했던 의도와는 다르게 상황이 돌아가는 거죠. 익숙하지 않은 문화인데다가 상하관계까지 겹치니 그랬던가 봅니다.

흙살림 20주년 행사 때 홍순관 씨가 와서 부른 노래 기억나세요? 일곱 살짜리 꼬마가 지은 동시를 노래로 만들었다고 했는데, 꼬마가 엄마에게 자기는 싫은데 왜 국에다 밥 말았냐고, 이제부터 나한테 물어보고 국에 말라고 그러잖아요. 그 노래를 듣는데 뜨끔했습니다. 상대방의 의사를 묻지 않고 내가 좋다고 여기는 걸 강요하는 건 일종의 폭력일 수도 있겠구나 생각했습니다.

**이태근** │ 그래서 소통이란 게 참 어렵습니다. 난 기껏 생각해서 한 일이 타인에겐 불편함을 줄 수 있고요. 제가 무뚝뚝한 사람이다 보니 속마음은 아닌데 잘 표현하지 못할 때가 많은데요. 회사에서 삼삼오오 모여서 담배를 피거나 커피를 마시고 있는 곳에 슬쩍 끼어서 마음 편하게 애기 좀 해보려 하면 직원들은 불편한지 슬슬 피해요. 의도와는 다른 일이 벌어지는 거죠. 방금 말씀하셨듯이 상하관계라는 장치가 작동하는 순간, 소통은 간단치 않아집니다. 모여서 자유롭게 이야기를 해보자고 해도 아랫사람 입장에서는 혹시나 상사를 불쾌하게 만들면 나중에 불이익을 당할지 않을까 그런 염려를 갖게 될 수 있지요. 괜찮으니까 말해보라고 하는 윗사람 역시 무의식적으로 저 놈은 좀 문제가 있지, 하면서 편견을 가질 수도 있고 앞에서는 통 큰 척하지만 뒤에 가서 좁쌀영감처럼 굴 수도 있고요.

소통이라는 게 일방적이기 쉬운데요. 그래서 상대적으로 힘이 있는 쪽에서 더 각별한 노력을 해야 한다고 봐요. 천 사장님은 직원들과 소통을 잘하실 것 같은데, 비결이 있으면 좀 알려주시지요.

**천호균** | 무슨 말씀을요. 소통, 이거 참 힘듭니다. 따돌림 당하기는 사장의 숙명입니다. (웃음) 워낙 직원들과 오래 일하다보니 저도 모르게 자식 같은 마음이 들거든요. 제 자식은 아무리 커도 철없어 보이고 걱정되는 것처럼 직원들을 보면 이상하게 잔소리가 늘어요. 나이 들면 나타나는 증상이라고도 하는데, 직원 입장에서는 못 미더워서 그런가 하고 낙담할 수도 있겠지요. 실수하지 말고 치밀하게 잘했으면 하는 마음인데도, 막상 말을 꺼내면 마음 전달이 잘 안 됩니다. 미숙하지만 잘해보자고 매번 다짐하고 있습니다.

쌈지를 경영하면서 소통을 위해 남달리 애써온 건 사실이에요. 다른 회사와 차별을 둔 점이 있다면, 콘서트나 전시회를 열어서 같이 음악 듣고 그림 감상하는 시간을 가졌다는 것이지요. 아트 마케팅을 하던 시절

이라 한 달에 한 번씩 작가들과 대화하는 시간도 마련했는데, 쌈지 나름의 직원교육이었던 셈입니다. 지금은 자연스레 그 직원교육이 텃밭농사를 함께 짓는다거나 한 달에 한 번 생태교육을 받는 것으로 변화했습니다. 『토지』를 쓴 박경리 선생의 생각을 공부하는 것으로 가장 먼저 생태교육을 시작했는데요. 몸이 불편하신데도 텃밭에서 직접 채소를 거두면서 농부를 존중하는 선생님의 모습만큼 농사를 이해하는 데 큰 가르침이 없다고 생각했기 때문입니다.

그밖에도 쇼핑백 안 쓰기, 일주일에 한 번 고기 먹지 않기, 한 달에 한 번 전깃불 대신 촛불 켜기 등을 지키려고 직원들과 약속하고 함께 노력하고 있어요. 이런 공통의 경험들이 계속 쌓이면 굳이 말하지 않아도 통하는 정신적 통로 같은 것이 생기지 않을까 기대합니다.

**이태근** | 그런 노력을 하고 계시는군요. 쌈지에서 만든 소통 프로젝트를 흙살림에도 도입해봐야겠습니다. 같은 경험을 했다고 해서 소통이 잘된다고 할 수는 없겠지만, 아예 그런 공통의 경험 자체가 없으면 소통은 더욱 힘들어지겠지요. 어떤 언어학자가 실험을 했는데 사람들이 다른 사람 말을 아무리 잘 듣는다고 해도 기껏해야 70퍼센트 정도라고 합니다. 그러니까 완벽한 소통은 애초에 불가능하다는 거죠.

참, 하나 여쭈어보고 싶은 게 있습니다. 천 사장님은 이럴 때 어떻게 하시는지 궁금한데요. 쌈지농부나 흙살림이나 가치 실현을 중요하게 여기잖아요? 흙살림에 입사했으면 흙살림이 중하게 여기는 가치에 공감한다는 말인데, 직원들의 모습에서 그 공감을 못 느낄 때가 있어요. 매일 흙살리자 노래하면 듣기 좋은 노래도 자꾸 들으면 지겨워진다고 훈화말씀처럼 들리지 않을까 해서 되도록 원칙적인 이야기는 피하려고 하는데, 자꾸 가치를 반복하고 강조하는 게 이중부담이 될 수 있잖아요?

**천호균** | 말로 하기보다는 몸으로 느끼는 일을 하려고 해요. 쌈지농부에서는 업무 외에 농사를 짓거든요. 땡볕에 나가 밭을 매거나 생전 들어보지도 않았던 쟁기를 들고 흙을 가는 일이 쉽지는 않겠지요. 이중부담이 될 수도 있겠고요. 하지만 그냥 월급받기 위해서 생계를 위해서만 일을 하는 것은 아니잖아요. 보람이란 게 있어야 하는데, 그 보람은 몸으로 느끼고 즐기는 데에서 온다고 보거든요. 시민운동을 하는 어떤 분이 자기는 운동을 즐긴다고 하더라고요. 사명감만으로는 금세 지치게 되어 있다고요. 어떤 일이든 내 일이 되려면 느껴야 합니다. 농산물을 포장하고 판매하는 일이라 해도 농부의 마음을 느껴야 더 즐겁고 잘할 수 있다고 생각해요.

한편 저도 농사짓자, 우리 스스로 농부가 되어야 한다고 겉으로는 큰소리 꽝꽝 치면서도 직원들 눈치를 보기도 합니다. 나를 싫어하면 어쩌지 싶긴 해요. 그래도 '귀에 못이 박힌다' 는 말이 있잖아요. 어떤 것을 늘 생각하면서 살아갈 때 삶에 하나의 흔들리지 않는 원칙이 될 수 있어요. 관성에 젖어 일하면 가치보다는 다른 논리에 자기를 합리화할 수도 있고요. 아까 훈화라고 하셨는데, 원래 훈화시간에는 자꾸 딴짓 하게 되어 있잖아요. 되도록 엄숙하고 진지한 이야기는 피하려고 하는데, 하게 될 경우에는 뻔한 소리를 하지 않으려고 무던히 애를 씁니다.

**이태근** | 전 말주변이 없다보니 표현을 좀 바꾼다고 해도 그 말이 그

말이에요. 뭔가 신선하게 표현하고 소통할 수 있으면 오늘은 무슨 재미있는 얘기를 하려나 관심을 끌 수 있을 텐데, 아직 제가 능력이 부족합니다.

**천호균** │ 겸손이 지나치십니다. 흙살림 직원분들이 이 회장님께서 직원들의 다양한 의견을 듣고 존중해주신다고 하던데요. 직원들이 이 부분을 이렇게 하자 제안하면 회장님이 선뜻 해보라고 했다고, 보통의 기업에선 어려운 일이라고 그러더라고요.

저도 회장님처럼 예전부터 직원들에게 어떤 일을 하고 싶나? 부서를 옮겨볼래? 늘 물어왔는데, 이상하게도 다들 묵묵부답이었어요. 저로서는 예전에 대기업에 있을 때 적성에 안 맞는 일을 하느라고 힘들었던 경험이 있어 신경 쓴 건데 말입니다. 현장에 나가 영업을 뛰겠다는 사람을 책상에 앉혀놓고 책 읽어라, 기획해라 하니 저로선 앉아 있기가 힘들었거든요. 혹시라도 저 같은 사람은 없을까 해서 직원들에게 하고 싶은 일을 말하라고 했는데, 반응이 신통치 않아서 그동안 내가 직원들의 의견을 물으면서도 결국 내 중심으로 끌고 가서 그런가 반성도 많이 했습니다. 한편으로는 섭섭한 마음이 들었어요. 자신이 잘할 수 있는 길을 열어주려고 하는 나의 진심을 몰라주는구나, 나 빼놓고 뒤에서 다른 얘기하는 거 아닌가 하면서요.

**이태근** │ 아까 따돌림 당하는 게 숙명이라고 하셨잖아요. (웃음) 천 사장님이 말씀하셨지만 즐겁고 가슴 뛰는 일을 해야 합니다. 여기에 또 하나 제가 강조하는 것은 뭔가 사회를 바꿀 수 있는 일을 하라는 겁니다.

그러면 자신이 하고 있는 일에 대해 자부심을 느끼게 되지 않습니까?

**천호균** | 그동안 적성의 측면에만 치우쳐서 일을 봐왔다는 생각도 듭니다. 적성에만 초점을 맞추면, 일의 결과가 좋지 않을 때에 나는 여기에 적성이 없는가봐 하면서 낙담을 하게 되잖아요. 자신의 밥벌이가 즐겁기도 하고, 사회에도 도움을 줄 수 있다면 그야말로 존재의 이유를 찾을 수 있겠는데요.

**이태근** | 아까 소통의 방식에 대해 이야기했는데, 어디서 무엇을 놓고 소통을 할 것인지도 중요할 겁니다. 저는 현장이 중심이 돼야 한다고 보는데요. 천 사장님이나 저나 모두 현장을 알고 있지 않습니까? 보통 기업의 경우, 대표는 회의하고 책상에 앉아 중요한 결정을 내리는 게 주요 업무인데 우리는 현장도 다녀야 한단 말입니다. 그러다보니 직원들은 어려워하는 듯해요. 대표가 현장을 모르셔서 하시는 말씀이라고 하면서 빠져나갈 구멍이 없는 거죠.

**천호균** | 농산물 유통 쪽은 저도 생소한 분야다 보니까 현장을 다니면서 열심히 배우는 쪽인데 이 회장님은 흙살림에서 20년, 아니 그보다 훨씬 이전부터 현장에서 정말 잔뼈가 굵어온 분 아니십니까? 훤히 보이시겠는데요.

**이태근** | 그런 말씀 마십시오, 농업에는 절대로 통달이라는 게 없습니다. 평생 농사를 지어온 분들도 아직 농사일에 대해 아는 것보다 모르는

게 더 많다고 하시는데요. 농사 박사님들도 해마다 농사를 새로 배운다고 하시는데, 저야 말할 것도 없지요. 물론 제가 직원들보다는 조금 더 안다고 할 수 있지만요. 사실 회사에서 어떨 때는 일부러 모른 척하고 뒤로 물러날 있을 때도 있어요. 며느리들이 시집와서 알아도 잘 모르는 척하면서 일부러 시어머니께 물어본다면서요. 그래야 고부간 사이도 좋고 시부모님께 사랑받는다고 하던데, 직장에서도 때로는 적당히 모른 척하는 게 이득이 되는 것 같아요. 경험 많은 사람이 나서버리면 열심히 배우고 애써 일하는 사람을 기죽일 수도 있고 창의성을 억누를 수도 있거든요. 또 세상이 변하는데 내가 알던 게 전부일리도 없으니 혹시 제가 잘못 알고 있는 건 없는지 젊은 친구들에게 물어보기도 하고요. 나이나 직책을 떠나 자기가 맡은 일의 완성도를 높이려고 열중하는 직원들을 전 존경합니다. 거기서 문제가 생기면 아무리 전체적인 시야를 가지고 일을 해나간다 해도 결과가 좋을 수 없잖아요.

아까 말씀드렸지만 경영자 입장이 되니까 보는 눈이 달라지긴 해요. 기업이라고 하니까 내 문제가 아니라 우리 문제가 되어버려요. 이 친구들 모두 먹여살려야 하는데 하면서 바짝 긴장하게 되더라고요. 직원만이 아닙니다. 흙살림 회원 농가들, 유기농을 해보겠다고 귀농하는 사람들, 모두 신경을 써야 해요. 생각도 많아지고 전체의 유기적 관계를 보다 중시하게 되더군요.


**천호균** | 하나의 조직이나 기업을 이끌다보면 부분과 전체를 아우르는 능력이 정말 절실해집니다. 전체만 보다가는 사소한 걸 놓칠 수도 있고, 사소한 것에 집중하다보면 멀리 내다보는 일에 소홀해질 수도 있고, 망

원경과 현미경을 제때 제때 잘 사용할 수 있어야지요. 아까 모르는 척하면서 때로는 뒤로 빠지신다고 했는데, 그게 앞을 내다보는 눈을 갖고 계시기에 가능한 거라고 봅니다. 어디 한번 해봐라 하면서 뒤에서 감시하는 게 아니라 잘해보라고 격려하시는 거잖아요. 회장님은 일부러 배려한다고 애쓰는데, 직원들이 몰라줘서 속상한 적은 없나요? 말하다보니 팔이 안으로 굽는다고 제가 계속 회장님 편에서 두둔하는 게 아닌가 싶네요. (웃음)

**이태근** | 직원들이 오히려 속상한 게 더 많겠죠. 경영자 입장에서 가끔 안타까울 때가 있어요. 예를 들어 흙살림에서는 연구소와 현장 직원, 흔히 말하는 화이트 칼라와 블루 칼라, 그리고 남성과 여성 사이에 월급 차이가 거의 없어요. 이를 두고 왜 다른 기업처럼 하지 않느냐는 불만을 털어놓으면 말문이 막히죠. 유기농은 연구하는 일만큼 농장에서 일하는 게 중요하잖아요. 미생물이 연구실에만 있으면 흙을 살릴 수가 있냐, 현장이 중요하다, 아무리 설득해도 생각의 차이가 좁혀지지 않을 때는 정말 힘듭니다.

기대치가 너무 높아서 벅찰 때도 있어요. 나를 무슨 고매한 철학자나 성인군자처럼 보는지 흙살림을 하는 분이 그러면 되느냐고 실망했다고 하는데, 그럴 때는 딱 그만두고 그냥 흙만 보고 살면 좋겠다 싶기도 해요.

사실 대학을 졸업하고 괴산에 온 뒤로 한 번도 쉬어본 적이 없거든요. 땅도 단작만 하면 지력을 상실하는데 나도 일만 해선 안 되겠다고 반년 정도라도 휴식년제를 가져볼까 생각해본 적도 있어요. 빨리 거두겠다는

마음만 앞서는 농업을 하지 말자고 느긋하게 기다릴 줄 알아야 흙이 살아난다고 말하면서도 일할 때는 속도전을 치르듯 했고요. 정작 제 자신의 삶은 치열함 그 자체였습니다.

**천호균** | 저나 이 회장님이나 일복을 타고났는데 이런 사람하고 일하려면 고달플 겁니다. 또 우리 같은 사람들이 일하는 속도에 맞춰 직원들의 속도를 평가하기 쉬우니 이것도 문제고요. 우리 세대는 달려오는 데에만 열심이었어요. 놀면 뭐하냐 한 푼이라도 더 벌어야지 하면서 야근하고, 젊은 사람들에게 뒤처지지 않으려고 새벽에 일어나 영어나 컴퓨터 학원 다니는 식으로 경주하듯 살아왔습니다. 그러니까 막상 쉬고 있으면 불안해해요. 뭘 해야 할지 당황합니다. 평균 수명을 따지면 은퇴 후 보통 20년 이상을 더 사는데, 이 시간들을 어떻게 보내야 할지도 문제예요. '어떻게 먹고 살거냐'도 버거웠는데 여기에 좀 더 무거운 주제인 '어떻게 살 거냐'까지 안고 살게 됐습니다.

한때 앞으로 나는 마흔 살까지만 일하고 그다음은 놀겠다고 선언한 적이 있는데요. 뭘 모르고 그런 거죠. 갈수록 일이 많아지더라고요. 과거에는 일이 많으면 짜증이 느는 편이었는데, 요즘은 바빠도 즐거워요. 아마 제가 하고 싶은 일에 푹 빠져 사니까 그렇겠지요. 그런 점에서 보면 우리나라 교육도 근본적으로 바뀌어야 할 것 같아요. 자기가 하고 싶은 일을 택할 수 있도록 도와야 하는데, 이미 결정된 성적 중심으로 직업을 선택하도록 강요하고 있으니까요. 자기가 하고 싶은 일을 하는 한, 인생에 은퇴란 없을 것 같아요. 사회적 은퇴는 있을지 모르지만 자기 인생에서 은퇴는 없다는 거죠.

**이태근** ｜ 우리 이야기를 하다 보니 우리만 행운아인 것처럼 말하고 있는 것 같아서 좀 송구스럽기도 한데, 이런 선택을 하나의 모델로 우리 사회가 받아들여준다면 그것대로 의미가 있을 거라 위안을 해봅니다.

**천호균** ｜ 그렇지 않아도 이거 자화자찬하고 있는 거 아닌가 싶었는데 이 회장님이 살려주시네요. (웃음) 고맙습니다.

# 풀뿌리 기업이
# 사회를 먹여 살린다

**이태근** | 대화를 나누다보니 천 사장님은 커피를 꽤 자주 드시네요. 하루에 몇 잔 드십니까?

**천호균** | 한 대여섯 잔 마시나 봅니다. 커피를 마셔야 하나 계속 고민인데, 아직까지 끊지 못하고 있으니 습관에 가깝지요.

**이태근** | 전 원래 커피를 마시지 않는데, 커피농가의 실상에 대해 듣고 나니 커피를 마시면 안 되겠다는 생각이 들더군요. 농민들에게 돌아가는 이익이 말도 안 되게 적던데요. 원두 1킬로그램에 100원 정도밖에 못 받는다면서요. 아이들이 학교도 가지 못하고 커피농사를 짓고요.

**천호균** | 지구상에 우리가 모르는 안타까운 일들이 참 많지요. 저도 그 이야기를 듣고 나서는 되도록 공정무역커피를 마십니다. 농민들에게 정

당한 대가를 치루는 기업들의 제품을 사려고 하죠. 그러고 보니 몇 년 사이에 공정, 착한, 윤리적, 이런 수식어가 붙는 제품들이 꽤 늘어났습니다. 패션계에서는 제3세계 아이들의 노동력을 착취하지 않고 환경을 생각하는 유기농면의 사용을 늘리겠다면서 윤리적 패션쇼를 하기도 했어요. 소비자들이 상품이 어디에서 왔는지, 어떤 과정을 거쳐 탄생했는지를 따져보기 시작했다는 거니까 참 다행스럽다고 해야겠지요.

윤리적이라는 말이 나오니 중학교 3학년 때 윤리 선생님이 갑자기 떠오르네요. 수업을 하시다가 아이들에게 공부하기 싫으면 다른 책 봐도 된다고 하셨는데, 당시 시험에 윤리 과목이 들어 있지 않으니까 수업을 강요하기가 미안했던가 봐요. 그 시간을 왜 그렇게 흘려보냈을까 후회가 됩니다. 윤리라는 게 쉽게 말해 착하게 살아보자고 얘기하는 건데 우리 사회가 윤리 정도는 묵살해도 되는 과목이라고 여기게 된 것 같아 안타까워요. 우리가 어렸을 때부터 소비행위를 윤리적으로 고민하는 훈련을 해왔더라면 지금처럼 해외 명품에만 열광하는 우스꽝스러운 풍경은 없었을 것이고 세상이 많이 달라졌을 텐데 하는 아쉬움이 남습니다.

**이태근** | 윤리는 그 사회 전체가 어떤 가치를 가지고 움직일 거냐를 묻고 대답하는 과정이라고 생각하는데요. 우리 사회는 그렇게 토론하고 성찰하는 과정을 생략하고 달려온 게 사실이죠. 윤리라고 하면 과거 봉건시대의 삼강오륜, 찬물도 위아래가 있다, 이런 식의 생각에만 고정되어 있고요.

최근 윤리적이라는 말이 붙는 것 중에서 저는 윤리적 여행, 공정여행이라고 부르는 여행방식에 관심을 갖고 있습니다. 여행하는 지역의 주민들에게 도움을 주고 되도록 그곳의 문화를 가까이에서 체험하는 방식인데요. 지방을 돌아보면 대형 관광지가 들어선 지역의 경우 관광객들이 아무리 많이 와도 주민들에게 큰 도움이 안 되는 곳이 대부분입니다. 개발 바람이 불면 순식간에 외지인들이 몰려드니까요. 사람들이 와서 쓰고가는 돈은 바깥으로 흘러나가고 그 지역에는 망가진 환경만 남습니다. 무너진 환경을 일으켜 세우는 건 지역 주민들에게 떠넘겨지고요.

제주도의 경우에는 제주도민이 운영하는 민박이나 식당을 이용하고, 올레길을 걸은 뒤에는 형편껏 후원금을 낼 수도 있다고 하던데요. 그 지역민에게 수익이 돌아가게 하는 여행이 보다 의미 있는 여행이 되지 않겠어요? 어려운 시골사람들을 도와주자거나 돈의 문제로 그치는 게 아닙니다. 다음에 더 좋은 여행을 하기 위한 투자입니다. 지역주민들이 여행지의 주인이 되어야 더 책임 있게 그곳을 지켜낼 수 있으니까 말이죠.

농산물 직거래나 친환경 농산물을 찾는 소비도 윤리적이란 말과 맞닿아 있습니다. 어디서부터 어떤 과정으로 생산된 것인지를 살피고, 생산자로 하여금 주인의식을 갖게 해서 농작물의 품질을 높여나가도록 할 테니 윤리적 소비는 곧 윤리적 생산으로 이어질 수 있습니다. 아니면 농작물에 대한 소비자의 신뢰는 금세 무너질 테니까요.

오래전부터 어떻게 정직한 시장을 만들어가는가에 대한 고민을 해왔는데요. 시장이 투명해지려면 생산자는 자신의 생산과정에서 윤리적 기준을 바로 세우고, 소비자는 그걸 생산품에 대한 신뢰로 환산해서 돈으로 지불하면 됩니다. 양쪽 다 손해를 보지 않는 건 물론이고, 이를 넘어서서 보이지 않는 새로운 부가가치를 창출할 수 있게 된다는 얘기지요.

**천호균** │ 쌈지농부에서 하고 있는 일 가운데 하나가 농촌 디자인컨설팅 사업인데, 컨설팅을 할 때 중심에 둔 것이 윤리적 가치예요. 마을공동체가 신뢰가 가는 생산품을 만들어낼 수 있다면 그것이 곧 지역을 살리는 동력이 될 거란 생각에서입니다.

디자인컨설팅을 하기 위해 자주 지방을 오가는데, 지역이 살아나지 않으면 우리 사회가 희망을 가지기 힘들겠다는 전망을 자주 하게 됩니다. 예전에는 마을사람들이 서로 단골이 되어주었잖아요. 한 마을에 목수, 선생님, 농부 등 각기 다른 재주와 능력을 가진 이들이 그 재능을 서로 나누면서 하나의 작은 생태계를 이루며 살아왔습니다. 한 마디로 서로가 기댈 언덕이 되어주었던 거죠. 모진 바람도 막아주고 고단함도 외로움도 다독여주는 언덕 말입니다. 그런데 이제는 그 언덕이 내려앉고 유기적인 관계가 끊겨버렸어요. 마을이 죽어가고 있는 겁니다. 외부 시장의 힘에 기대려 하지 말고 마을이 스스로 설 수 있는 법을 터득해야 해요. 마을에 사람이 모여들어야 하고 그러기 위해서는 사람들이 기댈 언덕을 새롭게 만들어야 하고요. 자연환경과 지역의 문화를 잘 살펴서 가장 잘 만들 수 있는 제품 또는 서비스를 생산하면 그것이 곧 새로운 공동체의 기둥이 될 수 있을 거라 봅니다. 서로의 삶을 북돋아주는 기운, 살림의 정신이 상품에 스며들면 그게 소위 말하는 브랜드 가치이고 최상급의 윤리적 가치가 되지 않겠어요. 그 가치로 소비자의 신뢰를 얻어갈 수 있고요.

**이태근** │ 간디 사상의 중심에 있던 것이 지역의 자급자족이지 않습니까? 참된 인도를 찾을 수 있는 곳은 몇 개 안 되는 도시가 아니라 70만

개나 되는 마을이라고 했던 간디의 말이 요즘 들어 새삼 가슴에 와닿아요. 그저 마을을 살려야 나라가 산다는 수준이 아니라 마을이 한 나라의 미래를 좌지우지하는 현장이란 말씀입니다.

**천호균** | 그런데 사람들이 마을을 뭔가 낙후된 곳이라고 착각하고 우습게 여겨요. 아닌 말로 요즘 마을버스 없으면 얼마나 불편합니까? (웃음)

**이태근** | 마을, 동네, 고을……참 정겨운 말 아닙니까? 누군가는 마을을 살리는 일을 '그리운 관계로의 회귀'라고 하던데, 마을은 과거로 돌아가자는 의미가 아닙니다. 세계화를 부르짖다가 그 반성에서 나온 것이 로컬화 아닌가요? 오히려 마을은 앞을 향해 있지요. 지역 곳곳이 살아야 그토록 강조하는 지속가능한 살림살이가 가능해집니다. 그러면 사회가 유기농이 지향하는 방향과 나란히 갈 수 있습니다. 유기농이란 말을 만든 슈타이너는 샌프란시스코에 재단을 만들었는데 전 세계 시골과 도시 공동체를 살리기 위해 기부자와 투자자들이 낸 돈이 지역의 기업들로 흘러갈 수 있도록 돕고 있어요. 지역 공동체에 투자한다는 개념이죠.

**천호균** | 상당히 중요한 개념입니다. 대자본이 모든 것을 결정하는 시스템에서 현지 주민들의 삶은 빈곤해질 수밖에 없지요. 마을이 가지고 있는 고유의 자산이 사라지게 되는 경우가 허다하고요.

**이태근** | 그래서 지역 공동체를 되살리는 대안으로 사회적 기업의 역할

을 주목하고 있어요. 농업, 농촌, 농민 문제를 해결하는 중요한 열쇠가 될 수 있다고도 보거든요. 농민들이 살던 고장을 떠나지 않고, 살아갈 수 있으니까요. 앞서 우리가 이야기를 나눴지만 농부가 농사 하나에만 매달려서는 버티기가 어렵습니다 더욱이 벼농사만 짓다가는 굶어죽기에 딱 알맞습니다. 비닐하우스를 지어서 시설 재배를 병행할 수밖에 없는 이유가 있는 거예요. 오죽하면 노동자, 빈민, 그다음 계층으로 농민이란 말이 나왔겠습니까? 현실적으로 농촌에서 한 가족이 살려면 아내는 식당에 나가거나 남편이 공장에 다녀야 먹고 살 수 있습니다. 흙살림 농장에도 마을분들이 여럿 출근을 하세요. 농장에 와서 농사짓고, 백만 원이라도 월급을 받아가면 큰 도움이 되지는 못하지만 그나마 믿을 만한 구석이 생기니까 좋다고 하시죠. 마을을 중심으로 사회적 기업들이 늘어났으면 하는 바람이에요.

**천호균** | 사회적 기업이 사회운동이나 철학적 관점에서뿐만 아니라, 당장의 현실에서도 절박하네요. 최근 지역의 고유 자산을 특화시킨 마을 기업이 인기잖아요. 전북 완주군이 좋은 모델로 알려졌는데요. 얘기를 들어보면 처음에는 우리 같은 늙은이가 무슨 회사를 만드느냐고 뒤로 빼던 마을 어르신들이 팀을 짜서 새로운 사업을 기획해 제안을 하기도 하셨다고 해요. 돈 버는 재미에 어떤 할머니는 일주일에 서너 번 찾던 병원을 안 가게 됐다면서 웃으시더라고요. 이곳 마을기업에서는 결산해서 수익금을 배당하고 사업에 재투자를 하는 방식으로 운영하는데, 노인들이 작은 일이지만 역할을 찾고 거기서 자긍심을 갖는 것이 의미 있겠다는 생각이 들었습니다. 그게 바로 복지의 기초잖아요.

**이태근** | 흙살림에서는 가치를 공유하는 곳과 함께하면 좋겠다는 판단에서 천주교 재단에서 하는 시니어클럽과 손을 잡고 일하고 있습니다. 시니어클럽이라고 하니까 무슨 로터리클럽을 떠올리는 분들도 있던데, 어르신들에게 일자리를 주는 사회적 기업입니다. 흙살림에서 판매하는 그로우백이라고, 천막 만드는 천으로 만든 주머니 텃밭 제작을 부탁드리고 있는데요. 이 그로우백이 예상 외로 반응이 좋아서 그곳에서 일하는 할머니들이 신이 나셨답니다. 예전에는 하루에 3천 원 정도를 벌었는데, 주문량이 늘면서 하루에 열 배 넘는 몇만 원을 받으신다고 해요. 지역 노인들에게 소일거리를 드리고, 나아가 생계에 도움을 주며, 또 헌 천막을 재활용해 제작하니까 환경도 살리고, 여러모로 기분좋은 일이죠.

**천호균** | 흙살림에서 고루고루 여러 곳을 살리고 계시네요. 흙살림 같은 기업들이 지역 곳곳에 뿌리를 내린다면 사회 전체에 엄청난 변화가 일어날 것 같습니다. '농부로부터'에서는 지방에 계시는 장인들을 소개하고 있어요. 쌈지농부에서 디자인 컨설팅을 의뢰받아 만나게 된 분들인데 매장에 그분들이 만든 짚풀 공예품이나 부채, 천연염색 제품들을 판매하고 있지요. 최근에는 충청도 한산에 계시는 장인들을 만나고 왔는데요. 대장간, 짚풀 공예, 부채 등을 만드는 여덟 분의 장인들을 만났는데, 디자인을 크게 바꾸지 않고 약간 상품 포장만 달리해서 유통경로만 개척하면 잘 팔리겠다는 생각이 들더라고요. 그래서 원래 상태가 아주 좋으니 자신감을 갖고 작업을 하시라고 말씀드렸는데, 이렇게 적절한 컨설팅도 중요하지만, 사실 그보다는 이 상품들을 매장에서 직접

판매하고, 이를 통해 도시 젊은이들이 농촌에 숨어 있는 새로운 아름다움을 익힐 수 있는 기회를 가질 수 있는 것이 더 중요합니다. 그런 문화가 형성돼야 지속적인 수익구조를 만들어갈 수 있으니까요

**이태근** | 음, 컨설팅이 가지고 오는 이점이 상당하네요. 발상이나 과정에 조금만 변화를 주어도 전체가 달라지는 거네요.

**천호균** | 또 하나 쌈지농부에서는 지역 안쪽으로 눈을 돌려보려고 해요. 저희가 있는 헤이리를 비롯해서, 새로운 단지가 들어서면 원래 있던 주민들이 소외되고 때로는 신시가지니 구시가지니 하면서 두 집단 사이에 갈등이 불거지기도 하는데요. 그래서 쌈지농부에서는 되도록이면 원주민들과 소통을 많이 해야겠다는 생각을 갖고 있습니다. 조만간 두 집단 모두가 마음을 활짝 열 수 있는 광장을 열려고 구상 중이에요. 오랫동안 지역에 살면서 농사를 지어온 농부들의 이야기도 듣고, 쌈지농부가 그리는 농촌의 새로운 청사진도 나누며, 시골의 5일장처럼 할머니들이 수확한 잡곡 같은 것을 팔기도 하고요. 색다른 재미가 느껴지지 않을까요?

**이태근** | 좋은 생각인데요. 신도시가 들어서는 곳에 원주민과 이사 온 분들의 갈등 같은 게 있다면 농촌에는 귀농한 분들과 마을사람들 간의 어색함이 있어요. 이주해온 분들은 텃세라고 하겠는데, 마을 커뮤니티 풀뿌리 기업들이 해야 할 역할 가운데 하나가 이렇게 그 마을 안의 관계들을 풀어주는 것입니다.

농부로부터

**천호균** ｜ 자꾸 만나야 낯선 게 사라지죠. 대화를 나누다보면 서로를 대하는 태도들도 달라지고요. 익숙해지는 것도 있지만 서로 다른 삶을 존중하게 되거든요. 장애인 공동체를 만든 장 바니에라는 사람이 했던 얘기가, 우리가 어떤 가난한 사람에게 다가가 그가 살아온 내력을 듣게 되면 더 이상 이전과 같은 방식으로 살 수 없게 된다고 했어요. 상대를 대하는 자세는 물론이고, 먹는 음식이나 돈을 쓰는 방식도 변하게 된다는 겁니다. 대화의 힘이죠.

디자인컨설팅을 하면서 종종 시골에 계신 어르신들과 이런저런 이야기를 나누거든요. 그럼 짚공예나 부채와 같은 상품도 멋있지만, 우리가 알리고 팔아야 할 진짜 핵심은 이분들의 인생 이야기가 아닌가 하는 생각이 들어요.

**이태근** ｜ 아하, 그거 참 중요한 이야기네요.

**천호균** ｜ 노인 한 분이 사라지면 박물관 하나가 사라진다는 말이 있잖아요. 그분들이 삶에 얽힌 이야기를 실타래처럼 풀어놓는데, 저는 어딘가에다 구절구절 그 말을 저장해놓고 싶은 거예요.

**이태근** ｜ 소설가 조정래 선생이 텔레비전 대담 프로그램에서 한 이야기가 생각납니다. 초등학교 시절 어느 집 사랑방에 동네의 머슴들이 모여서 밤이 깊도록 이야기를 나누곤 했는데, 어쩌면 저렇게 맛깔나게 말을 하나 하면서 밤늦도록 듣다가 숙제를 못해가서 매 맞은 적이 있다고 하시더군요. 그리고 보니 어릴 적엔 그런 풍경을 보기가 어렵지 않았거든요. 시골사람들이 워낙 말이 짧고 무뚝뚝하긴 하지만 일단 모여서 말을 풀었다 하면 시간 가는 줄 몰랐다고요. 이야기가 사라져서 농촌이 더욱 팍팍해진 것은 아닌가 생각해보게 됩니다. 이야기가 있는 마을, 뭐 이런 것 좀 만들어봤으면 좋겠네요. 그 이야기가 예전에는 소통의 내용과 수단이었고 요즘 말로 하자면 인문학적 상상력이 풍부해지는 과정이 아닐까요?

**천호균** | 마케팅에서 스토리텔링을 강조하는데, 우리가 삶의 서사(敍事)를 회복할 때에야 문화산업도 경쟁력을 가질 수 있다고 봐요. 지방에 계신 분들을 만나면 한결같이 관광객 유치에 크게 성공한 마을을 벤치마킹 하고 싶어하시는데, 사실은 그 마을에 숨어 있는 새로운 아름다움을 재발견하는 일이 더 중요하거든요. 삶의 향기가 묻어 있는 생생한 이야기 같은 것들 말입니다. 코펜하겐은 인어공주 이야기 하나로 명소가 되었잖아요.

요즘 전원적인 풍경, 문화적 전통을 뜻하는 '어메니티(Amenity)'라는 말을 자주 쓰는데, 시골이 가진 매력이 바로 거기에 있다고 봅니다. 혹시 남해의 다랑이마을이라고 들어보셨나요? 있는 그대로의 농촌 모습을 오래도록 간직해서 주목받는 관광마을인데, 이곳은 땅이 하도 척박해서 1미터만 파내려 가면 전부 바위였다고 해요. 그래서 주민들이 다른 곳에서 흙을 퍼나르면서 겨우겨우 논을 만들었는데, 그 옛날에 가난의 상징이던 다랑이논이 지금은 훌륭한 관광상품이 됐다고 합니다. 주민들이 공동으로 관리하는데 연세가 많아 아무 일도 못하는 어르신들께도 그 수익을 똑같이 나눠드린다고 하고요, 이런 하나하나의 과정들이

참 멋진 이야기이고 그 자체로 스토리텔링 아닌가요?

**이태근** ｜ 마을공동체가 곧 복지군요. 다랑이논의 철학이 그대로 담겨 있네요. 다랑이논의 특징이 자기가 담을 만큼만 물을 담고 산다는 거예요. 나머지는 아래로 흘려보내요. 위에 자리 잡고 있다고 해서 나 혼자 살겠다고 물을 독차지하는 법도 없고요. 둥글둥글하게 생겨서 모나지도 않았잖아요?

**천호균** ｜ 그런 깊은 뜻이 있었군요. 마을의 이야기가 더 풍부해지겠는데요.

**이태근** ｜ 잘 살펴보면 지역에 있는 자원은 무궁무진합니다. 이 자원이 사회적인 일자리 창출까지 이어져야죠. 대규모 개발사업이 아니라 내부 경제를 원활하게 돌아가도록 해야 합니다. 지역의 자원을 살려 안정적인 일자리를 마련해주고, 귀농 인구를 늘려 생태적 마을공동체를 이루는 게 제 꿈입니다. 이 모든 일이 새로운 이야기가 되면 좋겠습니다. 성공 스토리가 아니라 인간과 자연의 친구 되기, 그래서 마을이 마을답게 되살아나는 감동적인 이야기로 말이죠.

**천호균** ｜ 기업유치에 매달리는 방식이나 부동산을 통한 경기부양은 결코 해법이 아니죠. 그중 좋은 뜻을 가진 기업도 있을 테니 무조건 배척하려는 것은 아니지만, 중요한 것은 그 중심에 놓여야 할 가치가 무엇인가입니다. 물질이 아닌 사람이 중심이어야 제대로 설 수 있습니다. 주민들의 진실한 참여가 없다면 아무리 좋은 마을이라 해도 모래성에 지나지 않으니까요.

**이태근** | 백번 옳습니다. 지자체에서 사업계획 내고 중앙에서 좋다고 하며 예산을 지원합니다. 그러나 먼저 주민들이 그것을 수행할 수 있는 역량을 갖추도록 지원해야 합니다. 사실 지역에서 하는 일은 소재가 중요한 것이 아니라 그런 사업을 할 수 있는 사람이 중요합니다. 시스템의 중심은 사람입니다. 지역의 문제는 사람이 없다는 건데 일부러라도 사람 끌어오는 일도 해야 하고 일자리를 만들어야 합니다. 저는 지역사회에 그물망을 만들어야 한다고 생각합니다. 유기농에서 배운 게 그거잖아요. "우리는 모두 연결되어 있다." 사람은 그런 연결을 통해 사람답게 살아갈 수 있습니다.

**천호균** | 사람이 살면 모든 게 살 수 있지요. 아, 기분이 유쾌해지네요.

# 가치가 이윤이 되는 사회

🌾

**천호균** | 기분도 전환할 겸, 퀴즈 하나를 내보겠습니다. 지금 세계에서 가장 많은 신자를 거느리고 있는 종교가 뭔지 아세요?

**이태근** | 주관식에 약합니다. 주관은 누구 못지않게 강하지만. (웃음)

**천호균** | 정답은, 덧셈교입니다.

**이태근** | 예? 산수를 배우는 집단인가요?

**천호균** | 하하, 배우죠. 현대인들의 머릿속에는 항상 '충분하지 않다'는 말이 주문처럼 맴돈다고 해요. 시간도, 돈도, 잠도, 사랑도 충분하지 않다고요. 그러니까 하나라도 더 보태고 가지려고 한다는 것이지요. 욕망의 포로가 되는 겁니다. 알고 보면 많은 종교들이 이 덧셈교에 속합니

다. 상당히 고매한 목표를 지니고 있는 것 같지만 속은 아닌 거죠. 욕망을 절제하는 방법이나 올바른 삶에 대한 성찰을 가르치기보다는 절제를 버리고 욕망을 향해 달려가는 법을 가르치고 있는 상황입니다. 덧셈교가 아닌 종교는 설 자리가 없어질 정도이죠.

**이태근** | 말씀대로 현대인의 종교가 출세를 부추기는 종교가 되어버리고 만 건데, 여하튼 성공에 대한 집착이 대단한 듯하네요. 그렇지만 원래 덧셈은 좋은 것 아닌가요? 뺄셈을 말하면 누가 좋아하겠습니까? 문제는 그 덧셈의 정체가 아닐까요?

**천호균** | 날카로운 지적입니다. 좋은 의미에서의 덧셈이 성립돼야 하는데, 요즘은 욕망의 덧셈만 남아버렸습니다. 반대로 희생을 더하고, 양보를 더하고, 절제를 더한다면 참 좋을 텐데 말입니다.

**이태근** | 제가 하고 싶은 말이 그겁니다. 선한 의미의 덧셈은 소중한데 그런 건 없어지고 다른 걸 덧셈으로 계산하려 드니까 덧셈의 의미가 변질되고 말았어요. 덧셈으로서는 억울할 겁니다. 진짜 덧셈을 찾아나가는 노력 같은 건 없을까요?

**천호균** | 말씀 나누고 보니까, 어느새 저도 통용되고 있는 덧셈의 의미에 젖어버렸던 것 아닌가 반성을 하게 됩니다. 이기적인 덧셈에 반감만 갖고, 진짜 의미를 찾으려 하지 않았네요.
　요즘 덧셈의 목표는 성공이잖아요? 사실 성공해야 합니다. 그런데

이 역시 성공의 정체가 무엇이냐와 직결돼요. 진짜 덧셈이 뭔지, 진짜 성공이 뭔지 이런 것들이 제대로 정리되지 못하면 성공이나 혹은 성장이라는 말이 하나의 이데올로기가 되어서 한 사회의 윤리의식을 지배해버리지 않을까 싶어요. 이 회장님은 이미 성공하셨으니까, 이 성공이란 것에 대해 말씀해주실 것이 있으실 것 같습니다.

**이태근** | 성공이라뇨. 하긴 이렇게 천 사장님처럼 성공하신 분과 마주 앉아 대담을 하는 것만으로 성공했다고 볼 수 있겠군요. (웃음) 〈성공시대〉인가 하는 TV프로그램에 출연하셨잖아요? 성공에 대해선 천 사장님이 하실 말씀이 더 많으시겠죠.

**천호균** | 말씀하시니 방송 출연했을 때 만난 배우 한 분이 떠오릅니다. 제 대역을 하셨는데, 주변에서 정말 닮았다고 했거든요. (웃음) 그 배우에게 다음에 〈성공시대〉 출연하시면 제가 대역을 하겠다고 했는데, 아직까지 배우로 데뷔할 기회가 오지를 않았습니다.

전 성공이란 말을 그리 좋아하지 않는데요. 최근 성공에 대한 해석들이 조금씩 변화하고 있는 것 같아 반가워하고 있습니다. 안철수 교수가 TV 프로그램에 나와서 한 얘기 중 귀에 딱 꽂힌 말이 있어요. "성공을 100퍼센트 개인화하는 것은 문제다. 성공의 절반은 개인의 노력이고, 절반은 사회가 준 기회와 여건이다." 성공의 과정에 공공의 힘이 있었고, 따라서 그 결과물은 당연히 공공의 자산이 되어야 한다는 해석이 멋있게 들렸습니다. 개인에만 집중하던 성공신화에 일격을 가했다고나 할까요. 이제는 개인을 넘어 모두를 대상으로 성공을 이뤄나가야 한다는 인식이 생겨나고 있는 것이고, 그렇게 된다면 성과에 대한 독점, 그걸 통해서 자기를 내세우려는 욕망, 성공하지 못한 이들을 배제하려는 생각 등에 대한 성찰의 분위기가 생길 거라고 봅니다.

물론 여기에는 무엇을 성공이라고 볼 것인가에 대한 명확한 가치 논쟁이 있어야 하겠죠. 부자가 되면 성공이다? 또는 명성이 높아지면 성공이다? 그렇게만 보는 시선은 정말 바뀌어야 합니다. 우리 사회의 윤리적 변화에 기여한다든가, 보다 많은 사람들에게 보람된 일을 찾아준다든가 하는 가치들이 성공에 담겨 있어야죠.

**이태근** | 옳거니, 입니다. 엘리트라고 떠받들긴 하면서 정작 제일 중요한, 엘리트가 사회에 어떤 역할을 감당해야 하는가에 대한 교육을 하지 않잖아요. 그러다보니까 똑똑하다는 이들이 사회의 발전에 기여하려는 노력보다는 혼자 잘살겠다고 출세에만 모든 것을 집중시키고 있지요. 다수를 패자로 만드는 시스템이 이런 식으로 오랫동안 지탱되고 있습니다. 유기농에 관심은 있지만 유기농이 이 세상과 어떻게 연결되는지에 대해선 무관심하고 그저 내 몸을 위해, 나는 소중하니까 식으로 또 다른 보신주의에만 집중돼 있는 세태도 그런 연장선상에 있겠고요. 그런 삶을 웰빙이라고 왜곡하고 말입니다. 진정한 웰빙은 유기농업과 같아야 하지 않을까요. 나 혼자 잘 먹고 잘사는 데서 나아가 좋은 세상을 위해 한 걸음씩 실천하는 과정으로 가야 합니다. 너 좋고 나 좋고 누이 좋고 매부 좋고, 자연까지 좋고, 그렇게 해서 우리 사회가 변하고.

**천호균** | 그게 바로 유기농 정신 아닌가요?

**이태근** | 유기농 정신, 좋은 말씀입니다. 그에 따라 살아가면 우리 사회는 저절로 많은 것들이 달라질 거라고 봅니다. 아까 덧셈교에 대한 말씀을 하셨지만, 진짜 덧셈교가 나와야 하는 거죠. 우리가 문제 삼는 덧셈교는 사실 알고 보면 뺄셈교 아닙니까? 우리의 인간성을 빼앗고, 우리의 윤리적 가치관을 빼앗고, 우리의 자연이 가지고 있는 생명력이나 마을공동체의 인심, 이런 거 다 빼버리고 살자, 그런 식 아닌가요? 철저하게 이기적으로 만들어가는 겁니다.

**천호균** | 사상의학을 만든 이제마 선생이 병들어가는 인간의 유형을 네 가지로 말했는데, 그 첫째가 야비한 사람이었습니다. 야비하다는 것은 다른 사람을 배려하지 않는 걸 뜻하는데요. 공존이나 조화를 모르고, 관계에 있어서도 균형감각 없는 사람이 야비한 사람이라는군요. 어디 사람만 병든 거겠습니까? 나 혼자 잘살겠다는 사람들이 많아진 우리 사회가 병들고 있다는 얘기도 되지요. 혹시 팔꿈치 사회란 말을 들어보셨어요? 옆사람의 팔꿈치를 치면서 앞만 보고 달려야 하는 경쟁사회를 이렇게 부른다고 합니다. 몇 년 전 동계올림픽에서 미국의 오노 선수가 팔꿈치로 우리나라 선수를 교묘하게 밀어 반칙했다는 보도로 시끌벅적했던 때가 있잖아요. 앞서가기 위해 반칙을 불사하는 운동선수나, 성공하려고 남들을 밀어제치고 짓밟는 지금의 한국 사회나 크게 다르지 않다고 봅니다. 그렇게 해서 성공하면 나쁜 태도가 성공을 가져온다는 결론이 될 수도 있으니 얼마나 위험합니까?

**이태근** | 우리 사회는 성공이나 성장에 대한 강박관념이 지나칩니다.

과정의 가치를 도외시 합니다. 그러니까 과정은 어떻든 간에 성과만 내놓아라, 이런 식이 되기 쉬운 거죠. 경제성장의 수치가 전년도보다 감소했을 때 '마이너스 성장'이라고 하는 걸 보고, 성장 집착증이 심각하구나 했습니다. 그렇게 자꾸 위로만 오르고 싶어하니 끝에 뭐가 있다고 그런 건지⋯⋯온 사회가 이런 식이 되어가니까 과정에서 무엇을 잃어버리고 사는지, 그 잃어버린 것들이 회복할 수 있는 것인지 아니면 영원히 회복하기 어려울 정도의 가치를 가지고 있는 것인지 생각할 겨를이 없는 거죠. 저는 아까 우리가 이야기했던 유기농 정신이 바로 이러한 현실에 대해 일깨우고 상실된 가치를 회복하는 데 가장 중요한 능력이 될 수 있다고 봅니다.

**천호균** | 현실을 보면 저도 모르게 자꾸 비분강개하게 되네요. 위로 오르고 싶어한다는 얘길 들으니 갑자기 『재크와 콩나무』란 동화가 생각나요. 콩나무를 타고 올라간 하늘에 있는 거인은 결국 떨어져 죽고 말죠. 많은 사람들이 자기만의 높고 폐쇄된 성채에서 떵떵거리며 거인으로 살고 싶어하는데, 그 결말은 상당히 비극적이지요. 『재크와 콩나무』를 이렇게 해석하는 게 맞는지 잘 모르겠습니다만, 저는 이 동화만 생각하면 거인의 비극이 마음에 남아요.

**이태근** | 그 동화를 그렇게도 읽을 수 있는 거네요. 천 사장님은 뭐든 예술적 발상이 남다르신 거 같아요. 저도 그런 것 좀 가졌으면 좋겠어요. 어디 그 쌈지 주머니 좀 제게 주시죠. 그 안에 다 들어 있는 것 아닙니까? (웃음)

농사를 짓고 산 시기가 약 1만 년 전이라면 자본주의 역사는 기껏해야 4백 년 정도입니다. 그 몇백 년 사이에 자본주의 물결에 거의 완전히 휩싸여 있어요. 그런데 정작 자본주의에 대해선 잘 알려주지 않습니다. 스스로 자신이 살고 있는 사회가 어떤 사회인지, 뭐가 좋고 뭐가 문제인지 제대로 알고 있어야지요. 또 사람들이 뭔가 편향된 시선을 가질 것이다, 이렇게 지레 우려하는데 다 그런 과정에서 문제의식도 생기고 뭔가 의미 있는 진보도 나오지 않겠습니까?

**천호균** | 그런 걸 보면, 우린 우리 사회의 기본 성격도 잘 모르고 사는 거 같아요.

**이태근** | 가령, 자본주의 사회에서 기업의 목적은 뭔가요? 이윤추구라는 데 토를 달 사람은 없습니다. 그런데 모든 경제활동이 이윤추구로만 향해야 하는지는 생각해봐야 합니다. 호주의 한 원주민 부족이 이런 말을 했다고 해요. 비즈니스란 사람들이 먹고 사는 데 필요한 재료들을 조달하게 위해 생긴 것인데, 오늘날의 비즈니스는 사람이 아니라 그 자체를 유지하는 것이 목적이 되어버렸다고요. 날카로운 지적 아닙니까? 돈벌이 그 자체가 목적이 되면서 삶이 피폐해진 현실을 누구나 동감하고 공감하잖아요? 전 자본주의가 이런 문제에 대해 책임져야 한다고 봅니다. 자본주의가 좋다, 나쁘다는 이런 문제까지 논할 수 있는 능력은 없고요. 적어도 현실에서 자본주의는 이윤추구다, 이런 식으로 그걸 정당화하는 논리만 존재한다면 우리 사회는 분명히 이 이윤추구에 의해 언젠가 크게 당하고 말 겁니다.

**천호균** | 착한 자본주의라는 것이 가능한지 모르겠습니다만, 이윤추구라는 말로 기업의 모든 행태가 정당화되는 것은 분명 비판을 받아야 합니다. 단순히 돈만 밝히지 않는다고 하면서 흔히 꺼내는 말이 기업의 사회적 책임인데요. 이 말도 이윤의 사회환원이라는 일차원적인 차원에서 좁게 해석해선 안 된다고 봅니다. 기업활동 전 과정에 걸쳐 자기 책임을 갖는 태도가 필요하죠. 우리가 사회적 기업이라고 따로 부르고 있지만, 사실 모든 기업은 태생적으로 사회적 책임을 갖고 있다고 생각합니다.

**이태근** | 요즘 기업들마다 사회공헌은 선택이 아니 필수가 된 듯한데요. 기업에 대한 좋은 이미지를 만들려는 수단만은 아니었으면 하는 바람이에요. 아주 일부분이겠지만 사회적 기업의 자격이 안 되는데도, 나랏돈을 당연히 받아도 된다고 생각하는 그릇된 풍조도 보이는데요. 이 기업이 정말 사회적 가치를 실현하려 하는가를 세심히 살피고 진단하는 절차가 조금 더 세밀해져야 하지 않을까 해요. 아직은 초창기라 그런지 사회적 기업의 지원이 대부분 인건비에 집중돼 있거든요. 이런 방향은 사회적 기업의 경영성과에 대한 착시현상을 가져올 위험이 있어요. 대부분의 사회적 기업들이 3년 시한인 인건비 지원이 끝나면서 새로 사원을 채용하지 않고 기존의 직원들까지 구조조정 하는 경우가 많거든요.

**천호균** | 지금 막 떠올랐는데, 사회적 기업이란 말보다 유기농적 기업이란 말을 쓰면 어떨까요? 유기농업처럼 정직하고 착하게 나누고 돌보는 경제활동을 하는 기업! 괜찮지 않을까요?

**이태근** | 말씀대로, 땅의 경제를 따르면 세상이 조화롭고 평화로워지겠지요. 평화롭다고 할 때 쓰는 화(和) 자를 보면 벼 화(禾) 자에 입 구(口) 자, 쌀이 입으로 들어간다는 뜻이거든요. 나눠 먹어야 평화도 오는 거예요. 〈웰컴투 동막골〉이라는 영화에서 이장님에게 어떻게 이렇게 사람들을 잘 이끄냐 비결을 말해달라고 하니까 이런 명언을 남겼잖아요. 잘 먹이면 된다고. 핵심을 간파한 거지요. 동양에서 유토피아라는 뜻으로 쓰고 있는 대동(大同)세상이란 개념도 비슷해요. 동(同) 자가 천막 치고 사람들이 밥 먹는 모습이랍니다. 이상사회란 게 세상 사람들이 같이 한 식구로 밥 먹는 세상이었던 겁니다. 새롭게 그릴 사회의 밑그림은 부자 되기가 아니라 소박하게 나누면서 함께 살기가 돼야 합니다.

더욱이 흙살림 같은 경우는 단순하게 우리끼리만 먹고 살자는 조직이 아니거든요. 전국에 회원 농가가 1만 개 이상인데, 이분들과 공존해야지요. 우리나라 유기농업의 가치를 더욱 널리 알리고, 농업이 원래 갖고 있던 본래 뜻을 살려서 전체적으로 발전시켜 나갈 책임을 막중하게 느낍니다.

그런데 이런 상황에서 농사지어서 뭐해? 휴대전화 팔아서 사먹으면 되지 뭘 걱정 하나, 이런 논리를 들이대면 정말 힘이 빠져버려요.

**천호균** | 이 회장님이 힘빠지시면 안 됩니다. 저 같은 사람의 농사 멘토께서.

**이태근** | 이왕 그렇게 말씀하시니, 농사 멘토로서 조언을 드리자면 농사는 숫자로만 그 가치를 판단해선 안 됩니다. 예를 들어 석유 제품이나

육류를 보면 이 가격에는 환경을 파괴하는 것에 대한 간접 비용이 들어 있지 않잖아요. 기업회계만 해도 마찬가지죠. 제가 회계를 해봐서 아는데…….

**천호균** ㅣ 해봐서 아는데? 어디서 많이 들은 화법인데요. (웃음)

**이태근** ㅣ 기업회계란 것도 숫자만 봐서는 알 수가 없어요. 미국의 엔론 사태를 떠올려보세요. 숫자 속이는 건 어렵지 않습니다. 문제는 그 숫자 안에 포함되어 있지 않은 무수한 요소들을 잘 파악해야 하는 겁니다. 그런 걸 주시하지 않으면 숫자 자체가 마치 모든 것을 말해주는 것처럼 여길 수 있지요. 숫자의 이면에 가려진 현실을 알면, 농사를 달리 바라보게 될 겁니다.

**천호균** ㅣ 숫자로만 수지를 따질 게 아니라, 농사가 갖고 있는 생태적인 가치, 환경적인 가치, 미래적 가치를 보자는 말씀이지요?

**이태근** ㅣ 그렇습니다.

**천호균** ㅣ 그런 점에서 쌈지농부나 흙살림 모두, 인력에 대한 지원과 고용 창출 정도에서 머물 게 아니라 가치의 실현을 보여줘야 할 거예요. 장사하는 이들은 사람들이 뭘 좋아하는지 꿰뚫어보고 조금 앞서 내다보면서 유행을 점치잖아요. 제가 한때 그런 걸 기가 막히게 잘 맞춘다고 해서 도사라 불렀는데, 농사를 테마로 한 사회적 기업은 갈수록 빛을 발

할 것이라고 장담합니다. 이건 꼭 됩니다. 그 안에 담겨 있는 무한한 가치가 사람들에게 알려지면, 너나 할 것 없이 농촌의 가치를 지원하게 될 겁니다.

기업들은 항상 무엇으로 소비자들과 소통할지 고심하지만, 사실상 별로 얘깃거리가 없거든요. 사회적 가치를 중심에 두고 말을 꺼내면 "어, 그런 게 있어? 나도 한번 해볼까" 하는 소통이 시작될 수 있어요. 그런 관점에서 지금처럼 사회적 기업이 대세가 되는 환경이 마련된 거고요. 제가 여기서 어떤 형태로든 지난 20여 년간의 경험을 의미 있게 풀어놓을 수 있을 것 같다는 생각이 듭니다.

**이태근** | 경제학을 흔히 "부자가 되는 학문"으로 착각하는데 진정한 경제는 우애의 경제라야 한다고 한 경제학과 교수께서 말씀하시더군요. 전 품앗이 경제라고 부르고 싶어요. 가슴을 주고받는 교류, 품을 나누는 경제가 되어야 합니다. 경제에서 바로 윤리적 품성을 발견해야 할 필요가 있어요.

기업을 이끌면서도 솔직히 경영에 대해서 딱히 할 말은 없는데요. 하나 확실하게 지키려 하는 것은 돈을 경영하는 게 아니라 삶을 경영하는 쪽으로 가려고 합니다. 굳이 말을 갖다 붙이자면 윤리 경영이라고 하고 싶은데, 제가 윤리적이라는 뜻이 아니라 인간의 가치를 중심에 놓고 생각하는 윤리를 앞세워야 한다는 의미입니다. 돈을 경영하는 것은 어떻게 수익을 낼지, 얼마나 효율적인지를 우선순위에 두고 관심을 갖지만 삶을 경영하는 건 가치와 인간다움을 중시하니까요. 이게 바로 서면 모두가 행복해지지 않겠어요?

# 4

# 내 인생의 전략은 언제나 '아트'

| 천호균 쌈지농부 대표 |

# 개성 있어야 이쁜 거야

첫눈에 반한 사람이 있었다. 세상에 태어나 가장 먼저 내 눈을 사로잡았던 사람. 내 가슴을 사랑으로 채웠던 그이의 이름은……어머니였다.

정말이지 우리 어머니는 세상에서 가장 예뻤다. 어릴 때 나의 유일한 걱정은 "이렇게 예쁜 엄마가 없으면 어떻게 할까?"였다. 엄마 없는 하늘 아래는 감히 상상조차 할 수 없었다. 그러던 중 어머니를 잠시 2순위로 밀어놓게 했던 한 여인을 만났다. 중학생 때 극장에서였다. 영화를 보다가 만난 그 사람은 엘리자베스 테일러, 〈자이언트〉란 영화의 줄거리는 지금 기억에 가물가물하지만 그녀의 눈빛과 표정은 지금도 생생하다. 저렇게 예쁠 수 있다니. 그것은 미학적 충격이라고 할 만했다. 그날을 계기로 나의 미의 기준은 달라졌다. 엘리자베스 테일러를 닮은 여학생만 발견하면 무작정 따라다녔다. 아름다움이 무언가에 대해 눈을 뜨기 시작했던 것이다. 나는 엘리자베스 테일러가 좋아할 록 허드슨이나 제임스 딘과는 좀 거리가 멀었지만.

서울 사직동 언저리에서 아홉 남매 중 여덟 번째로 태어난 나는 어렸을 때부터 남달랐다고 한다. 물론 형과 누나들의 이야기다. 형제들이 많아 그다지 주목받지 않을 수 있었지만 언제나 다른 생각, 다른 행동으로 튀고 싶지 않아도 튀는 아이였다. 운동을 좋아해 학교가 파하고 야구하느라 집에 일찍 들어가는 걸 잊는 경우가 많았는데, 해질녘이 돼서야 문을 열고 들어서는 아들을 위해 어머니는 언제나 특별한 것을 준비하고 계셨다. 회초리였다. 마당의 작은 연못을 빙글빙글 돌면서 쫓고 쫓기는 추격전이 재미있어 더 자주 늦게 귀가했다. 아마도 어머니도 은근히 그걸 즐기시지 않았던가 싶다. 그건 이제 흑백사진의 추억이다.

부모님은 교육열이 대단하셨다. 하지만 단 한 번도 공부 얘기를 입 밖으로 꺼내지 않았다. 아들딸 대부분이 공부를 제법 잘했기 때문이기도 했지만 두 분은 대체로 말보다 행동으로 보여주셨다. 손이 큰 어머니는 존재 자체가 카리스마를 내뿜고 있었고, 아버지는 둘째가라면 서러워할 자상한 모범 가장이었다. 강원도에서 상경해 동대문에서 신발 도매상을 했던 아버지는 차비를 아끼려고 새벽 5시에 집을 나서 동대문까지 줄곧 걸어서 출근했다. 술과 담배도 하지 않았다. 제아무리 늦게 들어와도 집안 청소를 하셨고 그런 와중에 독학으로 바이올린을 배워 연습을 하셨다. 현실에 책임을 지는 가장, 그러면서 낭만적인 남자, 우리 아버지였다.

아버지는 예술에 대한 관심이 많았다. 그리 넉넉하지 않은 환경에서도 셋째, 다섯째 누이가 서양화를 전공하고 넷째 누이가 음악을 공부할 수 있었던 건 예술을 존중하는 아버지의 배려 덕이었다. 아홉 가운데에서 난 그림에 소질이 있거나 음악에 대한 남다른 감성이 있지는 않았지만 나름대로 어릴 때부터 보는 눈이 있었다. 나를 매료시킨 건 사직동 부근의 한옥과 골목길이었다. 한옥과 골목길이 쇠락해가는 시대의 자화상처럼 여겨졌던 때, 나는 UFO라도 바라보는 아이처럼 한옥의 지붕을 한참 올려다보곤 했다. 해질녘 골목길에 우두커니 서서 벽에 남아 있는 햇빛을 지켜본다던가, 비가 쏟아지는 날 빗소리를 감상하는 것이 습관처럼 돼버렸다.

지금도 그다지 다르지 않지만 어릴 때부터 난 책과 그리 친한 편이 못되었다. 그래도 반에서 줄곧 1, 2등을 해왔기에 공부에는 나름대로 자신감을 갖고 있었는데 중학교 입학시험에서 쓴맛을 제대로 보게 됐다. 원서를 낸 곳은 당시 명문이라 손꼽히던 경기중학교. 당당하게 입학시험을 보고 돌아왔다. 그런데 이게 웬걸 집에 돌아와 점수를 맞춰보니 낙방이 불 보듯 뻔한 것이다. 어머니는 시험지를 붙들고 눈물을 뚝뚝 흘리셨다. 대장부 같은 분이 그토록 참담하게 우실 줄이야. 그 옆에서 오로지 내가 할 수 있는 일은 조용히 자리를 지키는 것뿐이었다. 다행히 기회는 남아 있었다. 다음날 20퍼센트가 반영되는 체육시험에 모든 걸 걸어볼 수밖에 없었다.

체육시험은 달리기, 던지기, 멀리뛰기. 턱걸이 모두 네 가지 종목으로 진행됐다. 언제나 그래왔던 것처럼 만점을 받았는데, 남은 한 종목이 문제였다. 턱걸이였다. 7개가 만점이었는데, 평소 실력으로 기껏해야 2개밖에 하지 못했다. 하는 데까지 해보자며 있는 힘껏 철봉을 잡았다. 두 개를 마치고 또 그다음, 그다음, 이상하게도 지치지 않았다. 뒤에서 마치 누군가 내 엉덩이를 살며시 들어주는 느낌이었다. 그날 체육시험에서 만점을 받았다. 간신히 턱걸이로 중학교에 들어갔다. 그건 분명 기적이었다. 그 기적을 낳은 건 사랑이었다. 어머니의 사랑.

경기중학교에서 천호균이란 이름이 알려지는 데는 오랜 시간이 필요하지 않았다. 공부를 잘했느냐고? 그러면 좋겠지만 아니었다. 그토록 어머니 속을 태우며 들어갔으면 얼마쯤은 얌전히 책 읽는 시늉이라도 해야 할 텐데, 그런 척하는 것은 영 체질적으로 맞지 않았다. 뒤에서 갑자기 의자 빼기, 수업시간에 낄낄대기, 똥침 놓기(훗날 똥치미라는 캐릭터 구상의 모태가 되었다.)는 취미이자 특기였다. 결국 집안의 기대를 사뿐히 즈려밟고 보란 듯이 경기고등학교에 떨어지고 말았다. 명문고가 있던 시절 이른바 본교 진학 실패자는 낙오자로 여겨진 때였다.

시험 성적이 낮다고 자존심까지 낮아질 수는 없었다. 후기로 다른 고등학교에 들어갈 수 있었지만 성에 차지 않았던 나는 뭉개진 자존심 회복을 위해 재수를 선택했고 한 해 지나서야 경기고 교복을 입을 수 있었다. 친구들이 선배가 되고 후배들이 친구가 되는 상황이 당황스럽긴 했다. 그러나 곧 익숙해지려고 애를 썼다. 하지만 제 버릇 누구를 못 준다고 또다시 딴짓에 빠졌다. 이번에는 주먹질이었다. 나이도 한 살 많았던 것도 적잖은 영향이 있었던 것 같고, 내 인상도 한몫을 하지 않았나 싶다. 내 주먹은 교내에서 알아줬다. 권투를 가르치던 선생조차 차라리 권투 쪽으로 가보면 어떠냐고 할 정도였으니까.

사춘기 시절 누구나 그렇듯이 나는 내가 누군지 궁금했다. 잘하는 게 뭔지, 성격이 어떤지, 앞으로 뭘 하고 싶은지 어느 것 하나 정답을 찾을 수 없었다. 곰곰이 따져보다가 특기라고 하나 찾아낸 것이 있었다. 다른 사람의 마음을 읽는 것이었다. 개성 강한 만만치 않은 아홉 형제들 틈에서 자라면서 스스로 터득한 생존법인지 모르겠지만 은밀히 옆사람 마음을 들여다보는 일은 자신이 있었고 흥미로웠다. 이런 나를 보고 누군가는 탐정이라는 별명을 붙여줬다. 몇 마디의 대화만으로 이 친구가 이런 고민을 하고 있구나 하면서 슬쩍 신경 쓰곤 했는데 고등학교 1학년 때는 조금 심각한 사태가 발생했다. 한 친구가 잘살라며 인사를 하는 것이 아닌가. 자살을 하겠다는 것이다. 조금 독특한 친구였는데 죽기 위해 세운 계획도 독특했다. 우선 제주도에 가야 하고, 조그만 배를 빌려 바다로 나가 가고 싶은 곳까지 가서 죽고 싶다고 했다. 다른 건 몰라도 의리 하나만은 저버리지 않는다는 원칙을 갖고 있던 내가 모른 체할 수 없었다. 어떤 일이 있어도 죽도록 내버려둬선 안 된다. 말려야겠다며 함께 가출을 했다. 무임승차로 부산까지 기차를 타고 가서 배를 타고 제주도에 도착해 여관을 잡았다. 다음날 친구는 배를 빌리지 않았다. 그 다음날도 마찬가지였다. 그 후로 한 달 동안 우리는 제주도 여관에 갇혀 있었다. 부모님께 친구들에게 편지를 쓰면서. 돈 부쳐달라고,

돌발적인 가출사건은 의외로 조용히 마무리됐고 다행히 친구는 학교로 돌아와 정상적으로 졸업을 했지만 이 한 달간의 유랑경험은 내 인생에 적지 않은 영향을 주었다. 백지 같던 머릿속에 홀연히 하고픈 것이 떠오른 것이다. 철학을 해보고 싶었다. 그저 나와 잘 어울릴 것 같았는데 아마 지금 생각해보면 나와 함께 방을 썼던 둘째형이 철학과를 다녔던 영향도 무시할 수 없을 듯하다.

둘째형은 천호선, 문화정책 전문가로 35년간 공직에 있었는데, 나중에 인사동에 있는 쌈지길 대표를 맡기도 했다. 경기고를 다니던 형은 뭔

가 달랐다. 으레 법대나 상대를 가는 것이 당연한 풍토였던 당시 철학과를 가겠다고 했고, 서울대 철학과도 아니고 등산반 활동을 할 수 있다는 이유만으로 연세대 철학과를 가기로 결심했다. 그 형과 한 방을 쓰며 동거했으니 형이 동생에게 어떤 영향을 주었는지는 안 봐도 비디오 아니겠는가.

여섯 살이나 차이가 나다보니 당시엔 형의 대내외 활동에 대해 잘 모르는 것들이 많았는데. 훗날 알게 됐다. 일곱 살 적 탭댄스를 연마했던 형이 고등학교 때는 더욱 대담하게 빡빡머리에 모자를 쓰고 신세계백화점 카바레까지 진출했다는 사실을. 우리 형제는 여하튼 용감했다.

# 나의 특기는 물끄러미

20대 초반 한동안 백수로 지냈다. 서울대 철학과에 응시했다가 낙방한 뒤 겪은 후유증은 생각보다 오래갔다. 그 무엇도 하고 싶지 않았다. 낚시를 하며 시간을 보내거나 가끔은 아버지 신발가게를 들러 장사를 돕는 일 정도였다. 백수가 과로사 한다고 했지만 나는 그럴 일이 없었다. 백수의 개념에 충실했다. 그러다가 하나 발견한 것이 있었다. 내가 장사를 좋아한다는 사실이었다. 정확히 말하자면 물건을 팔기보다는 손님의 취향을 예측해 적중할 때의 쾌감을 즐기는 쪽에 가까웠다. 문 열고 들어오는 손님을 한눈에 보고 무엇을 사갈지를 알아맞히곤 했는데, 가게에 함께 있던 아버지나 누이들은 짐짓 놀라는 눈치였다, 지금으로 말하면 소비자 심리예측을 훈련한 셈인데, 이미 내 안에는 훈련 이전에 타고난 직감이 존재했다.

이후 남들보다 늦게 대학생이 됐다. 나는 그렇게 매번 뭐가 늦게 되는 모양이다. 여전히 공부와도 담을 쌓고 지냈다. 그보다는 장사에 더 관심을 쏟았는데 첫 사업장은 기원(棋院)이었다. 복덕방처럼 바둑만 두는 곳이 아니라 바둑을 주제로 한 일종의 카페 같은 공간을 꾸민 것이다. 경기고등학교 시절 우리 학교 아이들은 바둑을 잘 두었다. 머리들이 좋아 그랬던 모양인데, 바둑은 그래서 낯설지 않았다. 단지 바둑만 두는 것은 재미가 없었기에 기원에 문화적인 느낌을 주려 했던 것인데, 그런 장소를 원한 이들이 많았었는지 예상외로 찾아오는 발길이 금세 늘어났다. 그러나 이제 장사 좀 되나보다 하던 차, 첫 사업장은 문을 닫아야 했다. 바로 맞은편 가게에서 무허가로 장사를 한다면서 고발한 것이다. 세상 살면서 시샘이라는 걸 처음 겪은 거다. 그래서 기분이 우울했지만 다른 한편, 기분이 나쁘진 않았다. 내가 하는 일이 남들이 시샘할 만한 일이구나 싶어서.

그다음으로 도전한 곳은 카페였다. 지금으로 치면 홍대 앞 분위기라고 할까, 약간은 허름한 클럽 같은 카페였는데 음악 마니아인 동생이 틀어주는 음악이 괜찮아서인지 단골들이 하나둘 늘어났다. 그러나 수입과 훼방꾼들의 수는 비례하는 건지, 시비를 걸어오는 사람들이 갈수록 많아졌다. 한주먹 하던 시절을 떠올리며 오랜만에 협박도 해보았는데 소용이 없었다. 누군가가 밖에 불을 지른 것이다. 나 하나 망하는 것 그렇다 치는데 주변까지 공연히 피해를 줄 수는 없었다. 누군가가 잘되는 걸 못 보는 풍토는 어디를 가나 다르지 않았다, 시샘이 이렇게 폭력으로 표출되는 것은 비극이다.


이런 얘기를 하면 가끔 무슨 돈이 있어 카페까지 열었나 궁금해하는

농부로부터

사람들이 있는데, 어릴 때부터 나의 자금줄은 바로 아랫동생이었다. 막내는 똑같이 용돈을 받아도 항상 여유가 있었다. 짠돌이였지만 미워할 수 없었던 건 동생이 써야 할 때 과감히 쓸 줄 알았기 때문이다. 물론 생명의 은인을 무시할 수는 없었겠지.

내가 생명의 은인이라 표현한 것은 막내가 식물인간으로 있을 적 내가 그 곁을 오랫동안 지키며 간병을 해왔기 때문이다. 집에서 위로부터 한 사람씩 결혼할 때마다 동생들이 차지할 수 있는 면적은 자연스레 늘어났는데, 태어나 처음으로 내게 독방을 쓸 수 있는 기회가 찾아온 그날, 내 기대와 달리 독방은 막내 차지가 되었다. 기쁨에 들떠 그 방에서 잔 다음날 동생은 일어나지 못했다. 연탄가스에 중독된 것이다.

다급히 응급실로 뛰어갔지만 동생은 깨어나지 못했고 의식불명 상태는 계속됐다. 같은 기간 나의 데이트 장소는 줄곧 병실이었다. 갓 연애를 시작했던지라 현실적으로 데이트 비용이 늘 쪼들렸던 나로선 불가피한 선택이었는데, 그것이 오히려 점수를 딸 수 있는 절호의 찬스가 되었다. 동생을 이토록 위하는 사람이니 마누라도 끔찍하게 위하면서 살겠다고 생각했다나. 지금 돌이켜보니 착각하게 만든 죄가 크다.

살면서 나는 여러 번 기적이란 걸 경험했다. 한번은 앞서 얘기했던 중학교 체육시험 때였고, 그다음엔 동생의 병실에서였다. 1년이 지나자 무언가 뇌에 자극을 주는 게 도움이 되지 않을까 생각해 막내가 평소에 즐겨듣던 기타 연주를 들려줬는데, 거짓말처럼 흥얼거리며 노래를 따라 부르는 게 아닌가. 예술은 역시 신비로운 힘을 지니고 있었다. 어쩌면 내가 당시 우리나라에선 아무도 몰랐던 뮤직 테라피의 선구자였는지도 모른다.

기적에 대해 이야기를 꺼낸 김에 내가 경험한 놀라운 일을 하나 더 고백해볼까 한다. 한때 자정부터 새벽 4시까지 사람들의 발은 묶여 있었다. 사람을 발견하면 경찰과 군인이 공포탄을 발사할 수 있었던 무시무시한 제도, 통행금지 탓이었다. 사람 마음이 왜 그런지 고요한 새벽 시간이 되면 그리움이 깊어진다. 참을성을 발휘하고 싶지 않은 나는 이 시간 용감하게도 광화문에서 경희대까지 1시간 30분을 걸어 그녀와 만나고 돌아왔는데, 수십 번 오가면서도 한 번도 걸리지 않았다. 보이지 않은 힘, 그것은 분명 '사랑만이 낳을 수 있는 기적'이었다.

통행금지라는 걸림돌도 가뿐히 건너뛰며 만남을 지속했지만 이번엔 피할 수 없는 높은 산 하나가 떡 하니 찾아왔다. 군대 입영서가 날아온 것이다. 그러나 역시 신은 사랑을 지켜주었다. 배치받은 곳이 당시 그녀가 근무하던 중학교와 지척에 있는 오산이라니. 이후 나는 각종 기발한 아이디어를 내놓으며 군부대 역사상 전무후무한 기록을 세워나갔다. 제도 교육에서는 부적응자처럼 보였던 나는 그 틀을 넘어서는 순간, 기발한 존재로 받아들여진 것이다. 선임들의 미팅 주선에 앞장서는 공로를 인정받은 결과, 내게는 최다 외출과 외박, 포상 휴가가 주어졌다.

휴가를 받는다고 별다른 이벤트가 준비된 것은 아니었다. 으레 향하는 곳은 낚시터였다. 그녀가 학교 수업을 마치기 전까지 낚싯대만 바라보며 하루를 보냈다. 물고기를 몇 마리 낚겠다는 목표가 있지도 않았다. 비린 물내음, 간간히 강바람에 실려 오는 꽃향기를 맡으며 물끄러미 멍하니 있는 시간이 나는 참 좋았다. 아무것도 하지 않는 시간, 아무에게도 침해받지 않는 시간, 그건 마치 어릴 적 골목길을 돌아 집으로 향할 때 느끼던 평화로운 시간과 닮아 있었다. 요즘 단시간에 햄버거 많이 먹기, 쉬지 않고 밤새 영화 보기 등 진기한 대회들이 많던데 아마도 '가만히 있기' 류의 대회가 개최된다면 자신 있게 챔피언이 될 수 있을 것 같다. 대부분의 사람들이 지루해 못 견딜 침묵, 고요를 나는 축복처럼 받아들이고 즐겨왔으니까 말이다. 그 침묵의 시간은 나에게 새로운 영감이 축적되는 시간들이었다.

사랑하는 이를 볼 수 있는 시간, 허락된 여유는 언제나 짧았다. 부대로 억지로 발길을 되돌리곤 했는데 군대도 역시 사람이 사는 곳인지라 점차 정이 들었다. 솔직히 똑같은 옷에 똑같은 어투, 획일적이고 복종만을 강요하는 군대 문화는 숨이 막혔다. 그러나 난 3년여의 군 생활을 통해 인생에서 가장 깨달음 하나를 얻었다. 학력은 중요하지 않다는 것, 누구에게나 잘하는 한 가지가 있고 배울 점이 있다는 사실이었다. 그걸 알면서 나도 모르게 배어 있던 얄팍한 엘리트 의식은 조금씩 깨져나갔다. "누구를 대하든 같은 높이의 시선을 잃지 말자." 군대가 아니었으면 평생 모르고 지났을 수 있는 소중한 삶의 지침이었다.


제대와 졸업, 그다음에는 결혼과 취업이라는 두 가지 과제가 떨어졌다. 나는 오랫동안 만나왔던 그녀, 정금자와 부부의 연을 맺기로 했다. 그녀와는 대화가 잘 통했고, 만날 때마다 무언가를 배울 수 있었다. "이 사람에게 평생 배우자." 그래서 나는 그녀의 배우자가 됐다. 결혼을 한 건 떨어져 있기 싫어서이기도 했지만 의리상 그래야 할 것 같았다. 다른 사람들은 흔히 이걸 정이라고 하던가. 여하튼 나는 오랫동안 함께 시간을 보낸 것에 대한 일종의 예의가 있어야 한다고 생각했다. 부모님을 뵙기 전에 궁합도 봤다. 우리에게는 중요하지 않았지만, 한 번쯤 남들이 하는 걸 해보자며 재미삼아 본 것이었는데 결과는 좋지 않다고 했다. 이럴 때 나란 사람의 선택은 사람을 바꾸는 게 아니라 날짜를 바꾸는 것이다. 궁합이 좋은 날짜로 우리는 생일을 위조했고, 그 결과물을 양가 부모님께 제출했다. 둘 다 운명은 정해진 게 아니라 만들어가는 것이라고 믿었기에 가능한 일이었다. 짚신도 제짝이 있다고 했던가. 나처럼 대책 없는 사람과 함께 살겠다는 사람이 그저 고마울 뿐이었다.

1978년 드디어 밥벌이를 시작했다. 사업할 만큼 통장에 모아놓은 자금도 없고 별다른 재주도 없다는 판단에서 향한 곳은 대기업, 대우중공업이었다. 남들은 보수도 괜찮고 안정적이라며 부러워했지만 직장 생활은 그다지 편안하지 않았다. 나는 발로 뛰어다니면서 영업을 하고 싶었지만 해야 할 업무는 대외 차관과 기술 제휴. 도저히 나와 어울릴 수 없는 일들이었다. 책상머리에 붙어 하루 종일 책을 읽고 기획서를 써야 했다. 나름대로 열심히 일을 했지만 내가 있을 곳이 아니라는 생각이 머리를 떠나지 않았다. 애써 제출한 기획안은 한 번도 통과되지 않았다. 사원 아파트에 살면서 꼬박꼬박 월급을 받고 휴가를 챙겨 여유를 즐길 수 있었지만 해가 갈수록 보람보다 마음의 빚만 쌓여갔다. 아무런 대책도 없이 회사를 나왔다. 입사한 지 4년 만의 일이었다. 무대책이 나에게는 대책이었던 셈이다.

# 쌈짓돈으로 쌈지를 열다

무작정 회사를 그만두고 집에서 쉬고 있는데 친한 친구에게 연락이
왔다. 사업이 망하게 생겼다고. 그 원인은 단순했다. 가죽수입업을 하
고 있던 친구는 수요자 분석과 같은 수입하기 전에 파악해야 할 일들을
잊은 채 막무가내로 사들이기에만 열중하고 있었다. 쌓인 재고와 부채
를 어찌해야 할 줄 몰라 쩔쩔매는 모습을 보니 안쓰러워 내가 돈을 꿔주
겠다고 하고서 누이들에게 돈을 빌려줬는데 그 뒤로도 사정이 나아지는
기미가 보이지 않았다. 내가 나서지 않으면 날 믿고 돈을 빌려준 이들에
게 미안한 일이 생길 수도 있겠다 싶었다. 다행히 동업을 하면서부터 조
금씩 사업이 날개를 달았고 빌린 돈을 모두 갚을 수 있었다. 그리고 4년
이 지난 뒤 난 마음 편히 따로 독립적인 사업을 시작했다.

그동안 가죽장사를 해왔으니 그 경험을 활용해야 할 텐데, 뭘 할 수
있을까? 가방이었다. 가죽으로 만들 수 있는 가방, 재료를 아끼지 말고

원 없이 쓸 수 있는 큰 백을 만들기로 했다. 1984년 '레더데코'라는 상표를 붙여 시장에 선보였다. 제품의 콘셉트는 "핸드백을 입자".

핸드백이라고 하면 연상되는 네모난 틀을 벗어나 각자의 몸에 맞게 흐르는 디자인, "조각은 왜 늘 딱딱해야 하느냐"며 "부드러운 조각"을 발표한 60년대 미국의 팝아티스트 올덴버그의 발상과 더불어, 안의 내용물을 감싸 안아 겉모양을 만들어내는 우리 보자기의 정신을 결합시킨 것이다.

가죽을 이리저리 꿰매 만든 일명 '거지백'의 반응은 기대 이상이었다. 대중들의 반응도 좋았지만 내로라하는 유명 패션디자이너들이 더 좋아해 우리 가방을 찾았다. 어느 날 백화점 행사에 20개 패션업체가 참여하기로 했는데 한 곳이 펑크를 내 대신 들어가는 행운을 잡을 수 있었다. 그날 우리 회사의 매출은 다른 19개 업체가 판 것보다 더 많았다.

사업은 승승장구였지만 사업의 다각화가 절실해졌다. 핸드백을 새로 사면 보통 구두나 모자까지 맞추고 싶어하니 아예 한자리에서 팔아보기로 했다. "꼬깃꼬깃 모아두는 곳, 작지만 소중한 것이라는 의미를 가진 주머니……쌈지가 어떨까?" 아내의 이 한 마디에 브랜드 이름도 결정됐다. 그렇게 1992년 탄생한 게 토털 액세서리 브랜드 '쌈지'였다.

쌈지는 '정성이 들어간 손맛'을 느낄 수 있으면서 호기심을 잃지 않는 디자인을 개발해나갔다. 사람들이 많이 찾는 시장 안의 빈대떡집처럼 생동감과 살아 있음이 보이는 스타일을 찾아나섰다. 그것만으로는 부족했다. 스타일을 넘어선 쌈지만이 추구하는 고유의 가치, 제품 안에 담으려는 철학은 어떤 건가 깊은 고민에 잠겼다.

대답은 예술이었다. 쌈지의 전략을 '아트'로 설정했다. 매장에서 판화 작품과 음악 CD를 함께 팔았다. 그때까지 전혀 일면식이 없던 예술가들과 안면을 트기 시작했다. 톡톡 튀는 팝아티스트 낸시 랭과 공동 작업을 진행했고, 큰돈을 들여 서울 강남의 인터콘티넨탈 호텔에서 국내 첫 '아트쇼'를 열었다. 무용, 그림, 보디페인팅, 설치미술 등이 한 무대에서 펼쳐지는 공연이었다. 쌈지라는 토종 발상과 현대 예술이 하나가 되는 장면은 한 시대의 화제였다.

1998년 IMF 외환위기라는 태풍에 기업들이 몸을 움츠리고 있을 때 쌈지는 오히려 예술가들을 위한 특별한 사업을 벌였다. 가난한 예술가를 위하여 만든 '쌈지의 아트 프로젝트'였다. 루즈벨트 대통령이 국가 경제 위기 속에서도 뉴딜정책의 일환으로 예술가들을 먼저 챙겼다는 '연방 미술 프로젝트'를 떠올린 것이다. 홍대 인근에 '쌈지 스페이스'라는 작업실을 만들어 아티스트 10명에게 1년씩 공간을 빌려줬다. 불과 5년 만에 50명이 우리의 인맥에 들어왔다.

미술 다음으로 음악인들을 위한 프로그램이 없을까를 고민했다. 그 배경에서 시작된 것이 직원과 소비자가 함께 어우러지는 대형 콘서트 '쌈지사운드페스티벌'이었다. 음악성으로 이미 명성을 얻은 고수 팀과 이제 선보이기 시작하는 신인들이 경연을 벌이며 뽐어대는 이 페스티벌에 매년 2만 명 이상의 인파가 모여들었다. '쌈지마니아'까지 말이 나올 정도였다.

사람들은 왜 쉬운 길을 돌아서 가려 하냐고 물었다. 사업은 현실이라고 했다. 그러나 난 돌아가는 길이 쉽게 돌아서지 않는 쌈지의 가족을 만든다고 믿었다. 사무를 보는 직원이나 디자이너, 매장 판매사원까지 예술적 감성을 공유한다면 그것이 자연스럽게 상품에 투영될 수밖에 없다는 확신이 있었다. 또한 정확하게 밝혀둘 것이 쌈지가 한 일은 지원이 아니라 전략적 동맹이었다. 미래를 내다보는 예술가들의 혜안을 빌려 소비자들이 무엇을 원할지를 예측하고자 했으니까. 아트 마케팅은 통상적인 경제논리로는 설명할 수 없는 미래지향적인 고단수 투자였던 셈이다. 예술가들의 입장에서는 대중들이 자신을 어떻게 받아들이는지를 확인할 수 있으니 누이 좋고 매부 좋은 격이었다.

쌈지에 대한 좋은 소문이 퍼지자 여기저기서 쌈지 매장을 내고 싶다는 사람들이 몰려들었다. 압구정 직영점을 선두로 제주도까지 지방 곳곳에 쌈지라는 간판이 내걸렸다. 가끔 기존의 대리점 부근에 더 크고 좋은 매장을 내겠다는 사람들도 나타났다. 으리으리한 새 매장이 여러 면에서 회사에 유리할 것은 분명했다. 그러나 눈앞의 욕심보다 더 중요한 것이 신의가 아니던가. 오랫동안 함께 해온 분들을 살피고 더 잘되도록 지원하는 일 또한 내가 해야 할 중요한 일이라고 여겼다. 훗날 전국에서 쌈지 매장을 열었던 분들은 나의 오랜 친구이자 든든한 후원자가 되었다. 역시 무슨 일이든 끝에 남는 건 이익보다 사람이다.

해외 시장을 개척할 때도 기초는 서로에 대한 믿음이었다. 일본 동남아, 미주, 오세아니아 등지로 진출할 때 현지 바이어와 쌈지의 공동 노력으로 공조 체제를 구축하는 걸 우선으로 했다. 매장 하나를 늘리는 것보다 매장이 구성될 때마다 최선을 다해 그들에게 이익을 줄 방안을 모색해나갔다.


창업 5년 만인 1998년 544억 원 매출에 순이익 20억 원을 달성했다. 창업한 지 채 10년이 안 된 2001년 코스닥에 등록했다. 그만하면 돈에

원이 없게 된 셈이었다. 이쯤에서 나는 또 하나 일을 벌이게 된다. 2004년 12월 오픈한 인사동 '쌈지길'이었다. 쌈지길은 골목길의 연장이었다. 정조시대 실학파 박지원, 박제가, 이종무 등이 모여 개혁을 말하고 학문을 논하며 술을 마시던 그곳에서 사람들이 서로 소통하여 편안하게 골목길을 걷듯 안식을 얻었으면 좋겠다고 했지만 솔직히 말하면 쌈지와 작업해온 작가들의 영향이 적지 않았다. 사라져가는 것들, 오래되고 낡은 흔적들에서 아름다움을 찾는 나의 취향을 읽은 작가들은 이따금 내게 전화를 해 "재개발 아파트가 하나 있다……떡방앗간이 문을 닫는다는데 이대로 사라지는 건 너무 아깝다. 사장님이 인수해주면 안 되겠냐"면서 안타까움을 표현했다. 쌈지길은 사라져가는 가게들이 있는 오래된 골목길을 수직화한 작업이었다. 그곳은 내가 그리고 싶었던 사직동 인근의 시장 골목, 흥정을 하고 덤을 얹어주던 사람 냄새 나는 공간이었다.

나는 일상이 예술이 될 수 있다고 믿었다. "쌈지라는 시를 쓰는 시인 천호균입니다"라고 인사를 해온 이유도 거기에 있었다. 터키의 뛰어난 풍자작가 아지즈 네신의 단편소설 『멋진 것과 옳은 것』에는 시인은 아니지만 시쓰기를 즐겨하는 할아버지가 나온다. 하루는 손자가 할아버지에게 시가 뭐냐고 묻자 할아버지는 이렇게 대답한다. "시라는 것은 옳은 것을 멋진 감정으로 설명하는 거란다." 세상의 옳은 것들을 멋진 감정으로 소화해 설명해낼 수 있는 능력, 뛰어난 능력을 지니진 않았지만 나는 나름의 방식으로 시를 쓰고자 노력했다. 그것은 바로 세상을 조금 다른 각도로 보려고 한 것이다. 쌈지에서는 우산을 여름에만 판다는 생각, 선글라스는 안경 전문점에 가야만 살 수 있다는 편견을 깨고 싶었고 그렇게 했다. 선글라스를 바캉스 용품이 아닌 어느 계절에나 쓸 수 있는 액세서리 상품으로 변신시켰고, 한겨울에도 높은 판매고를 올렸다.

그러던 어느 날 어떻게 조금 다르게 볼 수 있을까……가 습관이 되어버린 내 눈에 직선으로 꽂혀들어온 무언가가 있었다. 첫눈에 반할 만했다. 연둣빛으로 넘실대는 논이었다. 그날부터 쌈지에는 새로운 명제가 탄생했다. '농사가 예술이다'였다. 농사와 예술 사이의 소통을 고민하는 쌈지농부팀이 2008년 초 쌈지 안에 신설됐다. '가치 있는 아름다움의 재발견'이란 모토로 직접 농사를 짓고, 농촌과 예술의 만남을 기획해나갔다. 누구도 미처 생각하지 못했을 거라는 점에도 자부심이 생겼다.

그즈음 나는 여러 가지 모험을 했고, 그 결과를 두고 깊은 고민 중이었다. 프랑스의 의류 브랜드 마틴싯봉을 인수해 해외 시장에 진출했지만 뜻대로 되지 않았고, 영화사 아이비전과 합병해 영화와 패션을 결합한 마케팅을 시도했지만 제작한 영화 〈무방비도시〉, 〈인사동 스캔들〉이 연이어 흥행에 참패했다. 쌈지의 진로를 두고 결단이 필요했다. 경영능력의 한계를 느꼈다. 연 매출이 2,000억 원에 달했고, 직원이 1,000명에 가까울 정도가 됐으니 어쩌면 애초에 쌈지라는 이름과는 어울리지 않는 규모가 된 것이다. 일단 이윤을 중심에 두는 기업과 사회적 가치를 우선으로 하는 기업으로 나누었고, 장사하는 쪽의 경영권을 그즈음 법률자문회사로부터 '에너지사업을 하는 열정적인 젊은 기업인'이라며 추천받은 이에게 매각하기로 결정했다. 2009년 8월이었다. 회사를 넘긴 뒤 이런저런 안 좋은 소식들이 들려왔지만 좀 더 기다려보자며 지켜

봤다. 어느 순간 사기라는 생각이 스쳤지만 이미 때는 늦었다. 그리고 채 1년이 되지 못해 2010년 4월 7일 쌈지는 최종 부도 처리됐다.

한창 봄꽃이 제 빛깔을 빛낼 시기였지만 내 눈에는 꽃이 보이지 않았다. 부도보다 그 뒤에 들려오는 얘기들은 더 마음을 어둡게 했다. 일부에서는 쌈지의 '꿈꾸는 경영'을 헛된 몽상이었다고 비난했다. 본업에 충실하지 않고 꿈만 꿨다는 것이다. 하지만 꿈이 없는 기업가는 그저 장사꾼일 뿐이지 않던가. 중요한 것은 그 꿈이 혼자 제 배를 불리려는 것이냐, 아니면 함께 더 행복하게 살려는 꿈이냐가 아닐까.

자식처럼 길러낸 회사가 한순간 거짓말처럼 무너지다니 분하기 이전에 미안했다. 이 사태로 인해 일자리를 잃은 수백 명의 직원들, 코스닥 등록 기업에 투자했던 투자자들, 쌈지를 사랑해준 고객들에게 사죄하고 싶었다. 그래서 더더욱 그냥 주저앉을 수 없었다. 제2의 피해자를 막기 위해서라도 쌈지에서 무슨 일이 있었던가를 자세히 털어놓아야 한다는 의무감도 생겼고, 브랜드 쌈지를 사회로 돌아오게 해야 한다는 책임감도 생겼다.

다행히도 '쌈지'란 브랜드는 그동안 제품을 납품해오던 사회적 기업 '고마운 사람'이 이어갈 수 있게 되었다. 사회적 가치를 중심축으로 했던 쌈지농부팀과 음악을 하는 쌈넷팀, 캐릭터 브랜드 딸기팀은 별도의 회사로 꾸려져 있었기에 제자리를 지킬 수 있었다. 이중에서 3년 전 만든 쌈지농부팀은 사회적 기업 쌈지농부로 재탄생했다. 그리고 2011년 7월 쌈지농부는 씨앗 하나를 심었다. 씨앗의 이름은 '농부로부터'. 앞으로 어떻게 자라날지 지금 난 하루하루가 기대된다.

# 사랑하기 대회,
## 어디 없나요?

🌾

농사를 지으면서 농민들과 만나면서 삶을 새롭게 배우고 있다. 흙살림과 손을 잡고 유기농 농산물 브랜드 '농부로부터'를 연 이후 부쩍 농민들과 자주 통화를 하는데. 하루는 어떤 분이 가을보리씨 얘기를 들려줬다. 가을걷이가 끝나면 들에 보리씨앗을 뿌리는 이유를 아냐고. 보리씨는 봄에 심으면 열매를 맺지 않는다고 했다. 겨울을 참고 견딘 보리만이 봄에 열매를 낼 수 있기 때문이란다. 겨울이 따뜻하면 성질을 잃고 약해지는 것이 보리요. 고로 시련 없는 인간은 쭉정이가 되기 쉽다는 말로 그분은 마무리를 지으셨다. 내게 해준 격려였다. 고마웠다. 나는 겨울을 견뎌낸 보리가 되어가는 중이다.

전화를 끊고 고마운 사람들의 얼굴을 하나씩 떠올려보았다. 형제들은 언제나 나의 가장 큰 후원자이자 응원군이었다. 백화점에 매장을 오픈하면 큰형을 위시해 누이들은 단체로 몰려와 가방을 사서 매출을 올려주고 판매의 바람잡이가 되어주었다. 특히 둘째누이는 어려웠던 창업 초기에 자금을 빌려주느라 무척 고생을 했다. 때때로 중요한 조언을 해주던 둘째형에 대한 고마움도 잊을 수 없다. 아트 마케팅을 하면서 예술가들과 적극적으로 만날 수 있었던 건 예술 행정 전문가로서 문화예술 전반에 깊이 몸담아오던 둘째형과 전시기획가로 활동한 형수 덕이 컸다.

나를 믿고 따라준 직원들에겐 미안함과 고마움이 겹친다. 미안함이 더 크다. 그리고 무엇보다 내 인생과 쌈지의 가장 큰 공로자는 아내 정금자이다. 윤리 교사를 하다가 디자인 실장으로 오면서 감사를 맡았기에 감사라고 부르는데, 실은 정말 고마워서 하는 '감사' 이다. 내 인생도 그녀가 디자인해주고 있으니 진짜 디자인 실장이다.

감사와 둘이서 부쩍 요즘 감사에 대해 얘기를 많이 나누는데, 텃밭은 우리의 감사의 현장이다. 보름도 안 돼 귀엽게 떡잎을 밀어올리는 씨앗들, 쑥쑥 자라 꽃을 피우고 열매를 맺는 모습은 하루하루 감탄사를 연발하게 한다. 생명 하나하나가 모두 기적이다. 흙은 또 어떤가. 비가 오는 날이면 텃밭 이곳저곳엔 숨을 쉬러 나온 지렁이들 모습이 보인다. 흙이 살아 있다는 증거이다. 흙은 스스로 숨 쉬고 모든 숨 쉬는 것들의 터가 된다.

5년 전 헤이리에 집을 지으면서 어떻게 집을 꾸밀까 저마다 자기가 원하는 모습을 얘기했는데. 그때 만장일치로 결정한 것이 정원을 텃밭으로 하자는 것이었다. 단 정돈되어 있는 듯 아닌 듯. 자연스러운 텃밭이었다. 철마다 깻잎, 고추, 상추를 아침에 따서 직원들에게 선착순으로 나눠주는 나눔의 재미는 쏠쏠했다. 지렁이, 땅강아지, 방아깨비가 어울려 사는 텃밭은 도시에서 살아온 내가 전혀 경험하지 못한 신세계였다. 농사를 지으면서 나는 내 가슴속에 숨어 살고 있던 작은 소년을 발견할 수 있었다. 사직동에서 한옥을 보았다면 헤이리에서는 텃밭을 발견한 셈이다.

텃밭은 내게 세상을 향한 사랑을 일깨운다. 가끔은 주변에서 못 말리는 사랑이라고 놀리곤 하는데, 내 사랑의 대상은 사람만이 아니다. 여름이면 찾아오는 모기도 진딧물을 찾아온 무당벌레도 자세히 바라보면 모두 사랑스러운 존재 아닌가. 한번은 헤이리에서 전시회에 작가가 돼지를 데려와 퍼포먼스를 한 적이 있었다. 돼지가 교과서에 돼지가 나온 부분을 읽고, 교과서를 찢어버리는 퍼포먼스였는데, 다 끝난 다음 돼지의 모습은 무척 지쳐 있었고 측은해 보였다. 맛있는 거라도 줄까 하면서 작가에게 이 돼지가 이제 어디로 가냐고 물었더니 다음날 도살장으로 간다는 것이 아닌가. 얼굴도 익힌 돼지가 사지로 내몰리는 게 안타까워서 도살장 가는 것을 취소하고 옥상에서 그 돼지를 한동안 기른 적이 있다. 물론 그 뒤엔 다른 농장으로 가야 했지만. 일본의 한 섬에는 소와 돼지의 영혼을 달래며 가축들에게 참배하는 절이 있다고 한다. 심지어는 벌레 공양탑, 풀과 나무에 감사하는 탑도 있다고 했다. 우리에게도 이런 장소가 필요한 건 아닐까. 나는 돼지와 잠시 동거한 뒤로 육류를 먹지 않는다. 아니 먹지 못한다. 거창하게 채식주의자라서, 폭압적인 가축 사육 방식에 반대해서도 아니다. 그저 미안하기 때문이다. 왜 젊은 시절엔 그걸 몰랐을까? 낚시하면서 아프게 했던 물고기들에게도 이 지면을 빌어 사과하고 싶다.


요즘 내 인생의 화두는 '사랑'이다. 조금 더 구체적으로 '원수를 사랑하라'이다. 마음을 내줄 수 없는 것, 용서할 수 없는 존재까지 포용하는 것, 가능할지 모르지만 노력해보기로 했다. 공자는 용서의 '서(恕)' 자를 가리켜 '나는 옳고 너는 틀렸어도 용서한다는 게 아니고, 있는 그대로 받아들인다'는 의미라고 말했다. 이것은 사람에 대한 사랑이 없으면 안 된다. '용서'는 사랑이다.

또 하나 사랑은 훈련을 통해 습관이 되기도 하고 표현해야 더 커지는 힘이기도 하다. 그래서 나는 한참 안마 연습 중이다. 일주일에 한 번 정도 쌈지 제품을 만들고 있는 사회적 기업 '고마운 사람'을 찾아 디자인에 대해 자문을 하고 있는데, 이곳에 계신 새터민들의 어깨를 주물러 드리고 있다. 처음엔 이게 뭔가 싶어했던 분들이 지압을 받으면서 조금씩 마음을 내주는 걸 보면 나도 모르게 마음 한구석이 따뜻해진다.

언젠가 모 대학 의상학과의 초청을 받아 강의를 갔는데, 한 학생이 어머니의 옷을 디자인했을 때 얘기를 들려준 적이 있다. 졸업 작품으로 엄마 옷을 만들다가 많이 울었다고 엄마의 몸이 어떤지 엄마 마음이 어떤지를 옷을 만들며 헤아리게 됐다고. 그 뒤로 나는 "패션은 뭐라고 생각하냐"는 물음에 자신 있게 "패션은 사랑"이라고 대답했다. 그렇다. 난 최고의 옷은 사랑이라고 생각한다. 사랑받고 있다는, 사랑하고 있다는 느낌은 어떤 옷을 입어도 사람을 자신 있게 만든다. 건축가 훈데르트바서는 옷이 제2의 피부라고 했다는데, 나는 사랑이 곧 피부요 옷이라고 생각한다.

세상을 변혁하는 가장 정확하고 빠른 방법은 사랑에 빠지는 것이다. 사랑은 사람들로 하여금 그들의 껍질을 깨부수고 나오게 하고, 솔직하고 대담하게 지금까지 지녀왔던 가면을 벗게 한다. 사랑은 기존 질서에 위협을 가한다. 최근에 우리는 혁신, 개혁이라는 말을 많이 하지만 그 중심축은 효율성이다. 포용하고, 다름을 인정하는 변화는 불가능할까? 그래서 진짜 서로 사랑하는 그런 세상 말이다.

환갑을 넘기니 부쩍 아버지 생각이 많이 난다. 감기 한 번 앓지 않을 만큼 건강하셨던 그분은 어느 날 간암을 진단받고 돌아가셨다. 숨을 거두시기 전 이 말을 남기고. "호균아, 너에겐 줄 게 없다. 미안하다. 내가 볼 때 너는 분명 큰일을 할 것 같다. 식구들 따뜻하게 잘 보살피고 사람들을 배려해라. 넌 소질이 있다."

생전에 별 말씀이 없던 아버지가 남겨준 유산은 "배려해라"였다. 같은 말 한 마디라도 누가 하느냐에 따라 인생이 바뀌는데 아버지의 마지막 말씀은 내 인생의 흔들리지 않는 중심축이 되었다. 널리 세상을 이롭게 해 홍익인간이라 했던가. 나는 앞으로 홍애인간으로 설 생각이다. 그리고 사랑하기 대회를 개최할 참이다. 널리 인간을 사랑하자. 사랑하게 하자. 사랑에는 좌도 없고 우도 없다.

내 이름은 호균이다. 넓을 호 자에 고르게 나누는 균 자, 또는 그런 마음을 널리 퍼뜨리는 행복 바이러스 균. 부디 여기에 감염되시기를 빈다. 만병을 이길 것이다.

# 5

# 딴짓을 해야 다른 길이 열린다

# 맥도널드 햄버거와
# 토종콩두부

**천호균** | 제가 가방 장사를 해서 그런지 사람을 만나면 얼굴보다 가방을 먼저 볼 때가 많은데, 이 회장님이 유행이 뭔지를 잘 아시는 듯한데요. 멋쟁이들이 들고 다니는 에코백을 들고 다니시네요. 가방 고르는 안목이 탁월하십니다.

**이태근** | 가죽가방은 무거워서 천으로 만든 가방을 예전부터 들고 다녔는데, 요즘엔 이런 가방이 유행이라면서요? 몇 년 전만 해도 장바구니 같은 가방을 들고 다니냐고 했는데, (웃음) 도리어 가방이나 옷이나 묻고 싶은 건 제 쪽입니다. 이런 질문을 많이 받으실 듯한데, 옷을 주로 어디서 사세요? 직접 디자인하시는 것 같기도 하고, 시중에서 구입하기 어려워 보이는 독특한 것들이 많던데 말이죠.

**천호균** | 하하, 어딜 가나 자주 듣지요. 제 옷 가운데 대부분은 언제 어

디서 샀는지 기억나지 않을 만큼 오래된 것들이에요. 30대에 산 옷을 지금도 입고 있으니까요. 아, 몸매 유지를 잘했다고 할 수도 있겠는데, 그거 맞고요. (웃음) 제 취향이 오래된 것들을 좋아해요. 일단 산 것들에 대해서는 각별히 마음을 주지요. 그렇게 하면 그 옷도 제게 마음을 주는 것 같아요. 제 눈에는 옷이나 가방이나 모자나 새것보다는 낡고 닳은, 뭔가 세월의 흔적이 묻어나는 것들이 더 예뻐 보여요. 저처럼 헌옷을 일부러 찾는 분들도 있습니다. 헌옷이 좋아서라기보다는, 그 옷에 묻어 있는 세월과 마음이 좋아서일 겁니다. 인심이나 풍경이 배어나올 것 같기도 하고요.

일부러 헌옷을 재가공해서 파는 패션 매장도 있습니다. 옷 파는 사람들은 이걸 슬로 패션이라고 부르는데, 저희 매장에서도 보실 수 있어요. '고마운 사람'이라고 현재 쌈지의 제품을 생산하는 사회적 기업인데요. 재활용해서 만든 가방들이 인기가 많습니다. 옛날에 아버지들이 들고 다니셨던 오래된 가방, 그래서 뭔가 그 안에 이미 학식과 경륜이 푸짐하게 들어 있을 것 같은 그런 가방 말입니다. 아마도 속도가 빠르지 않았던 시대, 함부로 있던 것을 바꾸지 않았던 시대에 대한 향수가 아닐까 싶어요. 그래서 슬로 패션이라는 말이 더 설득력 있게 다가오기도 하고요.

**이태근** | 슬로 패션이라, '슬로'라는 말이 부쩍 늘었습니다. 슬로 시티나 슬로 푸드는 익숙해졌는데요. 전 슬로 푸드 운동을 펼친 사람을 정말 칭찬해주고 싶어요. 로마에 맥도널드 매장이 들어온다고 반대했다면서요? 2008년에 세계유기농대회가 있어 이탈리아에 갔는데, 역시 이탈리아 로마는 속도가 아니라 전통의 도시더군요. 전통 안에 담겨 있는 아름

다움을 존중하는 분위기가 도시에서 느껴졌습니다. 지난 세월의 유산을 아끼는 마음이 로마 같은 도시의 바탕을 이루는 힘이겠지요.

**천호균** | 여유 있는 사람들의 사치스런 면모를 드러내는 것 같기도 하지만, 전 슬로 푸드의 취지에는 적극 동감합니다. 만일 로마가 현대 도시처럼 속도와 기능을 우선시했다면 훌륭한 건축물과 문화 유산들이 어떤 운명에 처했겠어요? 유럽의 오래된 도시들이 인구 증가로 교통이 혼잡해지는데도 불구하고 옛날 도로와 거리를 보존하는 것을 보면 존경스럽습니다. 불편한 점이 있을 텐데도 꿋꿋하게 지켜나가는 것은 그들이 분명히 무엇을 우선순위에 두어야 하는지를 제대로 알고 있기 때문일 겁니다.

슬로 푸드 운동하는 사람이 한 말이 기억나는데요. 그 말을 듣고 뒤통수를 한 대 세게 맞는 듯한 기분이었어요. "아르마니 옷을 입는다고 그 옷이 나의 한 부분이 되지는 않는다. 하지만 햄을 한 조각 먹으면 그 햄은 내 몸의 일부가 된다. 그래서 나는 패션보다 음식 한 조각을 걱정한다"라는 얘기였습니다. 당신이 먹는 밥상이 바로 당신이라는 말이 있잖아요. 내가 먹는 음식들이 내 피가 되고 살이 되니까요. 그런데 우리는 입버릇처럼 뭘 먹을까 하면 아무거나라고 별 생각 없이 대답하거든요. 전 되도록 "아무거나" 먹자는 이야기를 안 하려고 합니다. 시간이 걸리더라도 정성 들여서 만든 음식을 먹자는 쪽으로 달라졌습니다. 예전에 정신없이 바쁠 때에는 밥 먹을 시간조차 없어서 차 안에서 급하게 먹을 때가 많았는데요. 일이라는 것도 먹고 살자고 하는 건데 왜 밥 한 끼 제대로 먹을 시간조차 없이 헉헉대며 살고 있는지 스스로에게 짜증이 나

더라고요. 패스트푸드가 어떤 경우에는 요긴할 수도 있지만, 밥 먹듯 먹게 되면 정신적으로도 좋지 않은 영향을 미치나 봅니다.

**이태근** | 전 아무거나 먹자 주의자인데, 우선 그건 아마 패스트푸드가 없는 환경에 있으니까 그런지도 모르겠습니다. 끼니 대부분을 흙살림 식구들과 같이 먹는데, 식재료가 모두 신선하고 안전하니까 굳이 가려 먹을 이유가 없는 거죠. 서울에 오면 평소에 풀만 먹는 촌사람을 대접한 다고 좋은 곳이라면서 데려가는 곳이 예전에는 고깃집이 대부분이었는 데요. 요즘은 고기보다는 쌈채소나 손두부 같은 메뉴를 더 즐겨찾는 듯 해요. 서울 사람들 입맛이 달라졌나봅니다.

**천호균** | 한때 제가 두부를 파는 식당을 할까 생각도 했었는데……식 당 이름도 지어놨어요. '마음은 콩밭에' 라고.

**이태근** | 정말 재밌습니다. 마음이 콩밭에 있으니까 딴짓 하다가도 어 떻게든 가야만 하는 식당인 건가요? 잘 되겠는데요. (웃음) 그럼 천 사 장님께서 이걸 아시려나, 우리가 먹는 콩 가운데 어느 정도가 우리 땅에 서 나는지 아세요?

**천호균** | 저 역시 주관식에 약해서……. (웃음)

**이태근** | 100개 중 다섯 개에 불과해요. 우리나라 콩 자급률은 5퍼센 트, 그러니까 나머지 95퍼센트가 수입된다는 말이지요. 콩나물, 두부,

된장, 간장 등 콩으로 만든 식품을 어느 나라보다 많이 먹는 우리나라의 사정이 이렇습니다. 기가 찰 노릇 아닙니까? 더욱이 우리나라는 콩의 원산지입니다. 우리나라만큼 다양한 콩들이 자라는 나라가 없다는데, 바로 그것이 원산지일 수 있는 가장 큰 증거입니다. 메주콩만 해도 300종이 넘고, 지금 농촌진흥청에 보관돼 있는 돌콩이라 불리는 야생콩 종류가 1,100여 가지라고 하니까요. 문제는 이 다양한 토종콩을 구해서 심고 수확하기가 쉽지 않다는 데에 있지요.

**천호균** │ 콩으로 메주를 쑨다고 해도 못 믿는다는 속담을 이렇게 바꿔볼 수 있겠는데요. 시장에 나온 메주는 우리 콩으로 쒰다고 해도 못 믿는다. 음. 웃자고 말했는데 말해놓고 보니 심각해집니다. (웃음)

**이태근** │ 글쎄 말입니다. 오죽하면 토종콩을 미국에 가서 구하는 편이 더 빠르다는 말이 나왔겠어요? 미국은 이미 오래전부터 우리 콩 5천여 종을 수집해갔고 거기서 절반 정도를 보유하고 있다고 합니다. 우리 토종과 중국, 일본에서 가져간 콩종자를 교잡해 미국에서 개량한 것을 우리가 지금 수입해 먹고 있는 거고요. 제 것을 제 돈 내고 사다 먹는 꼴이 되고 말았습니다.

**천호균** │ 정말 기가 막힌 노릇이네요. 콩가루 집안처럼 콩을 관리해온 거군요.

**이태근** │ 이제는 그나마 우리 콩가루도 찾기 어렵습니다. 더 기막힌 얘기를 해드릴까요? 인도에 면화 재배 지역 가운데 비다르바라고 있어요. 유명한 면화 생산 지역인데 지금은 이곳이 면화보다 농민들의 자살로 더 유명해졌습니다. 종자 때문입니다. 90년대 초 인도 정부가 농업 시장을 개방하면서 미국산 종자를 들여왔는데, 바로 이때는 미국이 우리나라에서 토종씨앗을 가져가기 시작한 시기와 겹칩니다. 인도에 가져간 그 미국산 종자는 바로 몬산토란 기업의 유전자 조작 씨앗이었는데요. 처음에는 새 종자를 심으면 인도 정부에서 지원금을 많이 주니까 농민들이 너도나도 이 변형종 씨앗을 심었죠. 그런데 앞서 얘기했듯 GMO 종자는 병충해에 약합니다. 농약을 쓰지 않으면 수확량이 줄어드니까 빚을 내서라도 농약을 쳐야 하는 거예요. 병 주고 약 주고가 아니라 병 주고 약 팔고, 병 주고 약값 올리고 하는 식이죠. 정부에 항의를 해봤자 돌아오는 대답은 기껏해야 나중에 해결해주겠다고 기다리라고 하는 말인데, 농민들은 죽을 노릇이죠. 결국에는 빚을 감당하지 못한 농민들이 스스로 목숨을 끊는 비극이 도처에서 일어나게 된 겁니다. 이 과정에서 토종면화 씨앗도 함께 거의 멸종했고요. 정말 무섭지 않습니까? 그런데 우리도 사정이 다르지 않아요. 어쩌면 더 심각합니다.

**천호균** | 뭐가 말입니까?

**이태근** | 토종식물 전체가 하나둘 사라지고 있는데 그 속도가 엄청나게 빨라졌습니다. 우리나라의 토종식물 자원이 18만 7천 종류 정도인데요. 매년 200여 종 이상이 감소하고 있다고 합니다. 외국에서 들여온 씨앗이라고 해도 오랜 시간 이 땅에서 정착해 뿌리를 내리면 토종이 될 수도

있겠지요. 하지만 하나의 생물이 이 땅에 적응하고 그곳에 사는 사람들의 몸이 되기까지 얼마나 엄청난 세월이 필요하겠어요. 물론 과거에도 생물들이 사라져갔습니다. 그러나 그 과정이 자연의 속도와 같이 갔지요. 이제는 모든 것이 인위적입니다. 자연의 속도나 성격을 완전히 거스르고 있어요.

**천호균** | 생물종만이 아니잖아요. 듣자 하니 지구상의 언어도 6천여 종 가운데 절반 정도는 아이들에게 전해지지 않았다고 하던데요. 사라지는 언어가 많다는 뉴스를 접하면서 전 우리나라의 사투리들도 하나의 언어로 보고 보존해야 하지 않는가 생각해봤어요. 서울에서 표준말을 쓰면서 자라서인지 사투리를 들으면 더 예민하게 어휘나 표현들을 살피게 되는데, 말 자체가 박물관입니다. 그 안에 문화와 역사가 담겨 있어요. 사투리를 쓰면 촌스럽다면서 요즘에는 지방의 젊은이들이 사투리를 안 쓰려고 하던데, 사투리 보존은 지자체와 국가가 나서서 해야 하는 사업이라고 봅니다. 제주도에서는 어떤 작가분이 생텍쥐베리의 『어린왕자』를 제주의 말로 다시 쓰셨더라고요. 흥미롭게 봤는데, 누구나 알고 있는 소설이나 우리의 옛날이야기를 충청도 버전, 전라도 버전으로 하면 재미있지 않을까요?

**이태근** | 의미 있는 작업이 되겠는데요. 정말이지 토종의 가치에 눈을 떠야 합니다. 모로 가도 서울만 가면 된다는 말이 있는데요. 이래서는 큰일입니다. 우리 사회가 서울만을 향하려 따라하려다가 지금의 도시 문제와 농촌 문제를 겪고 있는 것 아닌가요? 다양한 것들이 획일화되는

건 한순간이지만 거꾸로 되돌리는 데는 오랜 시간이 걸릴 뿐 아니라 아예 불가능할 수 있습니다. 토종씨앗이 몬산토산으로 바뀌는 것을 보세요. 몬산토 같은 초다국적 기업은 종자계의 맥도널드라고 할 수 있습니다. 그것이 단지 농업의 일부 현상이 아니라는 데 더 큰 심각성이 있는데, 농업 자체가 이미 맥도널드화됐지요. 석유 중심으로 가버렸거든요. 농사와 관련한 이야기를 집중적으로 할 때에도 잠깐 지적했지만 비닐, 비료, 경운기, 트랙터 등 석유가 없으면 모든 것이 끝입니다. 벼도 토종이 없어지고 다수확되는 것, 수량 많은 것으로 획일화되었고요. 곡식도 보세요. 우리 어릴 때만 해도 밀밭이나 수수밭을 볼 수 있었잖아요. 그러니까 "강나루 건너서 밀밭길을 구름에 달 가듯이 가는 나그네" 이런 시가 나올 수 있었던 거고요. 1980년대에 정부가 밀 수매를 중단하면서 우리 밀 종자는 10년이 채 되지 않아 보기 어려워졌습니다. 그러니까 당연히 밀짚모자 같은 것도 없어졌죠. 밀알만 수입되는데 밀짚이 있을 리 있겠습니까?

지금에 와서야 잡곡이 몸에 좋다고 애써 찾고 있지만 과거에 잡곡은 천덕꾸러기였습니다. 못 사는 사람들이 먹는 음식이라고 여겼잖아요. 우리만이 아닙니다. 근대화 과정을 거치면서 세계화란 이름으로 곡물 생산이 획일화됐습니다. 영양학적 이유나 생태계의 균형 같은 건 고려하지 않고 온통 자본의 논리에 따라서입니다. 세계적으로 곡물은 쌀, 밀, 옥수수 세 가지가 주류를 이루고 있고, 식생활도 입맛도 비슷비슷해지고 둔감해졌어요.

**천호균** | 매운 맛도 그렇다고 하더군요. 한국뿐만 아니라 중국, 일본

사람들이 점점 더 매운 맛을 선호하는데, 이 매운 맛이 칠리고추의 맛에 영향을 받은 결과라고 해요. 원래 우리의 매운 맛은 감칠맛 나는 매운 맛이고 지역마다 독특한 맛의 차이가 있었는데, 요즘은 마산의 아귀찜이나 서울의 낙지볶음이나 다 똑같다는 거죠. 세계화라는 명목 아래 오히려 맛의 개성이 죽고 규격화되는 시대가 온 겁니다. 각 지역의 특색 있는 미각까지도 무형문화재로 보호해야 하지 않나 모르겠습니다.

**이태근** | 음식 종류는 다양해졌는데, 입맛은 그 다양함을 느끼지 못한다니 이런 걸 아이러니컬하다고 해야 하는 거지요? 도시에서 단체로 우리 농장을 방문하곤 하는데, 오신 분들이 상추, 감자, 토마토 등을 맛보면서 이구동성으로 하는 말이 "어릴 적 먹던 옛날 맛"이라는 거예요. 무리하게 익히지 않고, 제때 햇살 받고 제때 열매 맺은 농산물을 맛보기가 어려웠던가 봅니다. 잘 기른 채소에 된장만 있으면 진수성찬이 부럽지 않게 되죠. 본래 하늘이 정한 이치가 그러한데 우리는 그런 점에서 많이 불행해졌습니다.

**천호균** | 프랑스의 미슐랭이라는 회사에서 펴내는 『미슐랭 가이드』라는 책자가 있어요. 세계 각국의 식당을 돌며 음식을 평가하는데, 식당에서 직접 텃밭을 가꾼다는 이유로 별 세 개를 주기도 한다는군요. 음식은 주방이 아닌 자연에서 조리된다는 이야기와 일맥상통하는 말이겠지요. 신선한 음식 재료를 따라갈 수 있는 소스는 없다고 하지 않습니까? 어떻게 보면 음식 솜씨란 그 식재료에 담긴 자연의 생명력을 맛으로 번역하는 것일 뿐이죠.

**이태근** | 아, 번역이라. 멋진 이야기입니다. 원작이 형편없으면 번역을 아무리 잘해도 소용이 없고. 원작이 좋으면 번역에 공을 들이는 순간, 결과가 훌륭해지죠. 저도 그 개념을 잘 써먹어야겠습니다.

**천호균** | 그 번역 과정도 역시 중요하지요. 전 가공하지 않은 날것이 가장 아름답다고 보는데요. 그렇기에 본래의 생명력을 손상시키지 않을 수 있는 실력이 있어야 한다고 생각합니다. 제가 홍대 앞의 문화를 좋아해 자주 찾던 이유도, 쌈지사운드페스티벌이라는 무대를 통해 인디밴드들을 소개해왔던 이유도, 거칠고 정제되지 않은 아름다움이 저를 감동시켰기 때문이거든요. 가슴을 전율시키는 기분 좋은 충격 말입니다. 그런데 슬픈 일은, 뭔가 다른 문화적인 가능성을 갖고 있다고 생각했던 이 홍대 앞 공간에서 수많은 예술가들이 이미 짐을 싸 떠났고, 지금도 계속 떠나고 있다는 사실이에요. 홍대 앞이 유명해지니 하루가 다르게 치솟는 임대료를 견뎌낼 방법이 없는 겁니다. 예술가들이 떠나고 그 공간이 가진 고유의 개성이 사라지니까 이제는 창조적인 에너지마저도 시들해진 느낌입니다. 정말 안타까워요.

**이태근** | 저처럼 문화적이지 않은 사람이 말할 자격이 있을까 싶기도 한데, 새로운 문화 운동이 필요하지 않을까요? 과거의 계몽적이고 메시지가 넘치는 운동보다는 뭔가 부드러운 문화 쪽에 중심을 둬서 말입니다. 일단 다양한 것들을 인정해주는 분위기로 가야겠지요. 생물종이 다양할수록 생태계가 건강해지는 것처럼요.

**천호균** | 그럼요. 그 다양성을 뽑아낼 수 있는 공간이 밀려나고 있어서 안타까운 겁니다. 홍대 앞 문화의 개성을 죽이는 현실에 분노하고, 그걸 어떻게든 변화시킬 수 있는 힘이 우리에게 있었으면 좋겠어요. 가공되지 않는 생명력을 존중하는 유기농적 정신의 부활 같은 거 말이죠.

**이태근** | 다양성을 죽이면 문화의 생명력 자체가 꺼지게 됩니다. 밥 한 그릇만 봐도 다양해야 좋지 않습니까? 멥쌀, 현미, 콩, 수수, 팥, 메밀, 옥수수, 율무, 통밀, 통보리 등 갖은 곡식을 넣고 밥을 지으면 색깔도 예쁘고 밥도 맛있고, 먹는 사람도 건강해집니다. 또 하나 잡곡은 키울 때도 사람 손을 덜 타요. 추운 곳에서도 척박한 토양에서도 잘 자라고요. 하나의 개성을 죽이는 것은 모든 개성을 죽이는 첩경이라는 사실을 우리 사회가 기억했으면 좋겠어요.

**천호균** | 잡곡, 잡초, 잡담, 잡일……또 뭐가 있을까요? 전 이 '잡(雜)'이 중요한 테마가 될 수 있다고 봅니다. 예를 들어 산책이나 수다 떨기처럼 당장에 돈이 되지 않고 성과를 보이기 어려운 것들을 잡일이라고 통칭해서 불러왔지만, 요즘은 그 잡스러운 일들의 가치 역시 인정하고 소중하게 여기고 있지 않습니까?

**이태근** | 잡스러움은 풍요로움이죠. 다양한 생명들이 잘 자라야 우리 인간의 삶도 유지될 수 있다는 것을 꼭 강조하고 싶어요. 내가 발 딛고 살 수 있는 게 농민들 덕이다. 그들이 지켜온 씨앗 덕이다. 땅 속에 있는 수많은 미생물 덕이다. 이런 것을 몸으로 체험할 수 있는 현장들도

많이 생겼으면 좋겠습니다. 도시, 농촌 가리지 않고요.

**천호균** | 문화의 다양성이라는 말이 나온 김에 한 마디 더 거들자면, 농촌에서는 요즘 다문화가정이 많이 생겨나고 있잖아요? 과거에 다문화가정을 보던 시선도 지금은 많이 변했고요. 그러나 한 가지 좀 불편한 것은, 한국에 왔으니 꼭 한국을 배워야 한다는 강압적인 생각들입니다. 남편 역시 베트남, 필리핀, 우즈베키스탄 등 배우자 나라의 문화를 배우려는 노력이 필요하지 않나 싶습니다. 얼마나 좋은 기회입니까? 그러면서 농촌이 새로운 문화의 발상지가 될 수도 있어요.

**이태근** | 좋은 말씀입니다. 이제 농촌에서 태어나는 아이들 중 상당수가 다문화가정의 아이들입니다. 앞으로 우리 농촌을 이끌어갈 주체 가운데 하나가 될 다문화가정을 우리가 어떻게 보듬어 안고 지원을 해나가느냐는 아주 중요한 일이 될 겁니다. 시혜적인 관점에서가 아니라 더불어 살아갈 친구로서 말입니다.

**천호균** | 아참, 아까부터 부탁드리고 싶었는데, 토종콩 말입니다. 수입콩이랑 똑같이 심어놔도 워낙 맛있어서 새나 동물들이 토종부터 캐먹는다고 하셨잖아요. 이걸 많이 심어서 종류별로 두부를 만들어보면 어떨까요? 뭔가 될 것 같은 예감이 드는데요.

**이태근** | 역시 마음은 콩밭에 가 계시는군요. (웃음)

# 즐거운 이중생활을 꿈꾸다

**천호균** | 요즘 친구들이 그렇게 이 회장님께 연락을 해온다면서요? 무슨 특별한 이유라도 있는 겁니까?

**이태근** | 모이면 다들 골프 얘기, 주식 투자 얘기만 하니까 별로 할 얘기가 없어서 저는 친구 모임에 잘 안 나가는데…….

**천호균** | 그런데 왜 갑자기 찾는 겁니까?

**이태근** | 제 나이쯤 되면 직장 밖으로 나서게 되잖습니까? 은퇴가 코앞에 닥치니까 앞으로 뭘 하고 살아야 할지를 절실하게 고민하게 되지요. 지금까지 잘 나간 건 조직에 있기 때문이지만 그 조직을 떠나서 살아본 적이 없는데 갑자기 황당해지지 않겠습니까? 젊은 시절에는 제가 하는 일을 무모하고 답답하게 보던 눈치였는데 이제는 좀 그럴싸하게

보는 듯합니다. 대학 졸업한 뒤 친구들 대부분은 대기업에 취업했는데, 취직할 생각은 않고 시골로 내려가려는 저를 보고 딱하게 여기던 사람들이 많았거든요. 지금은 흙살림에 가서 할 일이 없겠냐고, 귀농을 해볼까 하는데 어떻겠냐고 진지하게 물어오는 친구들이 하루가 다르게 느네요. 친구들만이 아니라 몇 년 사이에 괴산으로 귀농하겠다면서 자문을 구하는 사람들도 꽤 많아졌어요.

**천호균** | 반가운 소리군요. 생각이 바뀌어가는 거죠. 목표나 가치가 재정비되는 셈인데, 중년 이상의 우리나라 사람들이 그렇게 변화되면 세상이 확실히 달라진다고 봅니다. 1997년 IMF 외환위기 직후에 전국에 귀농붐이 한 차례 일지 않았습니까? 그 뒤에 이건 아니다 하면서 다시 도시로 돌아온 분들이 많았는데, 요즘에는 농촌으로 가겠다는 사람들이 2년마다 두 배씩 늘어나고 있다고 해요. 물론 도시로부터 받는 압박감과 황폐함이 더 심해진 결과이겠지만, 그래도 사실 선뜻 귀농을 결심하는 건 좀 어렵단 말이에요. 이유가 뭘까요?

**이태근** | 한창 직장 생활을 할 시기에는 내가 없잖아요. 가족들을 책임져야 하고, 선뜻 내키지 않는 일도 마지못해 해야 하는데, 은퇴할 시기가 되면 인생을 두고 총체적인 점검을 하는 듯해요. 조직에 묶여 있다가 개인이 되는 거죠. 자기로 돌아오는 겁니다. 게다가 앞으로 산 날보다 살 날이 적어 보이는데, 연봉이나 승진보다는 내가 하고 싶은 대로 조금은 느긋하게 살고 싶다는 꿈을 갖게 되는 것이지요. 그간 얼마나 바쁘게 살면서 허덕였겠습니까? 남이 만들어놓은 리듬에 맞춰 살아오다가 이

제는 내 장단에 춤춰야겠다, 이런 생각이 절실해지는 게 아닐까요?

**천호균** | 내 장단에 춤춘다, 좋은 말인데요. 모범생같이 정돈된 말만 쓰는 분인 줄 알았는데, 가끔 툭툭 던지는 듯한 절묘한 표현들이 있습니다. 저라면 자신이 계획한 대로 인생을 산다, 이렇게 재미없게 말할텐데요.

**이태근** | 또 왜 이러십니까? (웃음) 귀농의 흐름에 대해 말씀하셨는데, 20여 년 전과는 크게 다릅니다. 과거의 귀농이 도피형이나 생계형에 가까웠다면 최근의 귀농은 나름대로 계획이 잡혀 있고 자발적이지요. 자기 철학이 뚜렷한 겁니다. 그 철학을 뒷받침하는 의지나 능력이 준비되어 있고요. 더 확실하게 차이를 느끼는 부분이 있다면 젊은 친구들이 제법 그 수가 늘었다는 점, 그리고 귀농 외에 귀촌이란 말이 덧붙었다는 것입니다.

**천호균** | 귀촌이라…….

**이태근** | 귀농이라는 말과 좀 다르죠. 도시에서 직장 생활을 하다 농사를 짓기 위해 시골로 온다는 게 아니라 농사짓는 마을 자체가 주제가 되고 있는 겁니다. 공동체의 회복이라 할 수 있지요. 농부들이 있는 농촌에 와서 이방인처럼 귀농하는 사람이 되어 자기 농사를 짓는 게 아니라, 마을사람이 되어서 그 마을과 함께하는 인생을 계획한다는 뜻이지요. 농촌에 오면 농사밖에 길이 없다고 여긴다면 그거야말로 촌스러운 생각

이죠. 농산물 디자인, 판매, 홍보 그 외에도 할 일들이 부지기수입니다. 한참 유행하던 말로 농촌이야말로 블루오션이라는 것입니다. 이렇게 되면 농촌의 평균연령이 낮아지고 활력이 생기겠지요. 최근의 귀농이나 귀촌의 흐름을 두고 섣불리 낙관적으로 보는 것 아니냐고 할 수도 있지만 멀리 내다볼 때 조짐이 좋습니다. 마을 공동체의 뿌리가 다시 살아나게 되는 거죠.

**천호균** | 정말 반가운 일입니다. 촌이라는 말, 이거 사실 천대받아오지 않았습니까? 촌놈, 촌사람, 촌티, 촌스럽다 등등……그런데 그 촌이 각광을 받고 있지 않나요? 어쩌면 그렇게 돌아갈 촌이 있다는 게 참으로 다행스럽습니다. 쌈지농부에도 농촌으로 가겠다는 계획을 세워놓은 직원들이 많은데, 회장님이 길잡이 역할을 해주셔야겠어요. 찬찬히 준비를 잘해야 한다는 건 아무리 강조해도 모자라지 않을 제1원칙이겠고요. 그밖에 농촌으로 가려는 분들에게 주로 어떤 조언을 해주십니까?

**이태근** | 세 가지에서 벗어나라, 세 가지를 버려라, 이런 내용인데요. 첫 번째는 환상을 버리라고 말합니다. 많은 사람들이 귀농이란 말과 함께 떠올리는 이미지는 농촌 생활이라기보다는 전원 생활에 가깝지 않을까 싶어요. TV프로그램에서 여러 연예인들이 나와서 농가에서 자면서 모내기도 하고, 과일도 따는 체험을 보면 재미있을 것 같거든요. 영화에서도 드라마에도 심지어 귀농인들을 조명하는 TV프로그램에서도 아이들은 아무 걱정 없이 산으로 들로 뛰놀고 어른들은 텃밭에서 채소 가져다가 식탁 차리고, 석양을 바라보면서 가족끼리 이웃들끼리 얘기 나

누고……얼마나 낭만적입니까? 실제는 안 그렇다는 걸 알면서도 그 장면들을 보면 착각할 수 있는데요. 그건 광고 홍보 영상이지요. 연출의 결과라고 보면 됩니다. 귀농은 연출이 설 자리가 없이 그냥 맞닥뜨릴 현실이고요.

**천호균** | 현실은 그리 녹록지 않지요. 하루만 지내봐도 도시와는 다른 불편함이 있으니까요. 제 손녀들은 헤이리에만 와도 벌레가 많다며 잠을 못 자더라고요. 시골에서 산다는 것은 자체가 서바이벌 게임과 다름없어요. 농촌사람이 되겠다는 건, 도시에서의 삶이 주는 안락함, 일종의 기득권을 버리고 새로운 방식으로 삶을 꾸려야 한다는 것 아니겠습니까?

**이태근** | 바로 그 점이죠. 젊은 사람들이 농촌으로 가는 경우엔 잠깐 쉬러 가는 거잖아요. 업무에 대한 스트레스를 안 받아도 되고, 공기 좋은 데서 마음 놓고 지낼 때 시골은 천국입니다. 하지만 귀농은 휴식을 위해서가 아니라 엄연히 생활과 생계를 위해서입니다. 마음을 단단히 먹어야 해요. 너무 겁주는 것 같지만 현실을 알고 마음의 준비를 하고 있어야 실망하지 않습니다. 시간이 갈수록 보다 단단해져서 듬직한 시골사람이 될 수 있고요. 얼마 전에 귀농한 중년 남성 한 분은 농사일이 그렇게 힘든 줄 몰랐다고 군대에서 훈련받을 때보다도 더 힘들다고 하더군요. 농사일이 단순해 보이지만 허리를 구부리고 같은 동작을 반복해보세요. 등골 빠진다는 얘기가 실감이 날 겁니다. 오늘은 하루 놀자, 이게 안 됩니다. 달력에 적힌 절기가 괜히 있는 줄 아십니까? 농작물은

제때에 손을 봐주지 않으면 그 다음날 두세 배 더 힘이 들게 해요. 어제 놀아보니 신나더냐 오늘 한번 혼 좀 나봐라 하면서 애를 먹이는 것 같다니까요.

**천호균** | 갑자기 정신이 바짝 드는 것 같습니다. 귀농을 해볼까 하던 분들도 지레 겁먹고 그만둬버리겠는데요. (웃음)

**이태근** | 이 정도에 마음 흔들릴 거면 아예 시작하지 않는 편이 낫지요. 생각해보십시오. 귀농이나 귀촌은 대부분 산골에서 생활하게 되어 있어요. 산골의 겨울이 얼마나 추운지 또 눈이 내리면 어떻게 되는지 도시사람들은 아마 상상도 못할 걸요. 폭설로 비닐하우스는 내려앉고, 도로는 까딱하면 빙판으로 돌변하고, 배관도 얼어터져버리죠. 귀농한다고 했을 때는 이 같은 불편함을 감당하겠다고 마음먹어야 합니다. 그게 다 자기 일이거든요. 도시에서는 아파트 관리사무소에 전화를 걸어서 해결해달라고 할 수 있지만 시골에서는 자기가 먼저 처리할 생각을 해야 합니다. 그래서 시골로 오겠다는 사람들에게 환상을 버리라고 강조하는 겁니다. 그다음에는 욕심을 버리라고 합니다. 귀농하는 분들을 위해서 나왔다는 책들 가운데 어떤 건 수억대의 소득을 올릴 수 있다면서 대박의 꿈을 꾸게 하던데, 보통 귀농자들은 최소한 3년 적자를 각오해야 해요. 귀농했던 선배들이 3년이 고비라고 하는 이유가 다 있습니다. 수확도 해보지 않고 버섯으로 억대 농민이 되겠다고 호언장담하거나, 땅 사고 커다란 집 한 채 지어놓는 것부터 시작하면 그 뒤는 안 봐도 훤합니다. 얼마 못 가 짐싸게 돼 있어요.

농부로부터

**천호균** | 새로운 일을 시작할 때는 누구나 각오를 다지고 꼼꼼히 점검을 하지만, 농촌으로 가겠다는 건 살아온 환경을 송두리째 바꾸는 일이니만큼 더 철저하게 따져봐야 하겠죠

**이태근** | 지나칠 정도로 현실적 판단을 해야 합니다. 아니면 금세 지치게 돼 있어요. 돈이 될 것부터 챙기게 되고, 아이들에게 피자 사주지 못할까봐, 학원에 못 보낼까봐, 또다시 돈 벌 궁리를 하면 그때부터 원점으로 돌아갑니다. 욕망은 그대로인데 장소만 바뀌어 있는 꼴이지요. 결국 밑천 날리고 귀농자에서 탈농자 대열에 서게 되고 맙니다. 자리가 바뀌었다고 삶의 중심이 그대로 바뀌는 건 아니니까요.

**천호균** | 달리 말하자면 방을 바꾼다고 혁명이 되는 건 아니다, 이런 이야기 아니겠습니까?

**이태근** | 네, 그래요. 그리고 이건 방 바꾸는 정도가 아니라 사실 집을 옮겨버리는 거니까 상당히 다르죠. 그래서 만일 생계를 신경써야 한다면 되도록 부부 중 한 사람은 월급 받는 일을 하라고 조언합니다. 현실을 고려하면 한 사람이 충분히 자리를 잡은 뒤 함께 안착하는 형태가 바람직하지요. 결정은 급진적이지만 그걸 실현시키는 과정은 점진적으로 하라는 겁니다. 점진적이라는 것은 일단 도시적 삶과 단절할 각오를 단단히 하고 몸은 조금씩 흙과 친해지라는 얘기입니다. 친해지고 적응시키는 과정도 거치지 않고 돌진했다가는 바로 나자빠집니다. 자기 장단에 맞게 이렇게 춤도 춰보고 저렇게 손을 펴보기도 하고 발을 들었다 놨

다 하면 어느 시기에는 내 몸과 자연이 하나로 느껴지는 경지가 옵니다

**천호균** | 아, 무슨 도인이 말씀하시는 것 같아요. (웃음) 그런데 만일 가족들이 계속 서울에서 살겠다고 하면 그것도 복잡해지겠는데요. 어떤 분은 농사짓는 것까지는 가까스로 설득했는데 부인이 아이들 교육 때문에 도저히 서울을 못 떠나겠다고 해서, 결국 주말부부 생활을 하게 됐다고 하더군요. 남편은 농사짓고 다른 가족들은 도시에 남아서 뜻하지 않은 기러기 생활을 하게 된 겁니다. 앞에서 계속 버리는 것들에 대해 말씀하셨는데, 그럼 이런 경우 가족도 버려야 하나요?(웃음)

**이태근** | 오히려 버림받을 가능성이 높지 않겠습니까? (웃음) 귀농은 버릴 줄 아는 용기에서 비롯됩니다. 귀농, 그러니까 농촌으로 돌아간다는 뜻은 몸만 옮기는 게 아니라 도시에서 익숙해진 속도, 식습관, 인간관계 등 나를 둘러싼 삶의 환경을 바꾸는 것이지요. 문명과 이별할 각오를 하고 와야 합니다. 하지만 가족과의 이별은 추천하고 싶지 않습니다. 좋은 것을 함께 누릴 수 있는 가족과 떨어지는 것은 서로에게 알게 모르게 마음의 상처를 남길 수 있어요. 좀 더 좋은 삶을 살자고 한 선택인데 이건 좋은 게 될 수 없잖아요. 논리를 세운 설득보다 마음으로 받아들이도록 하는 감정적 설득이 더 중요합니다. 아직 상대가 자신의 생각과 정서를 받아들이지 못하고 있을 때 그걸 억지로 밀어붙이는 것은 유기농적 자세가 아니지요. 씨를 뿌리면 그것이 자라날 수 있는 환경을 만들고 기다리는 일이 필요합니다.

**천호균** | 맞습니다. 그렇지 않으면 서로 상처가 되는 귀농, 또는 귀촌이 되고 말 거예요. 막상 농촌에 와서 사는 것도 힘든 일인데 그렇게 되면 더더욱 힘들어질 테니 지혜가 필요한 거지요.

이 회장님이 문명과 이별할 각오를 하라는 말씀을 하시니까 갑자기 이야기 하나가 떠오르네요. 한 작가가 히말라야를 가게 됐는데, 허겁지겁 짐을 꾸려 출발했다고 합니다. 잘 오르다가 눈길이 미끄러워 해발 3천 미터쯤에서 필요한 장비를 꺼냈는데, 집에서 등산장비로 알고 챙긴 물건이 어이없게도 외장하드였답니다. 평소에 먼저 챙겨들었던 물건을 습관적으로 가져온 셈이죠. 도시의 삶에선 보물단지와 같았겠지만 눈 쌓인 히말라야 중턱에서 외장하드가 무슨 쓸모가 있었겠어요. 문명의 세계에서 필수품이라고 여긴 것들이 문명을 떠나 있을 때에는 애물단지가 되는 것처럼 귀농할 때 챙겨야 할 것들은 도시에서와 다르겠지요. 귀농, 귀촌을 위해 여러 가지 고려할 것이 많겠지만 보다 더 중요한 건 자연이나 사람과 함께하겠다는 마음이 아닐까 합니다.

**이태근** | 그렇죠. 시골생활이나 귀농을 꿈꾸는 사람들에게 꼭 필요한 마음가짐입니다. 이에 덧붙여 또 하나 귀농하기 전 이별해야 하는 것이 있습니다. 바로 과거입니다. 내가 좀 난다 긴다 하는 직장을 다녔는데 괜찮은 지역에서 살았는데……하면 곤란하죠. 자신을 내세울 게 아니라 그냥 신고식 하듯 "잘 부탁드려요. 초보 농부입니다" 해야 농촌에 잘 뿌리내릴 수 있습니다. 촌에 온다는 건 마을사람들과 함께한다는 겁니다. 자연과 어깨를 나란히 하는 거죠. 몇 년 전에 내로라하는 회사의 사장이었다고 벼들이 떠받듭니까? 선생님 했다고 호미질 잘하는 것은 아

니잖아요. 공연히 잘난 체하다가는 따돌림 당하는 신세가 됩니다. 알아도 모르는 척, 겸손하게 진심으로 예의를 갖춰 대하면 마을어른들이 농사짓는 법을 가르쳐준다거나 더 많은 도움을 줍니다. 귀농자들은 흙과 함께 살겠다고 결심할 만큼 순수한 면도 있지만, 한편 개성이 강한 분들이 많아요. 강한 개성이 모난 성격으로 나타나 사람들과 사소한 일로 부딪힐 경우가 많고요.

**천호균** | 도시의 이단자가 농촌에서도 이단자가 될 가능성이 있다, 음, 귀담아 들어야 할 충고네요.

**이태근** | 좋은 생각과 마음이 다른 사람들과 자신에게 상처가 되어선 안 되잖아요. 농촌에서 자리 잡는 것은 외국으로 이민가는 것만큼 힘들다고 해요. 우리 마을사람들이 제게 마음의 문을 열기까지도 5~6년이 걸렸습니다. 저라는 일종의 외래종이 이곳 토종이 되는 데까지는 필요한 시간이 있고, 그걸 겸손하게 받아들일 때 토종이 되어가는 조건들이 하나하나 내게 다가와줄 거예요.

**천호균** | 갑자기 '토종으로의 진화'라는 말이 떠올라요. 어디서 들은 게 아니라, 이런 발상이 지금 우리에게 필요한 것 아닌가 해서요. 토종은 진화의 단계에서 낮은 자리에 위치한 것처럼 여겨졌지만 사실 오늘날 우리는 이 토종으로 진화하는 능력이 많이 퇴화되었지요. 이걸 회복하는 게 순서입니다.

**이태근** | '토종으로의 진화', 이거 저도 빌려 써도 되지요? 괜찮은데요. 귀농이 참 좋은데, 어떻게 표현할 방법이 없네, 했는데……(웃음)

**천호균** | 강화도로 귀농한 어떤 분이 귀농을 준비하면서 몇 년 전부터 그 지역의 독거노인들께 도시락 배달 봉사를 하셨대요. 그 이유를 이제야 알겠습니다. 지금 보니 그분이야말로 상당히 철저하게 귀농을 준비한 분이셨네요. 시골로 이사 가서 마을분들 텃세로 마음고생한다는 분들이 많은데, 그분들의 입장에서 보면 충분히 이해가 가요. 타지 사람들이 왔다가 또 금세 짐 싸는 모습을 많이 봐왔으니까 '저 사람도 얼마 못 버티고 떠나겠지'란 생각을 하지 않을까 싶기도 하네요. 시골분들이 한번 마음을 열면 다 내주시잖아요. 그만큼 정들었는데 어쩜 저렇게 매정하게 떠나버리나 상처도 깊을 듯해요.

**이태근** | 시골사람도 아니면서 어찌 그리 잘 아세요? 시골분들이 그렇게 정 주다가 아팠던 경험 때문에 마음을 잘 열지 않는 게 사실이에요. 귀농했다가 떠나는 사람들의 책임이기도 합니다.

도시를 떠나기까지의 과정도 어려움이 많지만 새롭게 정착하는 것 또한 고단함의 연속이죠. 혼자 사는 게 아닌데 어쩌겠습니까? 그래도 그 선택은 인생의 흐름을 활기 있게 바꿔줄 겁니다. 세상을 보는 눈을 더 넓혀줄 테고요. 제가 귀농할 때 버릴 것 세 가지, 환상, 욕심, 과거를 얘기했는데, 시골에 가면 꼭 농사를 지어야 한다는 편견도 버릴 것 중 하나입니다. 교육이나 복지 등 도시만큼이나 다양한 선택이 존재하거든요. 그동안 해왔던 경력을 살릴 수도 있고, 20대의 경우 IT지식으로 무

장하고 농산물을 가공해 판매, 유통하는 쪽의 일도 생각해볼 수 있고요. 농가 민박 운영, 숲 해설, 역사 해설가를 비롯해 문화예술활동 등으로 발을 넓히는 방법도 있습니다. 더 나아가서 돈을 버는 시간을 70퍼센트, 그 외에 시간은 지역민들에게 봉사하는 데 쓰면 좋겠어요. 어르신들에게 간단하게 인터넷 사용법을 가르쳐드리거나 한글도 모르는 분들이 계시니까 한글학교를 짬짬이 연다거나 아이들에게 수학이나 영어 과외를 해준다거나 하면 귀농인들을 반기지 않을 수 없지요.

**천호균** | 결국 핵심은 '공동체' 군요. 사람들과 잘 어울릴지, 공동체에 무언가를 기여할 수 있는지, 자연과 조화롭게 엮일 수 있는지를 스스로에게 물어보는 게 중요하겠네요.

**이태근** | 도시사람들은 어울림을 어색해합니다. 낯선 이들과 인사하고 음식을 나누고 교류하는 일을 피곤하게 받아들일 수도 있습니다. 내 시간을 빼앗는다고 여길 수 있지요. 하지만 그 뒤에 맛보는 함께하는 기쁨은 그 어느 것과도 비교할 수 없습니다. 인간관계에서만이 아니라 시골에 살면 여러모로 불편하지요. 하지만 도시에선 누릴 수 없는 것들이 많습니다. 도시의 고층 아파트에서는 제대로 들을 수 없는 빗소리, 바람소리를 느낄 수 있고, 불야성이 된 도시에서는 맛볼 수 없는 고요함을 느낄 수 있어요. 그러다보면 몸과 마음이 저절로 치유됩니다. 특히 흙냄새가 은근히 중독성이 있습니다. 귀농했다가 접고 떠났던 탈농자들 대부분이 흙냄새가 그립다면서 다시 귀농하겠다고 하는 걸 보세요.

**천호균** | 몸과 마음이 치유된다고 하셨는데, 병을 고친다는 것은 원래 태어날 때 내 몸이 갖고 있던 에너지를 회복시키는 일이라고 하더군요. 지금 말씀과 같아요. 귀농을 더 넓은 의미로 보면, 나로 돌아가는 귀아(歸我), 본래대로 돌아가는 귀본(歸本)이라고 하는 것이 더 맞겠는데요.

**이태근** | 귀농, 귀촌은 자연으로 가까이 가는 것이잖아요. 내가 사는 곳을 옮긴다는 차원이 아니라 스스로가 보다 자연스러워지는 곳, 내가 갖고 있는 모든 것을 가장 잘 발휘할 수 있는 공간으로 향한다는 생각을 가졌으면 합니다. 앞서 버려야 할 몇 가지를 말씀드렸는데 다른 건 몰라도 버림으로 더 많은 것을 얻을 수 있음을 체험할 수 있습니다. 손해 보는가 했는데 더 좋은 것을 얻는 거죠.

**천호균** | 한 마디로 남는 장사다, 이거군요.

# 참고마운 사람

**이태근** | 귀농, 귀촌에 대한 말씀을 나누었는데, 천 사장님은 농촌에서 살아볼 생각이 있으신가요?

**천호균** | 당연히 있죠. 회장님이 괴산에 좋은 터가 있다고 하셨잖아요. 이거 말만 꺼내놓고 슬쩍 빠지지 마십시오. (웃음)

**이태근** | 그럴 리가 있습니까? 안온한 느낌의 좋은 명당이 있지요. 괴산에서 제가 공동체를 구상 중인데 함께하셔야 합니다. 풍수에 눈밝은 분이 계신데 흙살림농장이 자리한 삼방리라는 곳이 명당이라고 하더라고요. 정인지 묘가 가까이 있고요. 한때는 제가 홍명희 생가가 있는 곳에 살았는데 괴산이 지리적으로 좋은 땅인 건 분명한 듯해요. 조선 개국 공신 중 배극렴 선생이라고 계신데, 좌의정까지 올랐다가 이곳 삼방리에 내려와 계셨대요. 후에 태조 이성계가 세 번 찾아왔다고 해서 주변

농부로부터

산을 어래산(御來山)으로 부릅니다. 이런 역사만 봐도 괴산은 귀농의 메카가 될 만한 곳입니다.

**천호균** | 알겠습니다. 곧 정리해서 괴산으로 와야지요. 또 압니까? 이렇게 살다 보면 제 후손 가운데서도 정인지, 홍명희 급의 인물이 나올지 말이죠.

**이태근** | 꿈도 야무지신데, 아마 꼭 그렇게 될 겁니다.

**천호균** | 하하, 괴산 홍보대사를 하셔도 되겠습니다. 만약 제가 지금 이십대라면 주저 없이 귀농했을 겁니다. 농사짓는 분들을 존경한다고 했으니, 아마도 존경하는 분들을 따라갔겠지요.

**이태근** | 농민을 정말 존경하십니까? 립서비스로 하시는 말씀이 아닐까 했는데, 진심이라면 고맙기도, 놀랍기도 하네요.

**천호균** | 그리 놀라운 일은 아니고요, 농사라는 걸 지어보니 존경이 절로 우러나오더라고요. 이런 고된 과정을 농민들은 그동안 묵묵히 해오신 거로구나 하는 깨달음이 생긴 거죠. 죄송한 마음이 들기도 하고요. 그동안 이걸 모르고 있었으니 농민들의 입장에서는 얼마나 서운하고 힘겨웠을까 하는 생각이 들어요.

**이태근** | 그런 점에서 농민이라는 말도 살펴볼 필요가 있습니다. 우리

는 농민이라고 하고, 정부는 하나의 사업을 해나간다는 의미에서 농업인이라고 지칭하는데요. 현실은 농업노동자라고 해야 가장 정확한 표현이 되겠지요. 대부분 70대 할머니 할아버지들이신데, 땡볕에 논밭으로 나오는 분들을 보면 짠해요. 자식들도 다 컸을 텐데, 조금이라도 편하게 사셔야 하는데, 여전히 어렵게 생활을 꾸려 가시고 있단 말입니다. 저런 문제들을 어떻게든 해결해야 하는데 가슴이 먹먹해집니다. 농민들은 월급쟁이가 아니었으니까 나이 들어도 연금, 퇴직금을 기대하기 어렵지요. 노후 대책이 없습니다.

**천호균** | 으흠, 그렇지요. 보통 심각한 일이 아니죠.

**이태근** | 도시에 나간 자식들이 잘돼서 용돈 받고 소일거리 하면서 지내는 분들도 있지만 하루하루 허덕이는 분들이 더 많아요. 그러니까 우리나라 농업은 환상이 허용되지 않습니다. 농사짓다가 안 되니까 시골 생활 정리해서 도시로 나가 구멍가게를 연단 말예요. 그렇게 해서라도 입에 풀칠을 할 수 있다고 기대했다가 도시 빈민이 되는 거죠. 농촌에서 쫓겨나고 도시에서도 밀려나고 그러면서 빈곤의 악순환이 대물림됩니다.

**천호균** | 노동자 다음에 빈민, 빈민 다음에 농민이라고 하신 말뜻을 정확히 알겠네요. 철없이 들릴 텐데, 제가 아는 어떤 분은 그래도 농민은 방학이 있지 않냐고 하시더군요. 겨울에 쉴 수 있지 않냐고요.

**이태근** | 아이고, 농민들이 들으면 졸도하시겠습니다. 농촌의 겨울은 한가한 계절이 아닙니다. 하는 일에는 차이가 있지만 과거에도 그랬고 지금도 그렇지요. 여자들은 학교급식 조리원, 노인요양원일, 식당일 등을 하고, 남자들은 택시기사, 벌목공으로 나서는 분들이 많습니다. 쌀값이 폭락하기 시작한 2005년 이후에 급격히 늘었습니다. 그러다가 종국엔 농사는 포기할 수밖에 없지요. 전체 농민의 60퍼센트가 벼농사 짓고, 농업소득의 절반을 거기서 얻었는데 쌀값이 제자리니까 돈을 좀 만질 수 있다는 과수나 원예 쪽으로 우르르 몰리게 되고, 그게 또 한꺼번에 몰리니까 과잉 출하돼서 가격이 폭락합니다. 그뿐인가요? 흉년이면 흉년이어서 풍년이면 풍년인 대로 농산물값이 떨어져서 속이 탑니다. 다들 각자 어려운 점이 있으니 농민들만 유독 그렇다고 하는 것은 아니지만, 도시인들이 농민들의 사정을 몰라주는 것은 좀 서운합니다. 알게 된다면 서로 힘든 부분을 해결할 수 있는 길이 열릴 수 있을 텐데 말이죠.

**천호균** | 말씀 듣고 보니 농민들의 삶 역시 도시와 비슷하네요. 투잡을 넘어 쓰리잡까지 해야 하고 말이죠. 현실은 이러한데, 언젠가 통상 교섭을 책임진다는 고위관료가 다방 농민이란 말을 꺼냈잖아요? 다방을 부업으로 하나 했더니 그게 아니라, 정부정책자금 챙긴 걸로 다방에서 화투치는 농민들이 많아서 농업이 발전하지 못하는 거란 말이더군요. 어디서 그런 분들을 본 걸까요? 농촌의 현실은 커피 한 잔 한가롭게 마실 짬을 내기도 어려워 보이는데요.

농부로부터

**이태근** | 그런 말은 다방이라는 곳도 폄하하고 농민들의 삶도 깎아내리는 방식입니다. 혹여 그런 사람들이 있다고 해도 그걸 농민들 모두의 문제처럼 확대해 말하는 것은 그렇지 않아도 타들어가는 농민들의 가슴에 불을 지르는 격 아닙니까?

**천호균** | 그러게 말입니다. 만일 좀 여유로워 보이는 풍경을 봤다고 칩시다. 그래도 공장에서 정해진 시간만 일하는 것과 농사를 비교할 수 있을까요? 디자이너가 디자인을 위해 구상하는 시간, 예술가가 작품하기 위해 영감을 얻는 시간도 눈에 보이는 생산력이 발휘되는 것은 아니지만 아주 소중한 시간이잖아요. 농사 역시 작물이 햇살을 받으며 자라는 동안 사람에게는 기다림의 시간이 필요하지 않던가요? 남들은 아직 꿈나라에 빠져 있을 새벽에 일어나 쟁기질하고, 휴일 없이 논밭을 돌본다는 사실은 까맣게 잊고 있나 봅니다. 본인들은 골프 치러 다니면서 공무에 지친 몸을 잠깐 골프로 쉰다고, 매일 골프 치는 사람 취급하지 말라고, 이럴 거 아닙니까?

**이태근** | 망언을 하는 높은 분들에게 사고 보상금처럼 치료비를 받아내고 싶어요. 1년 내내 뼈 빠지게 농사지어봐야 남는 것도 별로 없는데 그런 말을 들으면 농민들 피가 거꾸로 치솟습니다. 오장육부가 뒤집어질 노릇이지요. 공기 좋은 데 있으니까 농민들은 건강할 것 같다고 생각하지요? 천만의 말씀입니다. 도시사람보다 농민이 암에 더 잘 걸리기도 하고, 아픈 곳도 많습니다. 농약에 그대로 노출돼 있으니까요. 이렇게 말하면 농사짓는 일에 기가 질려 뒤도 안 돌아보고 도망칠지 모르겠지

만, 제가 지금 말하고 있는 농사는 우리가 꿈꾸는 농사가 아니라 왜곡된 구조 속에서 신음하고 있는 농사입니다. 농사를 산업으로 말하는데, 그렇다면 이건 산업재해 아닙니까? 이런 현실을 보면 유기농으로 가야 한다고 주장할 수밖에 없어요. 평생 농사지어온 어르신들이 괜찮다고 하신다고요? 괜찮기는요. 그래서 현재 농촌의 현실은 구조적인 변화가 있지 않고서는 계속 문제를 낳는 현장이 되고 맙니다.

**천호균** | 차라리 어디가 아프다고 말씀하시면 좋은데, 우리 부모님 세대들은 "괜찮다"가 입에 배어 있으시지요. 고통이 만성화된 듯 보여요. 말씀을 듣다보니까 몸보다 마음고생이 심하겠어요. 속이 탈 일들이 한둘입니까? 최근에 구제역이 덮쳤을 때 뉴스를 보면 잠이 잘 안 오더라고요. 어떻게 일을 저런 식으로 처리할까 하는 마음이 들고, 저렇게 하고는 다 됐다 하겠지만 그건 완전히 은폐하는 거나 다름없었습니다. 무수한 동물들을 살처분하는 과정은 우리 사회 전체에 트라우마를 남겼다고 봅니다. 사실 제가 머리만 바닥에 대면 잠드는 사람인데, 그 한 장면 한 장면이 머릿속에서 떠나지 않는 거예요. 운명을 예감한 듯한 소의 눈망울, 자식 같던 소와 돼지를 생매장하고 넋을 잃은 할머니, 계엄령이 내렸을 때와 비슷한 분위기의 방역 초소들……구제역은 동물만 죽인 게 아니라 농민들과 농촌에 지울 수 없는 아픔을 남겼습니다.

**이태근** | 우리 농업에 희망을 주고 싶어 이렇게 자리를 함께했는데, 또 어느덧 아픈 현실만 들추게 되네요. 그렇지만 이렇게 환상적으로 포장할 수 없는 현실에 대해 눈뜨지 않으면 우리는 어떻게 문제를 해결할 수

있는지 알지 못하게 되고 말 겁니다. 그러니 아프더라도 짚을 것은 짚어야지요.

**천호균** ｜ 증상을 알아야 원인을 찾을 수 있고, 그래야 뭘 해야 하는지 어디서부터 희망의 실마리를 찾아야 할지 보이는 법 아니겠습니까? 사실 드라마 〈전원일기〉 식으로 농촌을 이해하면 그건 현실에 대한 오도요, 왜곡이 될 수 있지요. 구조적인 모순을 어떻게든 다 까발려야 한다기보다는, 있는 그대로의 현실을 정직하게 마주하자는 겁니다.

**이태근** ｜ 네, 그게 제대로 되어오지 않으니까 도시에 사는 분들도 농촌의 실상을 잘 모르고, 또 귀농이나 귀촌한 분들도 그런 잘못된 이해와 지식에 근거해서 농촌생활을 시작하려니 뜻하지 않은 갈등과 좌절을 겪게 되지요.

농민은 참 묘한 자리에 있어요. 사장이기도 하고, 노동자이기도 하고, 기업처럼 보일 수 있지만 속을 보면 노동자보다 훨씬 못한 상황입니다. 대부분의 소농들이 자기 먹을 것조차 챙기기 힘든 상황이에요. 중소농이라는 말조차 꺼내기 어렵습니다. 그냥 빈민농이라고 하는 편이 사실과 가깝지요. 전 세계적으로 봤을 때도 제3세계에서 제일 많이 굶주리는 사람들이 바로 농민이고요. 이건 산업화 우선정책에 따라서 농촌을 희생시켜온 결과입니다. 농촌에서 나오는 작물의 가격을 붙들어매야지 임금도 그대로 묶어둘 수 있거든요. 생활비를 낮추는 기본이 쌀값이니 말입니다. 그 손해의 부담은 고스란히 농민들에게 전가하고요. 산업화 정책은 다시 말하면 농촌 황폐화 정책입니다. 70년대 이후 농민

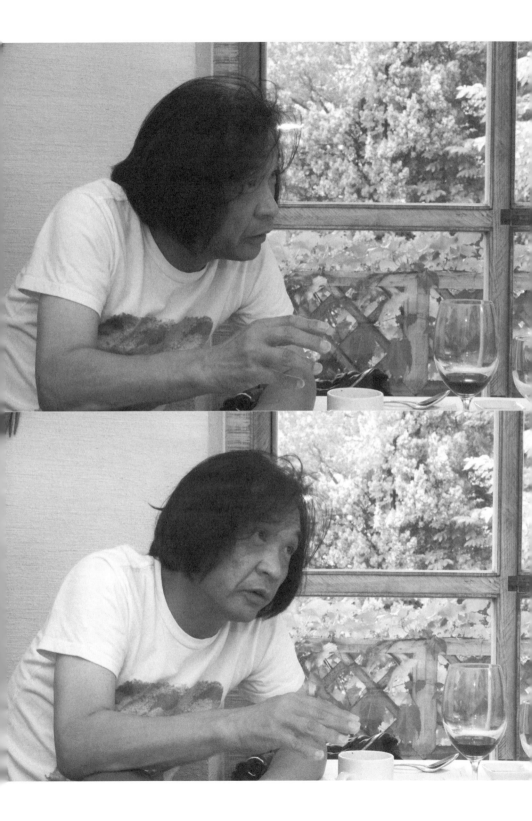

운동이 일어난 까닭도 다 이런 산업화 정책의 결과에 농민들이 타격을 입고 비틀거렸기 때문입니다. 우리나라 사정에 초점을 맞춰보면 한 농가당 경지 면적이 4,000평을 조금 넘거든요. 여기에서 쌀농사를 지어서 손에 쥐게 돈은 천만 원이 안 됩니다. 한 달에 백만 원도 못 버는 셈이지요.

**천호균** │ 우리나라 4인 가구의 한 달 최저생계비가 144만 원인데, 여기에도 못 미치는 실정이네요. 고생은 있는 대로 하고 손에 쥐는 것은 쥐꼬리만한 수입이니 계산 빠른 사람들은 일찌감치 떠났겠군요. 그런데 농민들이 1년 동안 일해서 버는 돈이 그 정도라는 사실을 우리가 잘 모르고 있지 않습니까?

**이태근** │ 모르죠. 그러면서 농민들에게는 이제 좀 각성해서 품종 개량하고 특화 작물 농사지어서 자립하라는 말을 합니다. 한미 FTA라든가 기타 국제 무역과 관련한 협상을 할 때에도 농민들은 언제나 뒷전입니다. 이젠 다들 개방하는 추세인데 국가도 더는 농민들을 지켜주지 못하겠다고요. 자기 나라 국민을 지켜주지 못하는 정부를 어떻게 생각해야 합니까? 미국의 경우 농민은 대기업농입니다. 거대한 자본이 이미 농업을 틀어쥐고 있어요. 그리고 국가가 앞장서서 이들 농민들의 이익을 국제적으로 관철시키기 위해 공세 전략을 펴고 있습니다. 그렇다면 우리나라 정부는 이에 대한 보다 적극적인 대응정책을 만들어내는 것이 당연한 책무입니다. 세계무역기구(WTO) 아래에서는 정부가 특정 직종이나 산업 분야에 대한 지원 내지 보조금 지급이 안 된다고 하지만, 미국은 자기들 예산에서 이러한 지원을 최대한 확보하고 있습니다. 명목을 달리하고 상대방 시장에 미국 농산물이 들어갈 수 있는 통로를 여는 방식으로 말이죠.

**천호균** | 이런 현실에서 농민들을 국가유공자처럼 대우하고 존경하는 분위기가 조성돼야 하지 않을까요? 어떤 경제학자는 유기농법으로 곡식이나 과일, 채소를 생산하는 농민들은 공무원으로 대우해야 한다고 주장하던데요. 여기서 공무원 대접이라는 건, 공익에 기여하는 사람들이란 차원의 사회적 대우입니다. 농업의 가치가 그 사회에서 어떤 위치와 비중을 차지하고 있는지 말해주는 것이지요.

**이태근** | 그렇지 않아도 스위스에서는 알프스 산에서 풀만 베어도 정부가 반공무원 대접을 해준다고 하는데, 그러면 얼마나 좋겠습니까? 우리 농민들은 거의 언제나 정책 우선순위에서 밀려나 있고, 정치·사회적 발언권도 약하기 짝이 없습니다. 농민들의 요구를 정부가 들으려 하지 않으니 상경 시위라도 하면 시위법 위반으로 탄압하고, 국제 회의에서 농민들이 항의의 표시로 자살하기까지 하는데 이에 대해서 일언반구 말이 없습니다. 별달리 새로운 대책을 내놓지도 않고 있습니다. 농민들은 이런 사회에서는 머슴이나 다름없는 존재가 되고 맙니다. 이제 농민들에게도 최저생계비처럼 최저생산비를 보장해야 합니다.

**천호균** | 아, 최저생산비. 그렇죠. 그래야 생산할 의욕이 생기고 그 결과도 자신에게 돌아갈 수 있다는 목표의식이 분명해지니까요. 역시 예산

농부로부터

을 잘 편성해서 이런 가치를 관철시킬 수 있는 정치가 필요한 것 같네요.

**이태근** | 정치가 그래서 중요하지요. 정치가 농민들 목소리에 귀를 막고 있게 되면 결국 농민들은 깊이 좌절하고 그것이 농촌의 미래를 무너뜨리는 겁니다. 농민들 가운데는 스스로를 사업가라고 생각하는 사람도 많아요. 하지만 선진국과 비교해보면 사업자에 대한 정책적 배려는 전무하지요.

**천호균** | 부디 정치권이나 정부가 이런 이야기들을 경청하고 농민들의 애로사항을 해결해나갔으면 합니다. 지금의 정책은 농민방치정책이라 부를 만합니다.

**이태근** | 그런 푸대접을 하는 건 도리가 아니지요. 당장 농민들이 보이콧한다고 상상해보십시오. 무엇을 먹고 살 수 있겠어요? 화천에서 농사짓는 목사님이 계신데, 이분은 열 살 때 농부가 되겠다고 결심하셨대요. 그 이유가 교회 다니니까 목사가 제일 훌륭해 보이고, 시골 사니 공무원이 최고인 듯 했는데 목사나 공무원은 없어도 살겠더래요. 아, 목사님, 공무원 여러분 죄송합니다. (웃음) 그런데 농부는 없으면 다 죽을 것 같아서 평생 농사짓자 하셨답니다.

**천호균** | 겨우 열 살 때 그런 생각을 하시다니 트이신 분이군요. 사회 구조 돌아가는 걸 일찍 내다본 거지요.
사장이 날 먹여 살리는 게 아니라 농부들이 나를 먹여 살리고 있으니까, 농사짓는 분들 앞에서는 "고맙습니다. 이 은혜를 평생 잊지 않겠습니다." 흔히 말하는 배꼽 인사를 해도 시원치가 않아요.

**이태근** | 부모님께 자식이 고맙다고 말해야 마땅하지요. 농민들은 사회 전체의 부모입니다. 내 돈 내서 사먹는데 무슨 소리냐, 할지 모르지만 농민들의 고생과 헌신이 없으면 도시는 뭘 먹고 사나요? 농민들은 공공 복무를 하고 있다고 봐야 합니다. 군인들이 나라 지키는 것과 다를 바 없지요. 백번 고맙다고 해야 하고, 그게 말로만 그칠 게 아니라 현실에서도 정책의 수준에서 모양을 갖추어야 합니다. 농민 없이 한 나라의 식량자급은 꿈도 꿀 수 없고, 농민들이 행복하지 않고서는 그 나라가 행복할 수 없습니다.

**천호균** | "농민이 행복해야 나라가 행복해진다." 이거 서울 도처에 좀 붙여놓아야 하는 거 아닐까요? (웃음) 제가 학교 다닐 때에는 공부와 담을 쌓고 사는 친구들 중에도 그림 그리기에 빠져 살거나 기타 연주를 기가 막히게 하는 친구들은 좀 배려해주는 게 있었는데요. 싸움을 하게 되도 별로 때리지 않고. 제 얘기가 아닙니다. (웃음)

그처럼 농사에 관심을 갖고 있고 농민이 되겠다는 친구들을 어릴 때부터 주변에서 돌봐주는 사회적 분위기가 형성되면 좋겠습니다. 부모님도 농부가 되겠다는 아들딸에게 생각 잘 했다, 똘똘하다, 이렇게 밀어주는 때가 언젠가는 오겠지요?

**이태근** | 와야 하지요. 그전에 우리 세대가 바로 그 농사가 얼마나 멋

지고 보람찬 일인지를 현실에서 보여주고 그걸 또한 희망찬 미래로 만들어줘야지요. 그것 없이는 괜히 농사짓겠다고 하는 젊은이들에게 좌절감만 안겨주고 본의 아니게 속이는 일이 될 수 있습니다. 어릴 적부터 귀가 따갑게 들어왔던 말이 "땅 파고 살지 않으려면 공부해라"였어요. 농사짓지 않기 위해 공부를 하라고 했는데요. "땅을 파야 진짜 사람답게 사는 거다"로 바뀌게 되길 기대합니다.

**천호균** | 땅도 제대로 파야 하는 거 아닙니까? (웃음)

**이태근** | 뭘 좀 아시는군요. 땅 파서 도로 내고 삽질해서 강줄기 바꾸고 이런 방향으로 가면 곤란하겠지요. (웃음)

**천호균** | 공사가 아니라 농사로 가야지요. 변호사, 의사보다 농부가 존경받고 대접받고 그래야 선진국이라고 할 만하지 않겠습니까?
　우리 딸을 시집 보내야 하는데, 이참에 공개 사위 모집을 좀 해봐야겠네요. 농부를 소개해달라고 입이 닳도록 주변에 얘기를 해도 다들 묵묵부답이니 말이지요. 농사짓는 분들 가운데 저 말고 제 딸에게 관심이 있는 분들은 꼭 연락을 주십시오.

# 연애를 하라,
# 연대를 하라

**이태근** | 사위 후보감 모집한다고 하셨는데, 만일 사위가 오면 뭘 물어보실 거예요. 직원 면접할 때처럼 착한 일 한 것?

**천호균** | 사랑에 대해 물어볼 것 같습니다. 사랑이 무엇이라고 생각하는지, 사랑을 통해 알게 된 것, 자신이 사랑하는 것들……사랑에 대해 얘기를 나누다보면 그 사람이 삶을 어떻게 보고, 어떻게 창조해나갈 수 있을지가 보인다고 생각하거든요.

**이태근** | 사랑학 박사시군요. 음, 뭔가 의심이 좀 가요. (웃음)

**천호균** | 강의를 좀 나가볼까요? 최근 대학교에도 사랑, 연애를 주제로 한 과목이 생겼고 학생들 사이에 인기가 좋다고 하던데요. 중국 대학에서는 연애학이 필수 과목으로 될 거라고 하더라고요.

사랑하는 것도 배워야만 하는 과목이 되어버렸나 황당했는데, 그래도 가만히 생각해보면 가장 중요한 과목이라고 여겨져요. 제대로 못 배우고 사랑하니까 별별일이 무의미하게 벌어지는 것 아닙니까?

**이태근** | 그 과목, 실습은 어떻게 하는지 몰라. (웃음)

**천호균** | 이거 이 회장님, 겉보기와는 달리 유머가 대단하십니다. (웃음)

**이태근** | 본래 제가 그랬던 건 아니고, 다 농민들에게서 배운 겁니다. 농민들은 생각지도 않은 지점에서 농담을 치고 나오시더라고요. 그러면 제가 어리벙벙해지죠. 도시인들이 잃어버린 해학과 풍자의 감각이 아닐까 해요.

**천호균** | 중국의 그 연애학 강의는 인간관계에 대한 것, 가족에 대한 이해, 생명존중 등을 주제로 한다고 하더군요. 대화의 기술, 첫눈에 사로잡는 방법 같은 종류가 아니란 얘기죠. 사랑은 사람살이를 총괄적으로 이해하도록 합니다. 인간을 성숙시키는 감정이고요. 사랑은 저 사람 마음이 내 마음 같지 않다는 것을 통해 상대방도 나와 마찬가지로 자유를 가진 존재라는 사실을 가르쳐줍니다. 이번 여름에 애니메이션으로 극장에서 선보였던 〈마당을 나온 암탉〉이라는 작품이 있는데, 거기에서 주인공인 암탉은 아들처럼 키운 청둥오리에게 이런 말을 합니다. "우리는 다르게 생겨서 서로를 속속들이 이해할 수 없지만 사랑할 수 있다". 이렇게 사랑, 연애, 우정이란 다름의 존중에서 출발하겠지요.

**이태근** | 듣고 보니 그렇긴 한데 전 사랑이라 하면 좀 자신이 없어집니다. 참, 천 사장님은 연애결혼이신가요? 사랑에 대해 줄줄이 꿰시는 걸 보면 그러실 것 같은데요.

**천호균** | 길에서 만났어요. 뭐, 따지고 보면 모든 만남이 인생이라는 길에서 만난 것이기는 하지만. 아무튼 제가 차 한 잔 하자면서 말을 걸었죠. 우리 때만 해도 미니스커트가 한참 유행이었고, 저도 장발머리를 하고 다니던 시절이었는데, 어느 날 길에 한복을 입은 여자가 서 있더라고요. 마치 유관순처럼. 좀 난데없는 풍경이죠. 그 당시 제가 독특한 것에 매료되던 때인지라 유관순 누나 곁으로 다가갔어요. 하지만 독립운동을 같이 하자고 한 것은 아니고. (웃음) 그러다가 10년 가까이 연애하고 결혼했죠. 그러니까 '연애의 기초', '연애의 정석', '연애의 목적', 그런 책을 좀 쓸 수 있는 입장이기도 해요. 말씀드리고 나니까 아예 처음부터 그런 쪽으로 길을 잡을걸 하고 살짝 후회가 되긴 하는데, 이태근 회장님은요?

**이태근** | 시골로 간다고 하니까 농촌으로 시집올 여자가 어디 있겠냐고 해서요. 농민운동에 뜻이 있었고, 일종의 동지적 결연이라고 해야 하나……제 아내가 고생 참 많이 했어요. 늘 미안하죠. 연애를 했으면 아마 그 사람을 제 입장에서 얻긴 힘들었을 거예요. 그러니까 중매가 좋은 점도 있는 것 같습니다.

**천호균** | 이 회장님은 사모님에게 감사하셔야겠네요. 저는 아내를 감사

라고 부르는데 저처럼 감사라고 부르세요. (웃음)

**이태근** | 주변머리가 없어서 곰살맞은 얘기를 못해요. 젊을 때도 차 한 잔 마시자는 말을 마음에 드는 여자들에게 한 번도 꺼내보지 못했습니다. 프랑스에서 살다가 한국에 온 작가가 있는데, 몇 년 사이에 길에서 첫눈에 반한 여자한테 커피 한 잔 하자고 추근대는 남자들을 볼 수 없더라는 거예요. 그게 한국 사회의 도덕 수준이 높아져서가 아니라 그만한 용기나 객기 또는 자신에게 자신감을 가지고 연애하는 젊은이가 없다는 거죠. 그 작가는 원인을 신자유주의에서 찾았는데, 일자리 찾기 어렵고 제 살길 찾기에 바빠지니까 연애하기가 힘들어졌다는 얘기를 합니다. 어쩌면 지금의 현실에서 20대에게 연애는 사치겠구나 하는 생각도 듭니다.

**천호균** | 사치라……필수여야 하는데. 풍요 속의 빈곤이에요. 자기 자신에 대한 자신감이 사라지는 젊은이가 감당할 미래가 어떤 모습이 되겠어요?

**이태근** | 바로 그 점입니다. 대학에 들어가기 전부터 취업을 걱정하고, 졸업해도 등록금 대출받은 거 갚기 급급하고, 아르바이트 하기에 바쁘고, 놀고먹고 대학생이란 말은 이제 옛말이 되었고 패기 넘치는 청춘, 이런 단어는 멸종된 것 같아요. 언젠가 젊은이들과 대화를 나누다가 88만 원 세대 이야기를 꺼냈더니 그건 이제 상류층이라고 하더군요. 뒤통수를 한 대 맞는 기분이었어요. 이런 젊은이들 세대에게 연애는 사치를

넘어 특권이 되어가고 있는 게 아닌가 싶기도 했습니다. 제가 너무 상황을 과장하는지 몰라도 강조하고자 하는 것은 젊은이들이 주눅 들어 있는 현실입니다. 그래서는 사랑하기 어렵죠.

**천호균** ｜ 청춘 시절에 다른 건 몰라도 사랑은 해야죠. 한 걸음 더 나아가서 보자면, 이성간의 사랑만이 아니라 더 많은 것들을 사랑하고 그 사랑을 현실로 옮길 수 있는 열정을 가져야지요. 전 사랑이 창조의 출발이라고 믿어요. 사랑이 싹트는 순간 폭발하는 에너지는 상상을 초월하잖아요. 내가 누군지, 어떤 걸 좋아하는지 누군가에게 묻지 않아도, 내가 하고 싶은 것이 뭔지 바로 알게 하고 삶의 주인공이 되게 하지요

**이태근** ｜ 요즘 애들 사랑할 줄을 모른다고 하는데, 사실 남 얘기 같지 않습니다. 아들 둘이 모두 대학생인데, 한 친구는 반도체를 전공하고 한 친구는 식품공학을 공부해요. 되도록이면 농업 쪽을 하면 좋겠다 했는데 제 하고 싶은 대로 하더라고요. 거긴까진 좋아요. 그런데 왜 그런 결정을 했는지, 앞으로 뭘 하고 싶은지를 집에 와서 이야기를 좀 했으면 좋겠는데 통 속을 드러내지 않아요. 더군다나 뭘 하고 다니는지 데이트는 하는지 입도 뻥끗하지 않으니까 이 친구들이 장가를 갈 수 있을까 솔직히 걱정입니다.

**천호균** ｜ 아이들이 그런 연애사는 사생활이다, 하는 생각이 확고해서 그럴 수도 있을 거예요. 그리고 아버지가 워낙 바빠서 대화할 시간을 갖지 못할 수도 있으니까 이 회장님 책임도 좀 있는 거 아닙니까? 뭐 추

궁하는 건 아니고요.

**이태근** | 바쁘다기보다는 워낙 제가 일에 몰두하는 편이다보니 대화할 시간도 부족하고, 자상하게 대화하는 방식에 서툴기도 해요. 그런 점에서는 가족에게 미안함이 앞서죠. 제가 말주변 없고 조용해서 그런지 적극적이고 저돌적인 사람들이 부럽고 좋던데 말입니다.

가끔 제 딴에는 빈부 격차, 농촌이 어렵다는 얘기를 하면서 어떻게 해야겠냐고, 희망이 없지 않냐고 애들에게 말을 거는데 전혀 반응이 없어요. 우리 아이들이 이 글을 보면 아버지 뭐하시는 거야, 그럴 수 있는데 그 아이들 세대 전체가 그런 무관심 속에 살아가고 있는 게 아닌가 싶어 염려되는 거죠. 한 시대의 모순이나 갈등을 성찰할 힘은 가지고 있어야 하는데 안타깝습니다.

**천호균** | 그렇긴 하지만 그 무관심은 어떻게 보면 좋을 수도 있습니다. 꼭 거창한 사회적 관심이 있어야 하는 게 아니라, 보다 활력 있고 유쾌한 개인이 되는 것도 괜찮지 않을까요?

20대를 보면 안쓰럽고 미안해질 때가 많습니다. 지금의 20대가 겪는 현실이 결국은 우리 세대가 만든 거잖아요. 사실 저도 젊은이들에게 불만이 좀 있긴 하지만, 그것도 다 우리 세대의 경험만을 중심으로 봐서가 아닐까요? 젊어서 고생은 사서도 하는 거지, 라는 접근은 기성세대로서 책임을 방기하는 거라고 봅니다. 인사동에서 이철수 선생님 판화전시회를 한다고 해서 다녀왔는데 작품 가운데 눈에 들어오는 것이, 한 부부가 바람 부는 길을 걸으면서 이런 얘기를 나눕니다. 아내가 "아이들이 따라오는데 바람이 여간하지 않네요." 그러니까 남편이 그럽니다. "괜찮아, 애들 아직 젊은데 뭐."

이걸 보면서 가슴이 쿵 내려앉는 느낌이었어요. 제 마음을 들킨 것 같아서요. 20대가 맞고 있는 바람이 사실 산들바람은 아니잖아요. 거침없이 부는 겨울 삭풍입니다. 그래도 괜찮을 거야, 젊은데 뭘, 하는 믿음이 있지요.

그런데 얼핏 보면 메시지는 비슷하다 해도 두 문장이 바뀌면 안 됩니다. 너희들은 젊어, 그러니까 괜찮아, 뭐든지 도전할 수 있어, 젊을 때 고생은 다들 하는 거지, 이런 결론으로 가면 믿음이 아니라 기성세대의 자기 위로지요. 책임만 슬쩍 피하려는 것밖에 안 됩니다.

**이태근** | 20대의 현실을 둘러보기 전에 20대에게 무조건 용기를 가지라고 요구해선 안 되지요. 미안한 감정이 먼저여야 해요. 그렇긴 한데, 젊은이들도 자신을 돌아볼 필요가 있어요. 예를 들어 스펙이란 말을 쓰지 말아야 합니다. 이 말은 원래 제품 명세서를 뜻하는 specification의 줄임말에서 왔잖아요? 이건 나란 존재를 제품으로 취급해달라는 말과 똑같아요. 설령 사람을 하나의 자원으로 봐서 '인적 자원'이란 말을 거리낌 없이 쓰는 사회를 살고 있다 해도, 대학이 대학생을 등록금의 원천이나 학점을 따려는 학점벌레로만 생각하고, 기업이 자격증이나 어학점수로만 평가한다 해도 자신을 자원이나 도구, 제품으로 전락시킬 수는 없습니다.

경쟁이 제도화됐을 때, 그 경쟁에 서 있을 수밖에 없는 사람들은 실패했을 때 그 책임을 자기에게 돌리는 경향이 있다고 합니다. 내가 더 노력했다면 이길 수 있었는데 한다는 건데요. 전 청년들이 책임을 밖으로 돌려야 한다고 봅니다. 국가에게 사회에게 어른들에게 당당히 요구하는 거예요. 이런 세상이 싫다고, 바꿔달라고, 바꾸자고 크게 외쳐야 변화가 가능해요. 우리 때에는 그래도 세상을 바꾸자고 나서고 뭉치고 그랬잖아요?

**천호균** | 그렇지만 지금의 어른들은 젊은이들의 목소리를 잘 들으려 하지 않는 것 같아요. 그 경쟁의 레이스에 역시 속해 있으니 그렇기도 할 테죠. 전 오히려 이런 얘기를 해주고 싶어요. 우리가 자신을 둘러싼 틀을 넘고 없애버리자고요. 그런 단호함이 있어야 자기 인생으로 엮어갈 수 있다고요.

대학 다닐 때 거의 대부분의 친구들이 거리로 나섰을 때도 전 동참하지 않았어요. 운동을 하진 않았는데, 군대병역훈련을 거부했더니 저보고 운동권이라고 하대요. 저 녀석 삐딱하고 반항적이야, 그렇게 봤던가봐요. (웃음) 개인적으로는 반체제적 기질, 반골 기질 같은 게 있긴 했지만요. 그때 저는 저마다 사회에서의 역할이 있고, 그 역할을 충실히 해서 균형을 맞추고 조화를 이루면 된다고 여겼어요. 꼭 운동을 해야지만 정의롭고 그게 정답이다, 라고는 생각하지 않았죠. 내 나름대로의 다른 생각을 보여주려고 학생들하고 같이 연극을 만들고 스폰서를 모았어요. 연극 제목은 기억나지 않는데, 그때 주인공이 문성근 씨였습니다. 그런데 작품을 무대에 올리기도 전에 경찰에게 들키는 바람에 끌려가 퇴학을 당할 뻔하기도 했지요.

과거처럼 나를 버리고 운동에 몰두하는 시대는 우리 세대에서 끝났다

고 봅니다. 단일한 대오, 이런 식으로 젊은이들을 이끌어가는 것은 이제 불가능해요.

**이태근** | 그래요. 그 시절에 개인은 없었습니다. 내 것을 챙기기보다 남을 위해 희생하고 살자며 의지에 불타 있었죠. 나도 모르게 세상을 이분법으로 봐오기도 했고요. 운동하는 사람들은 좋은 사람들, 돈을 벌려는 사람들은 그렇지 않은 사람들……그러니까 우리라도 좋은 세상을 만들어야지 이런 의무감 같은 것으로 똘똘 뭉쳐 있었어요. 농민을 위해 봉사해야겠다, 세상을 달라지게 해야겠다……그러나 시간이 지나니 이분법적 분류가 인간을 이해하는 데 장애가 되었다는 생각이 듭니다. 인간에게는 이런 경우, 저런 처지가 있고 그런 가운데에서도 여러 가지 길로 착하게 살 수 있다는 것을 알기에는 너무 어렸던가 봅니다. 그래서 기업에 대한 생각도 좀 바뀌었습니다. 비즈니스를 통해 소통하면서 함께할 수 있는 게 운동이고 그 운동이 비즈니스가 되는 시대일 수도 있다, 그런 깨우침이 생긴 겁니다. 물론 자본의 욕망만을 앞세우는 기업은 언제나 제 비판의 대상이지만요.

그래도 감사한 것은 청년 시절에 가졌던 의식, 한 시대에 대한 정의 감은 무엇과도 바꿀 수 없다는 사실입니다. 흔들릴 때마다 그 시절의 제 모습이 지치지 않게 하는 힘이 됐고 버팀목이 되어주고 있으니 말입니다.

**천호균** | 뚝심 있게 걸어오신 덕에 오늘날의 흙살림도 있는 거겠지요. 흙살림을 통해 이 세상을 좀 더 아름답게 만들어보려고 하시는 거고요.

이른바 운동을 하는 분들이 순수성을 강조해왔는데, 이제는 운동과 사업이 분리될 수가 없어요. 유기농이 자연의 순환에 따라가는 농법이듯 운동과 사업이 순환구조 속에 있어야 세상을 바꾸는 일도 할 수 있지요.

얼마 전 사회적 기업을 이끄는 20대 청년을 만났는데, 사회를 위해 무엇을 할지 진지하게 고민하고 있더군요. 그래서 제가 이렇게 말해주었어요. 단지 새로운 사업을 위한 발상에 초점을 두지 말고, 사람들과 함께할 수 있는 연대의 가치에 눈을 뜨라고, 그러면 뭔가 보일 거라고요. 다른 이들과 연결되어 있음을 기억하고 사회 속에서 가치 실현을 해보려는 젊은이들이 늘었으면 좋겠습니다.

소셜네트워크 서비스인 페이스북을 창업한 주커버그가 한 말이 제게 큰 자극이 되었는데요. 20대 중반의 친구가 돈은 하나의 보상이고 그 보상이 개인의 것이 아니라 세상을 이롭게 하는 도구라면서 수입 절반을 기부하겠다고 밝힌 겁니다. 부의 대물림을 당연하게 여기던 부모 세대와는 다른 새로운 세대가 등장하고 있는 거예요. 그게 진정한 소셜네트워크를 구축하는 일이겠지요.


**이태근** | 새로운 공동체의 등장이기도 하네요. 공존과 공감을 부르짖으면서도 아직도 우리는 경쟁을 통해 인간과 사회가 발전한다는 낡은 가치관을 신봉하고 있는데요. 경쟁은 교류와 연대를 가로막고 개인화하는 주범입니다. 경제협력개발기구(OECD) 회원국 중 부끄럽게도 우리나라가 자살률 1위를 자랑하는 건 우리 사회가 경쟁을 불변의 가치로 떠받들고 있기 때문일 겁니다. 소통이 새로운 가치를 창조하는 원동력이라는 사실을 잊지 말고 함께 한 발자국씩 걸음을 떼어나갔으면 합니다.

20대를 보면 스터디 그룹 같은 여러 모임은 많은데 그 관계 속에서 지향성 같은 걸 찾아보기 어렵습니다. 이유는 여러 가지가 있겠지만 끈끈한 관계의 문화 속에서 살아본 적이 없고, 폄하하는 건 아니지만 얼굴도 모르는 이들과 미니홈피 일촌을 맺는 일에 때로는 열중하니까. 이러다 보니 개인차도 있긴 하지만 진정한 관계를 맺는 능력 자체를 잃어버린 게 아닐까 하는 우려도 있습니다.

**천호균** | 하지만 우리 때의 방식이 옳다고 할 수도 없고 그런 방향을 요구할 수는 없죠. 다만 전 연대라는 것이 일상적 리듬을 가지고 마치 생활 속 혁명과도 같이 퍼져나갔으면 합니다. 과정이 힘들고 어렵더라도 신나게, 명랑하게, 요즘 젊은이들 말로 하자면 쿨하게 말이죠. 심각한 메시지 위주로만 가면 아무리 의도가 좋아도 질리잖아요. 어떤 영화에서 나온 대목인데 "춤이 없으면 혁명이 아니다", 뭐 이런 것처럼.

한마디 덧붙이자면 저도 청년기를 잘 보냈다고 자신 있게 말하기 어렵지만, 젊은 친구들이 조금 더 일찍 아름다움에 눈을 떴으면 좋겠다는 생각을 해요. 만일 제가 개성 있고, 독특한 생긴 대로의 아름다움을 보다 일찍 느꼈다면, 사회를 보는 폭이 훨씬 넓어지지 않았을까 싶거든요. 특히 포용력이라는 관점에서요. 그래서 저는 요즘 젊은이들이 무엇보다도 자신의 개성을 자신감 있게 표현하고, 오래된 것에서 느껴지는 자연스러운 미감을 중요하게 여기며, 우리 사회의 소외된 아름다움에 관심을 가졌으면 좋겠어요. 그러면 사회는 일률적으로 돌아가는 대신에, 개성 있는 다양한 기회들이 생기고 보다 정의로워질 수 있다고 생각합니다. 이 회장님이 젊은이들에게 해주고 싶은 말씀이 있으시다면요?

**이태근** ｜ 젊은이들에게 가장 필요한 것은 무엇보다 생각의 전환이라고 말해주고 싶습니다. 일류대를 못 가면 인생의 낙오자가 된다는 생각, 대기업에 못 가면 삼류 인생이 된다는 생각 등 기존의 고정관념에서 벗어나지 못하면 인생은 결코 행복해질 수 없지요. 이런 것들은 젊은 세대에게만 강요할 수는 없는 것 같습니다. 기성세대로부터 유전되어온 이유가 크기 때문이죠. 젊은이들이 아무리 어려운 현실 앞에 부딪혀도 사람들과 충분히 마음을 나누면서, 제발 '쫄지 말고', 새로운 '혁명'을 상상하며 살았으면 좋겠습니다. 인도의 생태운동가 사티쉬 쿠마르는 우리가 풍요를 얻기 위해 희생의 제물로 삼은 것이 세 가지, 3S가 있다고 했습니다, Soil, Society, Soul 이렇게 세 가지인데요. 3S와 이어지면 다른 길로 갈 수 있다고 했어요. 그러니까 땅과 이어지고 자신의 영혼과 이어지고 그것이 사람들과 이어져야지요.

**천호균** ｜ 아, 감동적입니다. 그렇게 되면 우리의 흙이 살고, 우리의 공동체가 살아나고, 우리의 영혼이 아름답게 숨쉬겠군요.

**이태근** ｜ 이게 바로 유기농 철학 아니겠습니까?

# 스펙보다 스타일을 찾아라

**천호균** | 오늘의 젊은이들과 비교하면 제 인생은 대체로 무난했다고 봐야겠습니다. 탄탄대로까지는 아니어도 굴곡이 심하지 않았고, 이래저래 잘 걸어왔거든요. 그런데 인생은 누구에게나 공평한 건지, 근래 몇년 사이에는 경사도 급하고 길도 울퉁불퉁한 자갈밭을 가는 것 같습니다. 올봄에 밭을 매는데 돌들이 자꾸 호미에 걸리는 거예요. 그때 딱 드는 생각이 "내 인생이 꼭 이 돌밭 같구나"였어요.

호미에 걸리는 돌들처럼 마음에 얹혀 있는 것들이 있습니다. 돈을 너무 쉽게 잘 벌 줄 알았다가 크게 한 방 먹었다고나 할까요. 물론 마냥 잃지만은 않았습니다. 그 과정에서 인생공부, 마음공부를 많이 하게 됐지요. 어느 노숙인 한 분이 노숙인들을 대상으로 하는 인문학 강의를 듣고 나서 뭐가 달라졌냐고 물으니까 이런 이야기를 했다고 합니다. 과거에는 무얼 먹고 살까만 생각했는데, 이제는 어떻게 살 것인가를 먼저 생각하게 됐다고요. 저도 그래요. 어떤 일이든 돈의 가치보다는 삶의 가치를 중심에 두고 시작하자고 마음먹었습니다. 그러고 나니 이제 진짜 사는 맛이 납니다. 예전에는 피상적으로만 느껴졌고 입에 잘 담지 않았던 희망이나 기대, 행복 같은 말을 자주 하게 되었고요. 농사가 제 인생에 준 선물입니다. 조금 더 일찍 농사를 알게 됐다면 인생을 더 재미나게 살 수 있었을 텐데 하는 후회도 없진 않지만 이제라도 알아서 얼마나 다행인지 모릅니다.

**이태근** | 그런 속사정이 있는지는 전혀 몰랐습니다. 표정을 봐서는 항상 느긋해 보이시는데요. 내공이 깊으니 잘 드러내지 않으셨군요.

**천호균** | 내공이 깊다기보다는 포커페이스 훈련이 좀 되어 있는 편이지요. (웃음) 영 힘들어지면 흙살림 회장님이 절 살려주시겠지요.

**이태근** | 제가 아니라 흙이 살려줄 겁니다. 제가 흙을 살린다면서 흙살림을 시작했지만 돌이켜보면 제가 흙을 살린 게 아니라 흙이 저를 살렸습니다. 한두 해에 걸쳐 조금씩 살아나는 흙을 보면서 삶의 바탕을 살피게 되었으니까요. 작물들이 가르쳐준 지혜도 적지 않습니다. 식물인간이니 식물국회니 하는 말들은 흔히 쓰는데 식물이 들으면 어이없다고 할지 모릅니다. 생각해보세요. 식물들은 꼼짝없이 아무 일도 안 하는 것처럼 보이지만 실제로는 한시도 쉬지 않고 움직입니다. 잎을 길러내고 뿌리를 깊이 내리고 다음 세대를 위해 홀씨를 날리고 있어요. 식물들이 동물처럼 이동을 하지 않는 이유는 진화가 덜 되어서가 아니라 가장 진화했기 때문에 굳이 움직일 필요가 없기 때문입니다. 자기를 중심에

두고 세상이 돌아가게 만든다고나 할까요? 여기서 자기를 중심에 두었다는 뜻은 이기적이 아니라 흔들리지 않는 삶의 원리를 갖고 있다는 이야기입니다. 우리가 사는 꼴을 보면 자기 중심을 발견하기 어렵습니다. 습관적으로 타인의 기준에 맞춰 삽니다. 남들의 목표가 승진이라고 하니까 승진을 목표로 삼고 남들이 재테크를 한다고 하니까 주위를 두리번거립니다.

**천호균** | 어찌 보면 삶을 디자인하는 방법을 잘 모른다는 생각이 듭니다. 가령 어떤 농산물들을 보면, 색감도 화려하고 뭔가 신경도 많이 쓴 것처럼 포장해놨는데, 그 안에 정체성이 없어요. 농부의 입장에서 디자인하지 않은 결과라고 봅니다. 그저 매장에 내놓기 위한 디자인일 뿐이지요. 쌈지농부 디자이너들이 매년 텃밭 갈고, 옥수수 심고, 풀을 매는 이유는 농부의 마음을 읽기 위해서예요. 농사에 풋내기나 다름없는 그 친구들이 얼마나 수확을 하겠어요? 하지만 농부의 마음과 디자이너의 마음이 따로 놀면 생명력 없는 디자인이 나오게 되지 않겠습니까? 예를 들어 토마토 담는 박스 하나를 디자인한다고 해도 씨 뿌리고, 거름 주고, 거두는 과정에서 받는 영감이 있습니다. 그것이 농부의 마음이고, 그 마음을 읽어야, 제대로 된 디자인이 나오게 되지요.

**이태근** | 그래서 삶도 마찬가지라는 말씀이지요?

**천호균** | 그렇지요. 자신의 인생을 디자인하기 위해서는 자기 자신을 들여다볼 줄 알아야 해요. 건성으로 나는 이런 사람이야, 나는 이런 걸

좋아해 정도가 아니라 내가 어떤 삶을 원하는지 무엇을 할 때 가장 행복한지를 말예요. 그래야 주위 환경이나 외부의 힘에 함부로 휘둘리지 않는다고 봅니다. 아는 친구 한 명이 정부에서 주는 상을 받게 됐는데, 수상식을 하는 시간이 원래 시간보다 좀 앞당겨졌어요. 이 친구에게 소감을 말하라고 했더니 "왜 아침 9시에 상을 받아야 되는지 모르겠다. 혹시 장관님의 일정에 맞춰서 정한 것은 아니냐?"고 당당하게 얘기하는데 인상적이었습니다. 누군가의 시선에는 건방져 보일 수 있겠지만 제 눈에는 멋있는 청년이었습니다. 저 정도의 말을 할 수 있다면 그는 자신의 인생을 어떻게 디자인할지 확실하겠구나, 스스로가 주인공이 되어 살겠구나 싶었어요.

**이태근** │ 당찬 청년이네요. 누군가 그러더군요. 인생을 10으로 봤을 때 10분의 1은 내게 일어나는 일들이고 나머지는 그 일에 대한 나의 반응들이라고요. 반응이란 선택일 테고, 수많은 선택들이 삶의 모습을 결정지어주는 것이겠지요.

**천호균** │ 디자인을 직접 하지는 않지만, 전 디자인의 기본 원리는 버리는 데 있다고 봐요. 가장 간결한 핵심만 남기고 나머지는 과감히 빼버리는 것입니다. 가능한 것에서부터 하나둘 줄여가다 보면 가장 본질적인 핵심만 남으니까요. 여행가방을 싼다고 생각하면 한결 수월하겠지요. 제가 '여행가방 뺄셈법'이라고 이름 붙였는데요. 평소에 쓰던 물건들을 가방 하나에 죄다 넣을 수는 없잖아요? 처음엔 다 들고 갈 것처럼 방안 가득 늘어놓지만 모두 챙길 수 없다는 걸 알고 나면 물건 하나씩을 들고

'이게 정말 필요할까?' 묻고 또 묻습니다. 그렇게 압축하고 압축해서 제일 필요한 것만 꾸려서 떠나거든요. 인생 디자인도 마찬가지로 복잡한 장식품, 있으나 마나 한 잡동사니는 거둬내야 하지요.

**이태근** | 나란 존재가 왜소하게 느껴지니까 부풀릴 수 있는 것들을 찾아서 포장하기에 급급한 게 아닐까 합니다. 이력서에는 온갖 자격증과 화려한 경력들을 채워놨는데, 일해보면 그 사람이 맞나 싶을 정도로 실력에 의문을 갖게 될 때가 있지 않습니까? 각종 자격증을 따서 자신을 증명하려고 애를 쓰는데, 자기 인생에 대한 자격증, 이력서는 채워가고 있지 않기 때문입니다. 물론 이건 제 스스로에게도 늘 자문하고 있는 것인데요. 단순하지만 자신을 가장 잘 함축하고 있는 나만의 인생 이력서를 만들어가야 할 것 같습니다.

**천호균** | 그래요. 그럼 확실하면서 단순한 하나를 얻을 수 있다고 봐요. 화가의 내공은 선 하나가 말해주듯 사람도 비슷할 거라고 생각해요. 인생 내공은 직책이나 학력 같은 겉치장을 떼어냈을 때 '있는 그대로의 그 사람'에서 드러나지 않나요? 몸값 올리려고 별 수를 다 쓰고, 이름값 하고 살아야 한다고 하지만 제일 중요하게 여겨야 할 가격은 꼴값이 아닐까 해요. 풀어보면 '생긴 대로 가격', 자신의 맨얼굴값이지요. 자신의 생김새, 꼴만큼 정직한 증명서는 없다고 보거든요. 여기서 꼴값은 겉으로 드러나는 모습, 못생겼다거나 잘생겼다로 판단될 수 있는 게 아닙니다. 얼굴에서 풍기는 독특한 분위기, 인상이라고 할 수 있어요. 성형수술을 해서 눈과 코 모습을 바꿀 수는 있지만 인상, 그 사람의 분위

기까지 만들어낼 수는 없습니다. 그 분위기는 어떤 생각을 제일 많이 했는지, 세상을 어떻게 바라보고 살아왔는지를 드러내주는 하나의 이력서나 다름없지요.

**이태근** | 마찬가지로 성공과 출세를 위해 필요하다고 말하는 매뉴얼, 그러니까 스펙이란 것도 살펴볼 수 있겠군요. 똑같은 매뉴얼만을 따라 하려다가는 자기다움을 잃어버리게 되지 않습니까? 자기만의 아름다움을 가꾸고 돌보는 기술을 갖고 있어야겠지요.

**천호균** | 자기만의 아름다움을 다른 말로 전 스타일이라고 부르고 싶습니다. 쌈지는 쌈지만의 스타일을 추구해왔어요. "저거 쌈지스타일이야"라는 말을 들을 때면 참 기분이 좋았습니다. 내가 원했던 것이 바로 그 스타일을 창조해내는 것이었으니까요. 어딘지 괴팍해 보이고, 뭔가 어긋나 보이기도 하고 대강 만든 듯하지만 공들인 흔적도 있는 느낌 말입니다. 스타일은 옷이나 구두에만 국한되진 않을 거예요. 삶에도 역시 스타일이 존재합니다. 삶의 스타일에는 여러 가지가 혼합되어 나옵니다. 좋아하는 취향, 강한 신념, 사람을 대하는 태도, 인생의 꿈 등이 섞여 있는 결과이지요.

**이태근** | 들으면서 대략 난감해집니다. "당신 스타일은 뭐요?" 물으면 대답이 궁색해지는데요. 스타일 찾는 것을 천 사장님께 부탁드려야겠어요.

**천호균** | 이미 갖고 계시잖아요? 처음 만났을 때 말씀하셨던 걸로 기억하는데, 촌스럽다고⋯⋯ (웃음) 촌스러움, 시골스러움이야말로 우리가 회복시켜야 할 가치라고 하셨잖아요.

**이태근** | 그랬었지요. 촌스러움을 자랑스럽게 만들고, 시골을 일으키는 것이 제 꿈입니다. 마을이 살아나고 농촌이 북적북적해지는 날이 오게 해야지요. 아이들 교육이나 노인 복지까지 두루두루 책임질 수 있는, 서로가 울타리가 되어주는 마을 만들기를 해보려 합니다. 아무리 생각해도 우리가 가야 할 길은 살아 있는 마을공동체입니다. 우리가 인간다운 삶에 대한 꿈을 버리지 않는다면 동식물과 사람이 생기 가득하게 어울려 사는 세상으로 가야 합니다. 더 나아가서는 살아 있는 흙냄새가 나는 시골이어야 하겠고요. 천 사장님의 꿈은 뭔지 여쭤봐도 될까요?

**천호균** | 박경리 선생님이 유고시에서 다시 태어나면 힘세고 씩씩한 농부와 결혼하겠다고 하셨거든요. 그래서 힘세고 씩씩한 농부로 태어나는 게 제 꿈입니다⋯⋯라고 하고 싶지만! 박경리 선생님이 받아주실지 자신이 없는 관계로⋯⋯ (웃음) 보다 실현 가능한 꿈을 말하자면, 일단 도시마다 하나씩 '농부로부터' 매장을 만들고 싶습니다. 우리가 매장을 만들면 농부가 직접 농산물을 가지고 와서 판매하는 식으로요. 백화점에 마련된 코너처럼 농부가 "어디 가면 내 매장이 있다"라고 자랑스레 이야기할 수 있도록 만들려고 합니다. 이게 로컬 푸드를 실천하는 지름길이라고 보고 있고요. 또 소비자가 와서 단순히 상품을 사가는 공간이기보다는 좋은 먹을거리에 대한 정보나 사는 이야기들을 나눌 수

있는 공간이 되었으면 합니다. '살림'을 나누는 커뮤니티라고 생각하시면 되겠네요.

논밭미술관도 구상 중인데요. 논과 밭을 그대로 둔 상태에서 미술관으로 꾸미는 거죠. 전시회를 찾아오는 사람들이 많지 않더라도 논과 밭을 이전과 다른 눈으로 보게 된다면 그것만으로 일단 만족입니다. 작품 감상 뒤에는 논밭에서 나온 신선한 제철 채소로 한 상 잘 차려 대접해드리고 싶어요. 그게 바로 마음과 몸을 살리는 문화의 창조가 아닐까요? 허가가 나느냐에 따라 상황이 달라질 수 있겠지만, 정 안 되면 괴산에서 해야 하는데, 흙살림갤러리⋯⋯어떠세요?

**이태근** | 좋지요. 그림 볼 줄은 모르지만 논밭의 아름다움을 보는 눈은 있습니다. 흙살림갤러리가 들어서면 흙살림에 품격이 생기겠는데요. 천 사장님을 뵈면 참 신기합니다. 잘 익은 콩깍지를 보는 듯한데요. 콩이든 팥이든 깨든 잘 여문 것들은 억지로 떼어내려 하지 않아도 알아서 떨어지거든요. 그냥 툭툭 던지시는 말씀 같은데 내용이 꽉 차 있고 생각이 잘 익어 있는 느낌이 들어요.

**천호균** | 과분한 칭찬이에요. 자기 자랑 같아 조심스러운데, 예전부터 제가 말하면 많은 분들이 정말 될까?⋯⋯했는데 결국 됐습니다. '논밭예술학교'나 '지렁이다', '농부로부터'⋯⋯ 모두 처음엔 현실적으로 가능한가에 대해 의문을 가졌지만 마침내 하나씩 실체를 만들어냈거든요. 상식적으로 불가능해 보이지만 상상하면 됩니다.

**이태근** | 그런 발상을 훈련할 수 있는 곳이 있으면 좋겠습니다. 따로 개인 교습이라도 받을 수 있겠습니까?

**천호균** | 멀리서 찾지 마세요. 논밭은 최고의 상상력 발전소이지 않나요?

**이태근** | 그러네요. 상상할 수 있는 힘만이 아니라 상생할 수 있는 힘도 알려주지요. 배려하고 나누라고 하면서요. 논밭에서는 자기 중심의 나, 너, 자연이 아니라 모든 생명들을 동등하게 볼 수 있습니다. 농장 주변을 돌아보면 누가 왔다 갔는지를 알 수 있어요. 고라니, 노루, 너구리들이 똥을 싸놓고 간단 말입니다. 똥은 내 땅이라는 표시잖아요. 인간만 먹고 사는 땅이 아니로구나…… 하게 되지요.

**천호균** | 인간이 아무리 주소를 만들어서 호적에 이름 올려놔도 말짱 헛것입니다. 동물들의 인정을 못 받으면요. 사실 주인은 그들인데 인간들이 양해도 구하지 않고 불쑥 들어와 살고 있는 거잖아요?

**이태근** | 그래서 논밭에 있으면 인간만이 살고 있다는 착각에서 벗어날 수 있어요. 그런데 걱정인 것이 논밭이라는 상상력 발전소가 줄어들고 있다는 거잖아요. 1년에 여의도의 몇십 배가 넘는 농경지가 없어집니다. 대신 길은 하루가 갈수록 넓어지고 늘어나요. 멀쩡한 국도와 고속도로가 있는데 자꾸 새 도로를 만듭니다. 우리 시대 가장 불행한 현상은 모든 길은 넓어야 하고, 모든 길이 도시로, 서울로 통해야 한다고 믿는

것이 아닐까요? 하지만 이제는 거꾸로, 아니 도시와 농촌 양쪽을 잘 통하게 해야 하겠지요. 그래야 계산하며 거래하는 것이 아니라 진심으로 서로 나누고 품앗이 하는 관계로 이어질 수 있게 할 겁니다. 나와 너, 우리와 자연을 동등하게 보는 훈련이 쌓이면 서로를 생기 있게 만드는 바람이 불어올 테고, 그 바람은 우리가 서 있는 곳이 아닌 다른 세상으로 눈을 돌리게 할 테고요. "다른 세계는 가능하다"는 구호가 있는데 전 이 말을 조금 바꾸고 싶습니다. "다른 세계들은 가능하다"로요. 지금과 다른 이상적인 세계, 대안이 될 수 있는 세계는 얼마든지 다양할 수 있고 많을 수 있지 않습니까? 그렇게 해서 새로운 세상이 이루어지겠지요. 그게 점점 발전해서 인간의 삶, 인간의 운명이 바뀌지 않겠습니까?

아까 천 사장님이 돌밭 이야기를 하셨죠. 우리네 어른들 하시는 말씀에 "흙 한 삼태기를 줘도 돌멩이 하나와 안 바꾼다"는 말이 있습니다. 돌을 다르게 보면 돌이 돌이 아니라는 이야기입니다. 왜 흙과 돌멩이를 안 바꾸려 하는지 그 이유가 있는데요. 혹시 돌이 오줌을 싼다는 얘기를 들어보셨나요?

**천호균** | 돌 위에 오줌을 싼 적은 있습니다만. (웃음)

**이태근** | 하하, 역시 순발력이 대단하십니다. 긴 가뭄에 다른 작물은 말라죽어도 돌 옆에 있는 식물은 생명을 유지합니다. 돌 때문이죠. 낮에 햇볕 때문에 돌이 뜨거워졌다가 새벽녘에 온도가 내려가면 온도차로 인해 돌 표면에 습기가 생겨서 옆에 있는 작물이 해갈을 하게 된다는 겁니다. 참 신기하죠? 돌이 많은 돌밭이 인생처럼 다가오셨다고 했는데,

그 밭에 있는 돌들이 다 하는 역할이 있습니다. 삶에 물기를 더해주는 역할을 해서, 아무리 해도 가시지 않던 갈증을 풀어주게 될 겁니다.

**천호균** ㅣ 아, 제게 단비 같은 말씀을 해주셨네요. 덕분에 아이디어 하나 얻었습니다. 돌에서 나오는 물, 석수(石水), 쌈지 석수…… 어떻습니까? 생수보다 인기 좋을 거 같은데요? (웃음)

**이태근** ㅣ 제가 우리 밭에서 쟁기질해서 나오는 돌은 대드리겠습니다. 좋은 놈으로다가. (웃음)

**천호균** | 벌써 대담을 마무리할 때가 됐네요. 막상 끝내려니까 아쉽고 섭섭합니다. 저는 이 회장님과 긴 시간 여러 가지 이야기를 나누면서 많은 걸 배웠습니다. 아이디어의 씨앗도 많이 얻어가고요.

**이태근** | 그건 제가 드릴 말씀입니다. 무엇보다도 제가 하고 있는 일에 자신감을 얻게 해주셨어요. 함께 무엇을 해나가면 좋을지도 구체적으로 생각할 수 있게 되었고요. 외국의 한 농민운동가가 "당신 나라의 농업에 대해 말해보라. 그러면 당신이 어떤 사회에 살고 있는지 말해주겠다"고 했거든요. 말씀을 나누면서 농업에 그 사회의 모든 것이 함축되어 있음을 뼈저리게 깨달았습니다. 기업 경영, 아이들 교육, 삶의 방식 등이 농업의 방식과 한 방향으로 관통되어 있다는 사실이 놀랍습니다.

**천호균** | 저도 이 정도일 줄은 몰랐습니다. 농업은 지금 우리가 어떤 세

상을 살고 있는지를 솔직하게 보여주고 있네요. 앞으로 어떤 세상을 향해 가야 하는지도 명확하게 가리키고 있고요.

**이태근** | 그렇죠. 언제까지 우리 사회가 농업과 농민, 흙을 마구 대하는 게 가능할지 의심스럽습니다. 농사의 진가를 알아보지 않으면 미래란 말을 감히 입 밖으로 꺼내기 어렵습니다. 현실을 따져볼 때 지금과 같은 도시나 지금과 같은 방식의 농사는 오래갈 수가 없어요. 냉정히 생각해볼 필요가 있습니다. 생산성으로 따지면 인류 역사상 가장 최고인 지금, 농업이 농민을 버리고 있지 않습니까? 중국의 농경제학자 원티에쥔(溫鐵軍)이 강조하는 게 바로 삼농(三農), 농촌, 농민, 농업입니다. 농업은 반드시 농촌과 농민과 함께 가야 한다는 거죠. 농촌에 살지도 않고 농민도 아닌 사람이 농민보다 농업 부문에서 더 많은 수익을 가져가면 농민과 농촌은 죽고 기업만 번창합니다. 소규모 농가가 중심이 되어서 이들이 양심적으로 생산한 농산물을 지역이 소비하고 도시에 판매하는 것이 올바른 길입니다. 더 많은 사람들이 오래도록 행복해질 수 있는 해법은 인간과 동물, 노동이 중심을 이루는 것입니다. 저는 그 시점이 점점 가까워지고 있다고 봅니다.

**천호균** | 농촌을 살리는 것도 소농, 흙을 살리는 것도 작은 미생물, 사회를 구하는 것도 작은 마을공동체……이렇게 보니 작은 것에서 희망을 볼 수 있네요. 그 바탕은 흙의 문화가 있어야겠고요. 흙에 눈을 떠야 작은 생물, 작은 변화를 볼 수 있고 작은 걸 소중하게 여기게 될 테니 말이에요.

에필로그

**이태근** | 네, 맞습니다. 흙 속의 엄청난 세계를 살피지 않고 땅값만 언제 오르나 뚫어지게 보는 사회에서 작은 건 주목을 받을 수 없지요. 작은 것에 숨어 있는 무한한 가치를 과소평가하니까요. 말씀하셨듯이 미래로 가져가야 할 것은 작은 것들입니다. 작은 삶은 죽어 있는 듯해도 서로 기대고 살아납니다. 그게 바로 민초의 생명력이지요. 거기서 마을 단위 공동체가 바로 세워질 수 있고요.

자본주의 사회는 모든 걸 물량화, 대량화해버렸습니다. 20세기의 야만이 총과 칼에서 나왔다면 21세기의 야만은 대량화에서 비롯됐다고 해도 과언이 아닐 겁니다. 더 풍요롭게, 더 크게, 더 많이를 외쳤지만 그 풍요를 누린 사람들이 이 지구상에서 얼마나 될까요? 그러면서 엄청난 에너지를 써버리고 말았지요. 지구의 역사는 46억 년, 인류 역사는 2백만 년입니다. 이 인류 역사를 30분이라고 하면 단 1초가 문명사회라고 합니다. 그런데 이 문명사회 1초가 나머지 29분 59초 동안 사용해온 에너지를 써버렸고요. 문명이라고 하지만 이보다 더 야만적일 수 있을까요?

**천호균** | 자식들이 살아갈 세상, 손자손녀들이 살아갈 세상을 떠올리면 그렇게 함부로 쓸 수는 없을 텐데, 나만 쓰면 끝이라는 짧은 식견 탓이겠지요. 솔직히 우리는 살 만큼 살아 괜찮아요. 앞으로 이 땅에서 살아가야 할 아이들에게 미안해집니다. 그래서 저나 이 회장님이나 유기농으로 갈 수밖에 없다고 믿고 알리려는 거잖아요? 땅과 식물과 사람을 살릴 유일한 길은 가장 오래된 방식에 있다는 믿음이 있으니까 말입니다.

언제일지 모르겠지만 내가 만일 숨을 거두게 될 때, 다른 사람들은 어떨지 모르겠는데 저는 크게 권력을 얻지 못한 거나 돈을 많이 벌지 못한 것에 대해 후회하지는 않을 것 같아요. 아마도 누구랑 더 잘 지내지 못한 것, 고맙다는 말을 하지 못한 것 등을 털어놓을지도 모르겠습니다. 더 나아가 인간보다 더 큰 테두리의 세상을 생각하면서 살아 있는 모든 것들에게 좀 더 잘해주지 못한 걸 미안해하면서 상처 입힌 걸 용서해달라 하겠지요.

**이태근** | 그렇죠. 농사를 지어보면 거대한 순환고리 속의 나란 존재를 인식하게 되니까요. 흙이 온갖 곡식과 푸성귀를 길러내고, 그것을 먹고 사람이 자라고, 그 사람이 커서 언젠가 다시 흙이 되고, 그 멈추지 않는 오랜 순환 속에 인간이 놓여 있습니다. 해와 달과 나무와 곡식과 벌레와 사람들이 서로 한 몸인 셈이지요. 그런데 이 순환을 잊은 채 흙을 숨 쉴 수 없게 만들어놓고 거기서 자기 좋은 걸 다 뽑으려고 만들면 병이 들고 맙니다. 연결되어 있기 때문에 그 병은 퍼지게 되어 있어요. 사람에게 돌아온다는 얘깁니다. 세상이 서로 생태적으로 연결되어 있고, 순환의 고리를 가지고 있다는 것을 이해하는 일은 지구와 인류를 이해하는 일과 다름없습니다. 그래서 농업을 바라보는 시선은 곧 자연을 바라볼 수밖에 없고 그 시선은 환경과 생태 운동 쪽으로 옮겨지게 됩니다.

**천호균** | 그런 순환의 고리는 인간 세계에도 있지요. 나 혼자 잘살려고 밀치고 짓밟는 게 아니라 더불어 다 같이 잘살겠다고 하는 공생의 경제가 필요한 이유입니다. 한 경제학자는 세상에서 가장 부유한 사람이 상인이나 지주가 아니라 밤에 별빛 아래서 경이로워하거나 타인의 고통을

덜어줄 수 있는 사람이라고 했습니다. 우리 사회를 잘살게 할 경제는 바로 서로를 돌보는 경제, 살림의 경제겠지요

**이태근** | 그러기 위해선 위가 아니라 아래, 바닥이 중요합니다. 위에서 누군가가 바뀌어라 해서 가능한 변화가 아니지요. 흙이 바닥부터 살아나듯 사람들의 마음 밑바닥에서 꿈틀대는 것이 있어야 합니다. 그 아래에서 올라오는 힘이 세상을 바꿔갑니다. 거대한 시스템의 지배 밑에서 오늘날 우리 삶은 갈수록 빈약해질 수밖에 없습니다. 그 크고 견고한 시스템이 우리 삶의 지키는 울타리가 아니니 당연한 결과겠지요. 그걸 깨버릴 수 있는 용기가 절실합니다. 이와 관련해 들은 얘기가 있어요. 천 사장님은 어떻게 하실지 한번 생각해보세요. 어떤 사람에게 험상궂은 사람들이 찾아와 땅바닥에 원을 하나 크게 그리더니 앞에서 위협을 했다고 합니다. 이 선 안에 있어서도 안 되고 밖으로 나가서도 안 된다고요. 그럼 어떻게 하시겠어요? 금 안에 있어도 안 되고 밖에 있어도 안 된다, 이거 죽으란 소리 아닙니까?

**천호균** | 살 방법이 하나 있지요. 원을 지워버리는 겁니다.

**이태근** | 다른 분들은 다 어려워하셨는데, 정답을 알고 계셨습니까?

**천호균** | 정답을 알긴요. 저나 이 회장님이나 다 그 선을 지워버리고 산 사람들 아닙니까? 경험에서 우러나온 얘기입니다. 과거에 저를 소개할 때 쌈지라는 시를 쓰고 있다고 했잖아요. 미국의 시인 로빈슨 제퍼스가

세상에 시인이 어떤 역할을 하는지 얘기한 게 있어요. 시는 자연의 아름다움을 크게 느끼고 크게 알고 크게 표현하는 것이고 시인의 역할은 큰 마음을 갖는 거라고 했습니다. 전 앞으로 주어진 원을 지우고 더 큰 원, 더 큰 마음을 그리려 합니다. 다른 분들과 함께 큰마음으로 더 큰 원을 그려보고 싶고요. 마지막으로 이 얘기를 하고 싶습니다.

**이태근** | 그 큰 원은 도시와 농촌이 함께 사는 세상, 자연과 사람이 평화롭게 만나는 세상이겠지요. 그러기 위해선 말씀하셨듯 겁 없이 눈앞의 금을 지워버릴 수 있어야겠어요. 이 눈치 저 눈치 보다가 아무것도 못하지요. 옳다고 생각되면 과정상 좀 어려운 고비가 있어도 당차게 밀고 나가는 힘이 있어야 할 것 같습니다. 농사를 지으면서 느끼지만, 자연의 생명력이라는 게 얼마나 놀랍습니까? 눈에 잘 보이지도 않는 씨앗들이 살아남아 몇십 배 이상의 생명을 잉태하는 모습을 보면 감탄하게 되잖아요.

**천호균** | 우리가 나눈 이야기가 하나의 씨앗이 되었으면 해요. 똑같은 씨앗이라 해도 똑같이 자라지는 않겠지요. 누군가의 인생 텃밭에서 당차게 자기답게 뿌리내리고 무럭무럭 자라나길 기대합니다. 이 회장님과 나눈 대화, 시간 모두 정말 즐거웠고 감사했어요.

**이태근** | 저야말로 이게 무슨 행운인가 싶습니다. 감사합니다.